LUCREZIA FLORIANI

PAR

GEORGE SAND.

PREMIER VOLUME.

AVANT-PROPOS.

Mon cher lecteur (c'est la vieille formule et c'est la seule bonne), je viens t'apporter un nouvel essai dont la forme est renouvelée des Grecs tout au moins, et qui te plaira peut-être médiocrement. Le temps n'est plus où

> . . . A genoux dans une humble préface,
> Un auteur au public semblait demander grace.

On s'est beaucoup corrigé de cette fausse modestie depuis que Boileau l'a signalée au mépris des grands hommes. Aujourd'hui, on procède tout à fait cavalièrement, et si l'on fait une préface, on y prouve au lecteur consterné qu'il doit lire chapeau bas, admirer et se taire.

On fait fort bien d'agir ainsi avec toi, lecteur bénévole, puisque cela réussit. Tu n'en es pas moins satisfait, parce que tu sais fort bien que l'auteur n'est pas si mauvaise tête qu'il veut bien le paraître, que c'est un genre, une mode, une manière de porter le costume de son rôle, et qu'au fond, il va te donner ce qu'il a de plus fort et te servir selon ton goût.

Or, tu as souvent fort mauvais goût, mon bon lecteur. Depuis que tu n'es plus Français, tu aimes tout ce qui est contraire à l'esprit français, à la logique française, aux vieilles habitudes de la langue et de la déduction claire et simple des faits et des caractères. Il faut, pour te plaire, qu'un auteur soit à la fois aussi dramatique que Shakspeare, aussi romantique que Byron, aussi fantastique qu'Hoffman, aussi effrayant que Lewis et Anne Radcliffe, aussi héroïque que Calderon et tout le théâtre espagnol, et, s'il se contente d'imiter seulement un de ces modèles, tu trouves que c'est bien pauvre de couleur.

Il est résulté de tes appétits désordonnés que l'école du roman s'est précipitée dans un tissu d'horreurs, de meurtres, de trahisons, de surprises, de terreurs, de passions bizarres, d'événemens stupéfians ; enfin dans un mouvement à donner le vertige aux bonnes gens qui n'ont pas le pied assez sûr ni le coup d'œil assez prompt pour marcher de ce train-là.

Voilà donc ce que l'on fait pour te plaire, et si tu as reçu quelques soufflets pour la forme, c'était une manière de fixer ton attention, afin de te combler ensuite des satisfactions auxquelles tu aspires. Ainsi, je dis que jamais public ne fut plus caressé, plus adulé, plus gâté que tu ne l'es, par le temps qui court et les œuvres qui pleuvent.

Tu as pardonné tant d'impertinences que tu m'en passeras bien une petite ; c'est de te dire que tu détériores ton estomac à manger tant d'épices, que tu uses tes émotions et que tu épuises tes romanciers. Tu les forces à un abus de moyens et à des fatigues d'imagination après lesquelles rien ne sera plus possible, à moins qu'on n'invente une nouvelle langue et qu'on ne découvre une nouvelle race d'hommes ; tu ne permets plus au talent de se ménager, et il se prodigue. Un de ces matins, il aura tout dit et sera forcé de se répéter. Cela t'ennuiera, et, ingrat envers tes amis comme tu l'as toujours été, comme tu le seras toujours, tu oublieras les prodiges d'imagination et de fécondité qu'ils ont faits pour toi et les plaisirs qu'ils t'ont donnés.

Puisqu'il en est ainsi, sauve qui peut ! Demain le mouvement rétrograde va se faire, la réaction va commencer. Mes confrères sont sur les dents, je parie, et vont se coaliser pour demander un autre genre de travail, et des salaires moins péniblement achetés. Je sens venir cet orage dans l'air qui se plombe et s'alourdit, et je commence prudemment par tourner le dos au mouvement de rotation délirante qu'il t'a plu d'imprimer à la littérature. Je m'assieds au bord du chemin et je regarde passer les brigands, les traîtres, les fossoyeurs, les étrangleurs, les écorcheurs, les empoisonneurs, les cavaliers armés jusqu'aux dents, les femmes échevelées, toute la troupe sanglante et furibonde du drame moderne. Je les vois, emportant leurs poignards, leurs couronnes, leurs guenilles de mendians, leurs manteaux de pourpre, t'envoyant des malédictions, et cherchant d'autres emplois dans le monde que ceux de chevaux de course.

Mais comment vais-je m'y prendre, moi, pauvre diable, qui n'avais jamais cherché ni réussi à faire d'innovation dans la forme, pour ne pas être emporté dans ce tourbillon et pour ne pas me trouver, cependant, trop en retard, quand la mode nouvelle, encore inconnue, mais imminente, va lever la tête ?

Je vais me reposer d'abord et faire un petit travail tranquille, après quoi nous verrons bien ! Si la nouvelle mode est bonne, nous la suivrons. Mais celle du jour est trop fantasque, trop riche ; je suis trop vieux pour m'y mettre, et mes moyens ne me le permettent pas. Je vais continuer à porter les habits de mon grand-père ; ils sont commodes, simples et solides.

Ainsi, lecteur, pour procéder à la française, comme nos bons aïeux, je te préviens que je retrancherai du récit que je vais avoir l'honneur de te présenter, l'élément principal, l'épice la plus forte qui ait cours sur la place : c'est-à-dire l'imprévu, la surprise. Au lieu de te conduire d'étonnemens en étonnemens, de te faire tomber à chaque chapitre de fièvre en chaud mal, je te mènerai pas à pas par un petit chemin tout droit, en te faisant regarder devant toi, derrière toi, à droite, à gauche, les buissons du fossé, les nuages de l'horizon, tout ce qui s'offrira à ta vue, dans les plaines tranquilles que nous aurons à parcourir. Si par hasard il se présente un ravin, je te dirai : « Prends garde, il y a ici un ravin » ; si c'est un torrent, je t'aiderai à passer ce torrent, je ne t'y pousserai pas la tête la première, pour me donner le plaisir de dire aux autres : « Voilà un lecteur bien attrapé », et pour celui de t'entendre crier : « Ouf ! je me suis cassé le cou, je ne m'y attendais guère ; cet auteur-là m'a joué un bon tour. »

Enfin je ne me moquerai pas de toi ; je crois qu'il est impossible d'avoir de meilleurs procédés... Et pourtant, il est fort probable que tu m'accuseras d'être le plus insolent et le plus présomptueux de tous les romanciers, que tu te fâcheras à moitié chemin et que tu refuseras de me suivre.

A ton aise ! Va où ton penchant te pousse. Je ne suis pas irrité contre ceux qui te captivent, en faisant le contraire de ce que je veux faire. Je n'ai pas de haine contre la mode. Toute mode est bonne tant qu'elle dure et qu'elle est bien portée; il n'est possible de la juger que quand son règne est fini. Elle a le droit divin pour elle ; elle est fille du génie des temps : mais le monde est si grand qu'il y a place pour tous, et les libertés dont nous jouissons s'étendent bien jusqu'à nous permettre de faire un mauvais roman.

CHAPITRE PREMIER.

Le jeune prince Karol de Roswald venait de perdre sa mère lorsqu'il fit connaissance avec la Floriani.

Il était plongé encore dans une tristesse profonde et rien ne pouvait le distraire. La princesse de Roswald avait été pour lui une mère tendre et parfaite. Elle avait prodigué à son enfance débile et souffreteuse les soins les plus assidus et le dévoûment le plus entier. Elevé sous les yeux de cette digne et noble femme, le jeune homme n'avait eu qu'une passion réelle dans toute sa vie : l'amour filial. Cet amour réciproque du fils et de la mère les avait rendus exclusifs et peut-être un peu trop absolus dans leur manière de voir et de sentir. La princesse était d'un esprit supérieur et d'une grande instruction, il est vrai, son entretien et ses enseignemens semblaient pouvoir tenir lieu de tout au jeune Karol. La frêle santé de celui-ci s'était opposée à ces études classiques, pénibles et sèchement tenaces, qui ne valent pas toujours par elles-mêmes les leçons d'une mère éclairée, mais qui ont cet avantage indispensable de nous apprendre à travailler, parce qu'elles sont comme la clef de la science de la vie. La princesse de Roswald, ayant écarté les pédagogues et les livres, par ordonnance des médecins, s'était attachée à former l'esprit et le cœur de son fils, par sa conversation, par ses récits, par une sorte d'*insufflation* de son être moral, que le jeune homme avait aspirée avec délices. Il était donc arrivé à savoir beaucoup sans avoir rien appris.

Mais rien ne remplace l'expérience, et le soufflet que, dans mon enfance, on donnait encore aux marmots pour leur graver dans la mémoire le souvenir d'une grande émotion, d'un fait historique, d'un crime célèbre, ou de tout autre *exemple* à suivre ou à éviter, n'était pas chose si niaise que cela nous paraît aujourd'hui. Nous ne donnons plus ce soufflet à nos enfans ; mais ils vont le chercher ailleurs, et la lourde main de l'expérience l'applique plus rudement que ne ferait la nôtre.

Le jeune Karol de Roswald connut donc le monde et la vie de bonne heure, de trop bonne heure peut-être, mais par la théorie et non par la pratique. Dans le louable dessein d'élever son âme, sa mère ne laissa approcher de lui que des personnes distinguées, dont les préceptes et l'exemple devaient lui être salutaires. Il sut bien que *dehors* il y avait des méchans et des fous, mais il n'apprit qu'à les éviter, nullement à les connaître. On lui enseigna bien à secourir les malheureux ; les portes du palais où s'écoula son enfance étaient toujours ouvertes aux nécessiteux ; mais, tout en les assistant, il s'habitua à mépriser la cause de leur détresse et à regarder cette plaie comme irrémédiable dans l'humanité. Le désordre, la paresse, l'ignorance ou le manque de jugement, sources fatales d'égarement et de misère, lui parurent, avec raison, incurables chez les individus. On ne lui apprit point à croire que les masses doivent et peuvent insensiblement s'en affranchir, et qu'en prenant l'humanité corps à corps, et en discutant avec elle, en la gourmandant, la caressant tour à tour, comme un enfant qu'on aime, en lui pardonnant beaucoup de rechutes pour en obtenir quelques progrès, on fait plus pour elle qu'en jetant à ses membres perclus ou gangrenés le secours restreint de la compassion.

Il n'en fut pas ainsi. Karol apprit que l'aumône était un devoir ; et c'en est un à remplir sans doute, tant que, par l'arrangement social, l'aumône sera nécessaire. Mais ce n'est qu'un des devoirs que l'amour de notre immense famille humaine nous impose. Il y en a bien d'autres, et le principal n'est pas de plaindre, c'est d'aimer. Il embrassa avec ardeur la maxime qu'il fallait haïr le mal ; mais il s'attacha à la lettre, qu'il faut plaindre ceux qui le font ; et, encore une fois, *plaindre* n'est pas assez. Il faut *aimer* surtout pour être juste et pour ne pas désespérer de l'avenir. Il faut n'être pas trop délicat pour soi-même, et ne pas s'endormir dans le sybaritisme d'une conscience pure et satisfaite d'elle-même. Il était assez généreux, ce bon jeune homme, pour ne pas jouir sans remords de son luxe, en songeant que la plupart des hommes manquent du nécessaire ; mais il n'appliquait pas cette commisération à la misère morale de ses semblables. Il n'avait pas assez de lumière dans la pensée pour se dire que la perversité humaine rejaillit sur ceux qui en sont exempts, et que faire la guerre au mal général est le premier devoir de ceux qui n'en sont pas atteints.

Il voyait, d'un côté, l'aristocratie morale, la distinction de l'intelligence, la pureté des mœurs, la noblesse des instincts ; et il se disait : « Soyons avec ceux-là. » De l'autre, il voyait l'abrutissement, la bassesse, la folie, la débauche, et il ne se disait pas : « Allons à ceux-ci pour les ramener, s'il est possible. » — « Non ! lui avait-on appris à dire : Ils sont perdus ! Donnons-leur du pain et des vêtemens, mais ne compromettons pas notre âme au contact de la leur. Ils sont endurcis et souillés, abandonnons leur esprit à la clémence de Dieu. »

Cette habitude de se préserver devient, à la longue, une sorte d'égoïsme, et il y avait un peu de cette sécheresse au fond du cœur de la princesse. Il y en avait chez elle pour son fils encore plus que pour elle-même. Elle l'isolait avec art des jeunes gens de son âge, dès qu'elle les soupçonnait de folie ou seulement de légèreté. Elle craignait pour lui ce frottement avec des natures différentes de la sienne ; et c'est pourtant ce contact qui nous rend hommes, qui nous donne de la force, et qui fait qu'au lieu d'être entraînés à la première occasion, nous pouvons résister à l'exemple du mal et garder de l'influence pour faire prévaloir celui du bien.

Sans être d'une dévotion étroite et farouche, la princesse était d'une piété assez rigide. Catholique sincère et fidèle, elle voyait bien les abus, mais elle n'y savait pas d'autre remède que de les tolérer en faveur de la grande cause de l'Eglise. « Le pape peut s'égarer, disait-elle, c'est un homme, mais la papauté ne peut faillir : c'est une institution divine. » Dès lors les idées de progrès n'entraient point facilement dans sa tête, et son fils apprit de bonne heure à les révoquer en doute et à ne point espérer que le salut du genre humain pût s'accomplir sur la terre. Sans être aussi régulier que sa mère dans les pratiques religieuses (car, en dépit de tout, au temps où nous sommes, la jeunesse se dégage vite de tels liens), il resta dans cette doctrine qui sauve les hommes de bonne volonté et ne sait pas briser la mauvaise volonté des autres ; qui se contente de quelques *élus* et se résigne à voir les nombreux *appelés* tomber dans la géhenne du mal éternel : triste et lugubre croyance qui s'accorde parfaitement avec les idées de la noblesse et les priviléges de la fortune. Au ciel comme sur la terre, le paradis pour quelques uns, l'enfer pour le plus grand nombre. La gloire, le bonheur et les récompenses pour les exceptions : la honte, l'abjection et le châtiment pour presque tous.

Les âmes naturellement bonnes et généreuses, qui tombent dans cette erreur, en sont punies par une éternelle tristesse. Il n'appartient qu'aux insensibles ou aux stupides d'en prendre leur parti. La princesse de Roswald souffrait de ce fatalisme catholique, dont elle ne pouvait secouer les arrêts farouches. Elle avait pris une habitude de gravité solennelle et sentencieuse qu'elle communiqua peu à peu à son fils, pour le fond, sinon pour la forme. Le jeune Karol ne connut donc point la gaîté, l'abandon, la confiance aveugle et salutaire de l'enfance. A vrai dire il n'eut point d'enfance : ses pensées tournèrent à la mélancolie, et lors même que vint l'âge d'être romanesque, ce ne furent que des romans sombres et douloureux qui remplirent son imagination.

Et malgré cette fausse route que suivait l'esprit de Karol, c'était une adorable nature d'esprit que la sienne. Doux, sensible, exquis en toutes choses, il avait à quinze ans, toutes les grâces de l'adolescence réunies à la gravité de l'âge mûr. Il resta délicat de corps comme d'esprit. Mais cette absence de développement musculaire lui valut de conserver une beauté charmante, une physionomie exceptionnelle, qui n'avait, pour ainsi dire, point d'âge ni de sexe. Ce n'était point l'air mâle et hardi d'un descendant de cette race d'antiques magnats, qui ne savaient que boire, chasser et guerroyer ; ce n'était point non plus la gentillesse efféminée d'un chérubin couleur de rose. C'était quelque chose comme ces créatures idéales, dont la poésie du moyen-âge ornait les temples chrétiens ; un ange, beau de visage, comme une grande femme triste, pur et svelte de formes comme un jeune dieu de l'Olympe, et pour couronner cet assemblage, une expression à la fois tendre et sévère, chaste et passionnée.

C'était là le fond de son être. Rien n'était plus pur et plus exalté en même temps que ses pensées ; rien n'était plus tenace, plus exclusif et plus minutieusement dévoué que ses affections. Si l'on eût pu oublier l'existence du genre humain et croire qu'il s'était concentré et personnifié dans un seul être, c'est lui qu'on aurait adoré sur les ruines du monde. Mais cet être n'avait pas assez de relations avec ses semblables. Il ne comprenait que ce qui était identique à lui-même, sa mère, dont il était un reflet pur et brillant, Dieu, dont il se faisait une idée étrange, appropriée à sa nature d'esprit, et enfin une chimère de femme qu'il créait à son image, et qu'il aimait dans l'avenir sans la connaître.

Le reste n'existait pour lui que comme une sorte de rêve fâcheux auquel il essayait de se soustraire en vivant seul au milieu du monde. Toujours perdu dans ses rêveries, il n'avait point le sens de la réalité. Enfant, il ne pouvait toucher à un instrument tranchant sans se blesser ; homme, il ne pouvait se trouver en face d'un homme différent de lui, sans se heurter douloureusement contre cette contradiction vivante.

Ce qui le préservait d'un antagonisme perpétuel, c'était l'habitude volontaire et bientôt invétérée de ne point voir et de ne pas entendre ce qui lui déplaisait en général, sans toucher à ses affections personnelles. Les êtres qui ne pensaient pas comme lui devenaient à ses yeux comme des espèces de fantômes, et, comme il était d'une politesse charmante, on pouvait prendre pour une bienveillance courtoise ce qui n'était chez lui qu'un froid dédain, voire une aversion insurmontable.

Il est fort étrange qu'avec un semblable caractère le jeune prince pût avoir des amis. Il en avait pourtant, non seulement ceux de sa mère, qui estimaient en lui le digne fils d'une noble femme, mais encore des jeunes gens de son âge, qui l'aimaient ardemment et qui se croyaient aimés de lui. Lui-même pensait les aimer beaucoup, mais c'était avec l'imagination plutôt qu'avec le cœur. Il se faisait une haute idée de l'amitié et, dans l'âge des premières illusions, il croyait volontiers que ses amis et lui, élevés à peu près de la même manière et dans les mêmes principes, ne changeraient jamais d'opinion et ne viendraient point à se trouver en désaccord formel.

Cela arriva pourtant, et, à 25 ans qu'il avait lorsque sa mère mourut, il s'était dégoûté déjà de presque tous. Un seul lui resta très fidèle. C'était un jeune Italien, un peu plus âgé que lui, d'une noble figure et d'un grand cœur, ardent, enthousiaste; fort différent à tous autres égards de Karol, il avait du moins avec lui ce rapport qu'il aimait avec passion la beauté dans les arts et qu'il professait le culte de la loyauté chevaleresque. Ce fut lui qui l'arracha de la tombe de sa mère, et qui, l'entraînant sous le ciel vivifiant de l'Italie, le conduisit pour la première fois chez la Floriani.

CHAPITRE II.

Mais qu'est-ce donc que la Floriani, deux fois nommée au chapitre précédent, sans que nous ayons fait un pas vers elle?

Patience, ami lecteur. Je m'aperçois, au moment de frapper à la porte de mon héroïne, que je ne vous ai pas assez fait connaître mon héros, et qu'il me reste encore certaines longueurs à vous faire agréer.

Il n'y a rien de plus impérieux et de plus pressé qu'un lecteur de romans; mais je ne m'en soucie guère. J'ai à vous révéler un homme tout entier, c'est-à-dire un monde, un océan sans bornes de contradictions, de diversités, de misères et de grandeurs, de logique et d'inconséquences, et vous voulez qu'un petit chapitre me suffise! Oh! non pas, je ne saurais m'en tirer sans entrer dans quelques détails, et je prendrai mon temps. Si cela vous fatigue, passez, et si, plus tard, vous ne comprenez rien à sa conduite, ce sera votre faute et non la mienne.

L'homme que je vous présente est *lui* et non un autre. Je ne puis vous le faire comprendre, en vous disant qu'il était jeune, beau, bien fait et de belles manières. Tous les jeunes premiers de romans sont ainsi, et le mien est un être que je connais dans ma pensée, puisque, réel ou fictif, j'essaie de le peindre. Il a un caractère très déterminé, et l'on ne peut pas appliquer aux instincts d'un homme les mots sacramentels qu'emploient les naturalistes pour désigner le parfum d'une plante ou d'un minéral, en disant que ce corps exhale une odeur *sui generis*.

Ce *sui generis* n'explique rien, et je prétends que le prince Karol de Roswald avait un caractère *sui generis* qu'il est possible d'expliquer.

Il était extérieurement si affectueux, par suite de sa bonne éducation et de sa grâce naturelle, qu'il avait le don de plaire, même à ceux qui ne le connaissaient pas. Sa ravissante figure prévenait en sa faveur; la faiblesse de sa constitution le rendait intéressant aux yeux des femmes; la culture abondante et facile de son esprit, l'originalité douce et flatteuse de sa conversation lui gagnèrent l'attention des hommes éclairés. Quant à ceux d'une trempe moins fine, ils aimaient son exquise politesse, et ils y étaient d'autant plus sensibles, qu'ils ne concevaient pas, dans leur franche bonhomie, que ce fût l'exercice d'un devoir et que la sympathie n'y entrât pour rien.

Ceux-là, s'ils eussent pu le pénétrer, auraient dit qu'il était plus aimable qu'aimant; et, en ce qui les concernait, c'eût été vrai. Mais comment eussent-ils deviné cela, lorsque ses rares attachemens étaient si vifs, si profonds et si peu récusables?

Ainsi donc, on l'aimait toujours, sinon avec la certitude, du moins avec l'espoir d'être payé de quelque retour. Ses jeunes compagnons, le voyant faible et paresseux dans les exercices du corps, ne songeaient pas à dédaigner cette nature un peu infirme, parce que Karol ne s'en faisait point accroire sous ce rapport; lorsque, s'asseyant doucement sur l'herbe, au milieu de leurs jeux, il leur disait avec un triste sourire: « Amusez-vous, chers compagnons; je ne puis ni lutter, ni courir; vous viendrez vous reposer près de moi; » comme la force est naturellement protectrice de la faiblesse, il arrivait que, parfois, les plus robustes renonçaient généreusement à leur ardente gymnastique, et venaient lui faire compagnie.

Parmi tous ceux qui étaient charmés et comme fascinés par la couleur poétique de ses pensées et la grâce de son esprit, Salvator Albani fut toujours le plus assidu. Ce bon jeune homme était la franchise même; et, pourtant, Karol exerçait sur lui un tel empire qu'il n'osa jamais le contredire ouvertement, lors même qu'il remarquait de l'exagération dans ses principes et de la bizarrerie dans ses habitudes. Il craignait de lui déplaire et de le voir se refroidir à son égard, comme cela était arrivé pour tant d'autres. Il le soignait comme un enfant, lorsque Karol, plus nerveux et impressionnable que réellement malade, se retirait dans sa chambre, pour dérober aux yeux de sa mère son malaise, dont elle se tourmentait trop. Salvator Albani était donc devenu nécessaire au jeune prince. Il le sentait, et lorsqu'une ardente jeunesse le sollicitait de se distraire ailleurs, il sacrifiait ses plaisirs ou il les cachait avec une généreuse hypocrisie, se disant à lui-même que si Karol venait à ne plus l'aimer, il ne souffrirait plus ses soins, et tomberait dans une solitude volontaire et funeste.

Ainsi Salvator aimait Karol pour le besoin que ce dernier avait de lui, et il se faisait, par une étrange miséricorde, le complaisant de ses théories opiniâtres et sublimes. Il admirait avec lui le stoïcisme, et, au fond, il était ce qu'on appelle un épicurien. Fatigué d'une folie de la veille, il lisait à son chevet un livre ascétique. Il s'enthousiasmait naïvement à la peinture de l'amour unique, exclusif, sans défaillance et sans bornes, qui devait remplir la vie de son jeune ami. Il trouvait réellement cela superbe, et pourtant il ne pouvait se passer d'intrigues amoureuses, et il lui cachait le chiffre de ses aventures.

Cette innocente dissimulation ne pouvait durer qu'un certain temps, et peu à peu, Karol découvrit avec douleur que son ami n'était pas un saint. Mais lorsqu'arriva cette épreuve redoutable, Salvator lui était devenu si nécessaire, et il avait été forcé de lui reconnaître tant d'éminentes qualités de cœur et d'esprit, qu'il lui fallut bien continuer à l'aimer, beaucoup moins, à la vérité, qu'auparavant, mais encore assez pour ne pouvoir se passer de lui. Néanmoins il ne put jamais prendre son parti sur ces escapades de jeunesse, et cette affection, au lieu d'être un adoucissement à sa tristesse habituelle, devint douloureuse comme une blessure.

Salvator, qui redoutait la sévérité de la princesse de Roswald encore plus que celle de Karol, lui cacha le plus long-temps possible ce que Karol avait découvert avec tant d'effroi. Une longue et douloureuse maladie à laquelle elle succomba, contribua aussi à la rendre moins clairvoyante dans ses dernières années; et lorsque Karol la vit froide sur son lit de mort, il tomba dans un tel accablement de désespoir, que Salvator reprit sur lui tout son empire, et fut seul capable de le faire renoncer au dessein de se laisser mourir.

C'était la seconde fois que Karol voyait la mort frapper à ses côtés l'objet de ses affections. Il avait aimé une jeune personne qui lui était destinée. C'était l'unique roman de sa vie et nous en parlerons en temps et lieu. Il n'avait plus rien à aimer sur la terre que Salvator. Il l'aima; mais toujours avec des restrictions, de la souffrance, et une sorte d'amertume, en songeant que son ami n'était pas susceptible d'être aussi malheureux que lui.

Six mois après cette dernière catastrophe, la plus sensible et la plus réelle des deux, à coup sûr, le prince de Roswald parcourait l'Italie, en chaise de poste, emporté, malgré lui, dans un tourbillon de poussière embrasée, par son courageux ami. Salvator avait besoin de plaisirs et de gaîté; pourtant il sacrifia tout à celui qu'on appelait devant lui son enfant gâté. Quand on lui disait cela, dites mon enfant chéri, répondait-il; mais, tout choyé que Roswald ait été par sa mère et par moi, son cœur ni son caractère ne se sont gâtés. Il n'est devenu ni exigeant, ni despote, ni ingrat, ni maniaque. Il est sensible aux moindres attentions, et reconnaissant plus qu'il ne faut de mon dévoûment.

Cela était généreux à reconnaître, mais cela était vrai. Karol n'avait point de petits défauts. Il en avait un seul, grand, involontaire et funeste, l'intolérance de l'esprit. Il ne dépendait pas de lui d'ouvrir ses entrailles à un sentiment de charité générale pour élargir son jugement à l'endroit des choses humaines. Il était de ceux qui croient que la vertu est de s'abstenir du mal, et qui ne comprennent pas ce que l'Evangile, qu'ils professent strictement d'ailleurs, a de plus sublime, cet amour du pécheur repentant qui fait éclater plus de joie au ciel que la persévérance de cent justes, cette confiance au retour de la brebis égarée; en un mot, cet esprit même de Jésus, qui ressort de toute sa doctrine et qui plane sur toutes ses paroles; à savoir que celui qui aime est plus grand, lors même qu'il s'égare, que celui qui va droit, par un chemin solitaire et froid.

Dans le détail de la vie, Karol était d'un commerce plein de charmes. Toutes les formes de la bienveillance prenaient chez lui une grâce inusitée, et quand il exprimait sa gratitude, c'était avec une émotion profonde qui payait l'amitié avec usure. Même dans sa douleur, qui semblait éternelle, et dont il ne voulait pas prévoir la fin, il portait un semblant de résignation, comme s'il eût cédé au désir que Salvator éprouvait de le conserver à la vie.

Par le fait, sa santé délicate n'était pas altérée profondément, et sa vie n'était menacée par aucune désorganisation sérieuse. Mais l'habitude de languir et de ne jamais essayer ses forces, lui avait donné la croyance qu'il ne survivrait pas longtemps à sa mère. Il s'imaginait volontiers qu'il se sentait mourir chaque jour, et, dans cette pensée, il acceptait les soins de Salvator et lui cachait le peu de temps qu'il jugeait devoir en profiter. Il avait un grand courage extérieur, et s'il n'acceptait pas, avec l'insouciance héroïque de la jeunesse, l'idée d'une mort prochaine, il en caressait du moins l'attente avec une sorte d'amère volupté.

Dans cette persuasion, il se détachait chaque jour de l'humanité, dont il croyait déjà ne plus faire partie. Tout le mal d'ici-bas lui devenait étranger. Apparemment, pensait-il, Dieu ne lui avait pas donné mission de s'en inquiéter et de le combattre, puisqu'il lui avait compté si peu de jours à passer sur la terre. Il regardait cela comme une faveur accordée aux vertus de sa mère, et, quand il voyait la souffrance attachée comme un châtiment aux vices des hommes, il remerciait le ciel de lui avoir donné la souffrance sans la chute, comme une épreuve qui devait le purifier de toute la souillure du péché originel. Il s'élançait alors en imagination vers l'autre vie, et se perdait dans des rêves mystérieux. Au fond de tout cela, il y avait la synthèse du dogme catholique; mais, dans les détails, son cerveau de poète se donnait carrière. Car, il faut bien le dire, si ses instincts et ses principes de conduite étaient absolus, ses croyances religieuses étaient fort vagues; et c'était là l'effet d'une éducation toute de sentiment et d'inspiration, où le travail aride de l'examen, les droits de la raison et le fil conducteur de la logique n'étaient entrés pour rien.

Comme il n'avait suivi et approfondi par lui-même aucune étude, il s'était fait dans son esprit de grandes lacunes, que sa mère avait comblées, comme elle l'avait pu, en invoquant la sagesse impénétrable de Dieu et l'insuffisance de la lumière accordée aux hommes. C'était encore là le catholicisme. Plus jeune et plus artiste que sa mère, Karol avait idéalisé sa propre ignorance; il avait meublé, pour ainsi dire, ce vide effrayant avec des chimères romanesques: des anges, des étoiles, un vol sublime à travers l'espace, un lieu inconnu où son âme se reposerait à côté de celles de sa mère et de sa fiancée: voilà pour le paradis. Quant à l'enfer, il n'y pouvait pas croire; mais ne voulant pas le nier, il n'y songeait pas. Il se sentait pur et plein de confiance, pour son propre compte. S'il lui avait fallu absolument dire où il reléguait les âmes coupables, il eût placé leurs tourmens dans les flots agités de la mer, dans la tourmente des hautes régions, dans les bruits sinistres des nuits d'automne, dans l'inquiétude éternelle. La poésie nuageuse et séduisante d'Ossian avait passé par là, à côté du dogme romain.

La main ferme et franche de Salvator n'osait interroger toutes les cordes de cet instrument subtil et compliqué. Il ne se rendait donc pas bien compte de tout ce qu'il y avait de fort et de faible, d'immense et d'incomplet, de terrible et d'exquis, de tenace et de mobile dans cette organisation exceptionnelle. Si, pour l'aimer, il lui eût fallu le connaître à fond, il y eût renoncé bien vite; car il faut toute la vie pour comprendre de tels êtres: et encore n'arrive-t-on qu'à constater, à force d'examen et de patience, le mécanisme de leur vie intime. La cause de leurs contradictions nous échappe toujours.

Un jour qu'ils allaient de Milan à Venise, ils se trouvèrent non loin d'un lac qui brillait au soleil couchant comme un diamant dans la verdure. — N'allons pas plus loin aujourd'hui, dit Salvator, qui remarquait sur le visage de son jeune ami une fatigue profonde. Nous faisons de trop longues journées et nous nous sommes épuisés hier, de corps et d'esprit, à admirer le grand lac de Côme.

— Ah! je ne le regrette pas, répondit Karol, c'est le plus beau spectacle que j'aie vu de ma vie. Mais couchons où tu voudras, peu m'importe.

— Cela dépend de l'état où tu te trouves. Pousserons-nous jusqu'au prochain relais, ou bien, ferons-nous un petit détour pour aller jusqu'à Iseo, au bord du petit lac? Comment te sens-tu?

— Vraiment, je n'en sais rien!

— Tu n'en sais jamais rien! C'est désespérant! Voyons, souffres-tu?

— Je ne crois pas.

— Mais, tu es fatigué?

— Oui, mais pas plus que je ne le suis toujours.

— Alors, gagnons Iseo. L'air y sera plus doux que sur ces hauteurs.

Ils se dirigèrent donc vers le petit port d'Iseo. Il y avait eu une fête aux environs. Des charrettes attelées de petits chevaux maigres et vigoureux, ramenaient les jeunes filles endimanchées, avec leur jolie coiffure des statues antiques, le chignon traversé par de longues épingles d'argent, et des fleurs naturelles dans les cheveux. Les hommes venaient à cheval, à âne ou à pied. Toute la route était couverte de cette population enjouée, de ces filles triomphantes, de ces hommes un peu excités par le vin et l'amour, qui échangeaient à pleine voix avec elles des rires et des propos fort joyeux, trop joyeux certainement pour les chastes oreilles du prince Karol.

En tout pays, le paysan qui ne se contraint pas et ne change pas sa manière naïve de dire, a de l'esprit et de l'originalité. Salvator, qui ne perdait pas un jeu de mots du dialecte, ne pouvait s'empêcher de sourire aux brusques saillies qui s'entrecroisaient sur le chemin, autour de lui, tandis que la chaise de poste descendait au pas une pente rapide inclinée vers le lac. Ces belles filles, dans leurs carrioles enrubanées, ces yeux noirs, ces fichus flottans, ces parfums de fleurs, les feux du couchant sur tout cela, et les paroles hardies prononcées avec des voix fraîches et retentissantes, le mettaient en belle humeur italienne. S'il eût été seul, il ne lui eût pas fallu beaucoup de temps pour prendre la bride d'un de ces petits chevaux, et pour se glisser dans la carriole la mieux garnie de jolies femmes. Mais la présence de son ami le forçait d'être grave, et, pour se distraire de ses tentations, il se mit à chantonner entre ses dents. Cet expédient ne lui réussit point, car il s'aperçut bientôt qu'il répétait, malgré lui, un air de danse qu'il avait saisi, au vol, d'un essaim de villageoises qui le fredonnaient en souvenir de la fête.

CHAPITRE III.

Salvator avait réussi à garder son sang-froid, jusqu'à ce qu'une grande brune, passant à cheval, non loin de la calèche, jambe de çà, jambe de là, lui montrât avec un peu trop de confiance son muscle rebondi surmonté d'une jarretière élégante. Il lui fut impossible de retenir une exclamation et de ne pas pencher la tête hors de la voiture, pour suivre de l'œil cette jambe nerveuse et bien tournée.

— Est-elle donc tombée? lui dit le prince, apercevant sa préoccupation.

— Tombée, quoi? répondit le jeune fou; la jarretière?

— Quelle jarretière? Je parle de la femme qui passait à cheval. Que regardes-tu?

— Rien, rien, répliqua Salvator, qui n'avait pu s'empêcher de soulever son bonnet de voyage pour saluer cette jambe. Dans ce pays de courtoisies, il faudrait toujours avoir la tête nue; et il ajouta, en se rejetant au fond de sa voiture: —C'est fort coquet, une jarretière rose vif bordée de bleu-lapis.

Karol n'était point pédant en paroles, il ne fit aucune réflexion, et regarda le lac étincelant, où brillaient, certes, de plus splendides couleurs que celles des jarretières de la villageoise.

Salvator comprit son silence et lui demanda, comme pour s'excuser à ses yeux, s'il n'était pas frappé de la beauté de la race humaine dans cette contrée.

— Oui, répondit Karol, avec une intention complaisante: j'ai remarqué qu'il y avait par ici beaucoup de statuaire dans les formes. Mais tu sais que je ne m'y connais pas beaucoup.

— Je le nie: tu comprends admirablement le beau et je t'ai vu en extase devant des échantillons de la statuaire antique.

— Un instant! il y a antique et antique; j'aime le bel art pur, élégant, idéal du Parthénon. Mais je n'aime pas, ou du moins je ne comprends pas la lourde musculature de l'art romain et les formes accusées de la décadence. Ce pays-ci est tourné au matérialisme, la race s'en ressent. Cela ne m'intéresse point.

— Quoi, franchement, la vue d'une belle femme ne charme pas tes regards, ne fût-ce qu'un instant... quand elle passe?

— Tu sais bien que non. Pourquoi t'en étonner? Moi, j'ai accepté ton admiration facile et banale pour toutes les femmes tant soit peu belles qui passent devant toi. Tu es pressé d'aimer, et cependant, celle qui doit s'emparer de tout ton être ne s'est pas encore présentée à tes regards. Elle existe, sans doute, celle que Dieu a créée pour toi; elle t'attend; et toi, tu la cherches. C'est ainsi que je m'explique tes amours insensées, tes brusques dégoûts, et toutes ces tortures de l'âme que tu appelles tes plaisirs. Mais, quant à moi, tu sais bien que j'avais rencontré la compagne de ma vie. Tu sais bien que je l'ai connue, tu sais bien que je l'aimerai toujours dans la tombe, comme je l'ai aimée sur la terre. Comme rien ne peut lui ressembler, comme personne ne me la rappellerait, je ne regarde pas, je ne cherche pas. Je n'ai pas besoin d'admirer ce qui existe en dehors du type que je porte éternellement parfait, éternellement vivant dans ma pensée. »

Salvator eut envie de contredire son ami; mais il craignit de le voir s'animer sur un pareil sujet, et retrouver, pour la discussion, une force fébrile qu'il redoutait plus pour lui que la langueur de la fatigue. Il se contenta de lui demander s'il était bien sûr de ne jamais aimer une autre femme.

— Comme Dieu lui-même ne saurait créer un second être aussi parfait que celui qu'il m'avait destiné. Dans sa miséricorde infinie, il ne permettra pas que je m'égare jusqu'à tenter d'aimer une seconde fois.

— La vie est longue pourtant! dit Salvator d'un ton de doute involontaire, et ce n'est pas à vingt-quatre ans qu'on peut faire un pareil serment.

— On n'est pas toujours jeune à vingt-quatre ans! répondit Karol. Puis il soupira et tomba dans le silence de la méditation. Salvator vit qu'il avait réveillé cette idée d'une mort prématurée, dont son ami se nourrissait comme d'un poison. Il feignait de ne pas le deviner sur ce point et il essaya de le distraire en lui montrant la jolie vallée dont le lac occupe le fond.

Le petit lac d'Iseo n'a rien de grandiose dans son aspect, et ses abords sont doux et frais comme une églogue de Virgile. Entre les montagnes qui forment ses horizons et les rides molles et lentes que la brise trace sur ses bords, il y a une zone de charmantes prairies, littéralement émaillées des plus belles fleurs champêtres que produise la Lombardie. Des tapis de safran d'un rose pur jonchent ces rives, où l'orage ne pousse jamais avec fracas la vague irritée. De légères et rustiques embarcations glissent sur des ondes paisibles, où s'effeuillent les fleurs du pêcher et de l'amandier.

Au moment où les deux jeunes voyageurs descendirent de voiture, plusieurs bateaux levaient leurs amarres et les habitans des paroisses riveraines, que leurs chevaux et leurs charrettes avaient ramenés de la fête, s'élançaient, en riant et en chantant, sur ces esquifs qui devaient faire le tour du lac et descendre chaque groupe à son domicile. On poussait les charrettes toutes chargées d'enfans et de jeunes filles bruyantes sur les grosses barques; de jeunes couples sautaient sur les nacelles et se défiaient *alla regata*. Suivant l'habitude de la localité, pour empêcher les chevaux, fumans de sueur, de s'enrhumer durant la traversée, on les plongeait préalablement dans les eaux glaciales de la plage, et ces animaux courageux paraissaient prendre grand plaisir à cette immersion.

Karol s'assit sur une souche au bord de l'eau, pour contempler, non cette scène animée et pittoresque, mais les vagues horizons bleuâtres de la chaîne Alpestre. Salvator était entré dans la *locanda* pour choisir les chambres.

Mais il revint bientôt avec une figure contrariée : le gîte était abominable, brûlant, infect, encombré d'ivrognes et d'animaux qui se querellaient. Il n'y avait pas moyen de se reposer là des fatigues d'une journée de voyage.

Le prince, quoiqu'il souffrît plus que personne de l'angoisse d'une mauvaise nuit, prenait ordinairement ces sortes de contrariétés avec une insouciance stoïque. Cependant, cette fois, il dit à son jeune ami, avec un air d'inquiétude étrange : « J'avais un pressentiment que nous ferions mieux de ne pas venir coucher ici. »

— Un pressentiment à propos d'une mauvaise auberge? s'écria Salvator, que le fâcheux succès de son idée irritait un peu contre lui-même et par conséquent contre le prochain : ma foi, quand il s'agit d'éviter la vermine d'une sale locanda et la puanteur d'une laide cuisine, j'avoue que je n'ai point de ces subtiles perceptions et de ces avertissemens mystérieux.

— Ne te moque pas de moi, Salvator, reprit le prince avec douceur. Il ne s'agit point de ces puérilités-là, et tu sais fort bien que j'en prends mon parti mieux que toi-même.

— Eh! c'est peut-être à cause de toi que je n'en prends pas mon parti!

— Je le sais, mon bon Salvator, ne te tourmente donc pas, et partons!

— Comment, partons! nous avons faim, et il y a là du moins des truites superbes qui sautent dans la friture. Je ne me laisse pas décourager si vite, soupons d'abord, faisons-nous servir là, en plein air, sous ces caroubiers. Et puis je courrai tout le village et je trouverai bien une maison un peu plus propre que l'auberge, une chambre pour toi, au moins; fût-ce chez le médecin ou l'avocat de la contrée ! Il y a bien un curé, ici?

— Ami, tu ne veux pas me comprendre, tu t'occupes d'enfantillages... Tu sais que je n'ai pas de caprices, n'est-il pas vrai? Eh bien! une seule fois, pardonne m'en un bizarre..... Je me sens mal ici; cet air m'inquiète, ce lac m'éblouit. Il y croît peut-être quelque herbe vénéneuse mortelle pour moi... Allons coucher ailleurs. J'ai un pressentiment sérieux que je ne devais pas venir ici. Quand les chevaux ont quitté la route de Venise et pris sur la gauche, il m'a semblé qu'ils résistaient : ne l'as-tu pas remarqué?—Enfin, ne me crois pas atteint de folie, ne me regarde pas d'un air effrayé; je suis calme, je suis résigné, si tu le veux, à de nouveaux malheurs..... mais à quoi bon les braver, quand il est temps encore de les fuir?

Salvator Albani était effrayé, en effet, du ton sérieux et pénétré avec lequel Karol disait ces paroles étranges. Comme il le croyait plus faible qu'il ne l'était réellement, il s'imagina qu'il allait tomber gravement malade, et qu'un secret malaise l'en avertissait. Mais il ne pensait pas que le lieu y fût pour quelque chose, lorsque la nature, la race humaine, le ciel et la végétation étaient luxurians autour de lui. Il ne voulait pourtant pas heurter son caprice, mais il se demandait si un nouveau relai, fourni à jeun et après une longue journée, ne hâterait pas l'explosion du mal.

Le prince vit son hésitation et se rappela ce que le bon Salvator avait déjà oublié, c'est qu'il mourait de faim. Dès lors, sacrifiant toute sa répugnance, et imposant silence à son imagination, il prétendit qu'il avait faim lui-même, et qu'avant de quitter Iseo, il fallait pourtant souper.

Cet accommodement rassura un peu Salvator. S'il a faim, pensa-t-il, il n'est pas sous le coup d'une maladie imminente, et peut-être que cette pensée de détresse qui s'est emparée de lui est le résultat d'une faim excessive dont il ne se rendait pas compte, une sorte de défaillance morale et physique. Mangeons, et puis nous verrons! »

Le souper était meilleur que l'auberge ne semblait l'annoncer, et on le servit dans le jardin de l'hôtelier, sous une fraîche tonnelle, qui masquait un peu l'éclat du lac, et où Karol se sentit réellement plus calme. Grâce à la mobilité de son tempérament et de son humeur, il mangea avec plaisir et oublia l'inexplicable effroi qui l'avait saisi quelques instans auparavant.

Pendant que l'hôte leur servait le café, Salvator l'interrogea sur les habitans de la ville, et reconnut avec chagrin qu'il n'en connaissait pas un seul, et qu'il n'y avait guère moyen d'aller demander l'hospitalité dans une maison plus propre et plus paisible que la locanda. — Ah! dit-il, en soupirant, j'ai eu une bien bonne amie, qui était de ce pays-ci, et qui m'en avait tant parlé que cela m'a peut-être influencé à mon insu, lorsque la fantaisie d'y venir coucher m'est venue. Mais je vois bien que ma pauvre Floriani en avait gardé un souvenir poétique, tout à fait dénué de réalité. Il en est ainsi de tous nos souvenirs d'enfance.

— Sans doute que votre excellence, dit l'hôte, qui avait écouté les paroles de Salvator, veut parler de la fameuse Floriani, celle qui, de pauvre paysanne qu'elle était, est devenue riche et célèbre dans toute l'Italie?

— Vraiment oui, s'écria Salvator, vous l'avez peut-être connue autrefois ici, et je ne sache pas qu'elle soit revenue dans son pays depuis qu'elle l'a quitté toute jeune?

— Pardon, seigneurie. Elle est revenue il y a environ un an, et elle y est à cette heure. Sa famille lui a tout pardonné, et ils vivent très bien ensemble maintenant... Tenez, là-bas, sur l'autre rive du lac, vous pouvez voir d'ici la chaumière où elle a été élevée, et la jolie villa qu'elle a achetée, tout à côté. Cela ne fait plus qu'une seule dépendance avec le parc et les prairies. Oh! c'est une bonne propriété, et elle l'a payée à beaux deniers comptans, au vieux Ranieri, vous savez... l'avare? le père de celui qui l'avait enlevée, de son premier amant?

— Vous en savez ou vous en supposez plus long que moi sur les aventures de sa jeunesse, répondit Salvator; moi, je ne sais d'elle qu'une chose : c'est qu'elle est la femme la plus intelligente, la meilleure et la plus digne que j'aie rencontrée. Vive Dieu! elle est donc ici? Ah! la bonne nouvelle! Nous sommes sauvés, Karol; nous allons lui demander asile, et si tu veux être aimable pour moi, tu feras connaissance, de bonne grâce, avec ma chère Floriani. Mais on ne sait pas à Milan qu'elle habite ce pays-ci! On m'a dit que je la trouverais à Venise ou aux environs...

— Oh! elle vit comme cachée, dit l'hôte, c'est sa fantaisie du moment. Cependant on la connaît bien ici, car elle fait du bien; elle est très bonne, la signora!

— Eh vite, eh vite, une barque! s'écria Salvator, sautant de joie. Ah! l'agréable surprise! Et moi qui n'avais pas l'heureux pressentiment de la retrouver ici!

Ce mot fit tressaillir Karol. — Les pressentimens, dit-il, agissent sur nous à notre insu, et nous poussent où ils veulent. »

Mais le pétulant Albani ne l'écoutait pas. Il s'agitait, il criait, il faisait approcher une barque, il y jetait une valise, il recommandait la voiture et les paquets à son domestique, qui devait rester à l'auberge d'Iseo, et il entraînait le jeune prince sur le plancher vacillant de la nacelle.

Il était si pressé d'arriver, et la vivacité de son caractère dominait si fort, en cet instant, la contrainte qu'il s'imposait souvent pour ne pas froisser la tristesse de son ami, qu'il prit un aviron et rama lui-même avec le batelier, chantant comme un oiseau, et menaçant, par le déchaînement de sa gaîté impétueuse, de faire chavirer le bateau.

CHAPITRE IV.

Ce ne fut qu'à la moitié du lac qu'il remarqua un redoublement de pâleur sur le visage de Karol. Il quitta le gouvernail, et s'asseyant auprès de lui. — Cher prince, lui dit-il, tu es mécontent de moi, je le crains! Tu n'aurais pas voulu faire cette nouvelle connaissance... mais que veux-tu? en voyage, il faut bien un peu déroger à ses habitudes. Je t'avais promis de ne pas te tourmenter à cet égard... J'ai tout oublié... j'étais si content!

— Je te pardonne tout, j'accepte tout, répondit le prince avec calme. L'amitié vit de sacrifices. Tu m'en as tant fait, que je t'en dois bien quelques uns... Quoique pourtant... J'espérais que tu ne me mènerais jamais chez une femme de mauvaise vie!

— Tais-toi, tais-toi, s'écria Salvator en lui saisissant la main avec force; ne te sers pas de ces mots qui froissent et qui blessent! Si un autre que toi parlait d'elle ainsi...

— Pardonne-moi, reprit Karol; je ne songeais pas qu'elle était..... qu'elle avait dû être ta maîtresse!

— Ma maîtresse, à moi! repartit Salvator avec vivacité. Ah! je l'aurais bien voulu! mais elle en aimait un autre alors, et qui sait, d'ailleurs, si je lui aurais plu, quand même je l'aurais connue libre? Non, Karol, je n'ai pas été son amant; et, comme j'étais l'ami de celui qu'elle avait quand nous nous sommes connus (c'était un Foscari, un brave jeune homme!), comme je la savais loyale et fidèle, je n'ai jamais songé à la désirer. Oh! si elle vivait seule aujourd'hui, comme on me l'a dit à Milan... et si elle voulait m'aimer!... Mais non! Tiens, ne fronce pas le sourcil : je ne crois pas qu'il m'arrive de m'enflammer pour elle. Il y a bien longtemps que je ne l'ai vue. Elle n'est peut-être plus belle... Et, d'ailleurs, mon cœur et mes sens avaient pris l'habitude d'être calmes auprès d'elle. Mon imagination aurait un grand effort à faire pour passer de l'estime et du respect... Pourtant je ne suis pas hypocrite, je n'en voudrais pas jurer!... Quand l'amitié est immense, d'un homme à une femme... Mais probablement si elle vit seule, elle aime un absent. Il est impossible que cette généreuse créature vive sans amour; et, alors, je n'aurai pas une mauvaise pensée auprès d'elle. Je ne voudrais pour rien au monde perdre son amitié!...

— D'après toutes ces tergiversations, dit le prince avec un sourire mélancolique, je vois que je risque de te perdre et que mon pressentiment de malheur pourrait bien n'être pas un rêve.

— Ton pressentiment? ah! tu y reviens? je l'avais oublié. Eh bien! s'il t'annonce que je vais m'arrêter chez une enchanteresse et que je te laisserai partir seul, il ment avec impudence. Non, non, Karol, ta santé, ton désir, notre voyage avant tout! Si ton pressentiment avait une figure, je lui donnerais un soufflet!

Les deux amis s'entretinrent encore quelques instans de la Floriani. Le prince, venant en Italie pour la première fois, ne l'avait jamais vue, et ne connaissait d'elle que la renommée de son talent et l'éclat de ses aventures. Salvator parlait d'elle avec enthousiasme : mais comme il ne faut pas toujours s'en rapporter aux amis, nous dirons nous-même au lecteur ce qu'il doit savoir, pour le moment, de notre héroïne.

Lucrezia Floriani était une actrice d'un talent pur, élevé, suffisamment tragique, toujours émouvant et sympathique quand elle jouait un rôle bien fait; exquis, admirable, dans tous les détails de pantomime, créations ingénieuses à l'aide desquelles l'acteur fait souvent valoir le vrai poète, et trouve grâce pour le faux. Elle avait eu de grands succès, non seulement comme actrice, mais encore comme auteur; car elle avait porté la passion de son art jusqu'à oser faire des pièces de théâtre; d'abord en collaboration avec quelques amis lettrés, et enfin seule et sous sa propre inspiration. Ses pièces avaient réussi, non qu'elles fussent des chefs-d'œuvre, mais parce qu'elles étaient simples, d'un sentiment vrai, bien dialoguées, et qu'elle les jouait elle-même. Elle ne s'était jamais fait nommer après les représentations; mais son secret, pour le coup, était celui de la comédie, et le public la nommait lui-même au milieu des couronnes et des applaudissemens qu'il lui prodiguait.

A cette époque, et dans ce pays-là, la critique des journaux n'avait pas un grand développement. La Floriani avait beaucoup d'amis, on était indulgent pour elle. Le parterre des villes d'Italie lui décernait de bruyantes ovations de famille. On l'aimait; et s'il est probable que sa gloire d'auteur lui ait été très bénévolement accordée, il est certain, du moins, que, par son caractère, elle méritait cette indulgence et cette affection. Il n'y eut jamais de personne plus désintéressée, plus sincère, plus modeste et plus libérale. Je ne sais plus si c'est à Vérone ou à Pavie qu'elle eut la direction d'un théâtre et forma une troupe. Elle se fit estimer de tous ceux qui traitèrent avec elle, adorer de ceux qui eurent besoin de son assistance, et le public l'en récompensa. Elle fit là d'assez bonnes affaires, et, dès qu'elle se vit en possession d'une aisance assurée, elle quitta le théâtre, quoique dans tout l'éclat de son talent et de ses charmes. Elle vécut quelques années à Milan dans un monde d'artistes et de littérateurs. Sa maison était agréable et sa conduite tellement honorable et digne (ce qui ne veut pas dire qu'elle fut très régulière), que des femmes du monde la fréquentèrent avec sympathie et même avec un certain sentiment de déférence.

Mais tout à coup elle quitta le monde et la ville, et se retira au bord du lac d'Iseo, où nous la retrouvons maintenant.

Au fond des motifs qui la poussèrent dans ces directions diverses, vers cet épanouissement de talent dramatique et littéraire, et vers ce dégoût subit du monde et du bruit, vers cette activité d'administration théâtrale, et vers cette paresse d'une vie champêtre, il y avait, n'en doutez pas, une succession ininterrompue d'histoires d'amour. Je ne vous les raconterai pas maintenant, ce serait trop long et sans intérêt direct. Je ne perdrai pas de temps non plus à vous faire saisir les nuances d'un caractère aussi clair et aussi aisé à connaître que celui du prince Karol était chatoyant et indéfinissable. Vous apprécierez, comme vous l'entendrez, ce naturel élémentaire, limpide dans ses travers comme dans ses qualités. Il est certain que je ne vous cacherai rien de la Floriani, par pruderie et crainte de vous déplaire. Ce qu'elle avait été, ce qu'elle était, elle le disait à qui le lui demandait avec amitié. Et, si quelqu'un l'interrogeait par curiosité pure, avec des ménagemens ironiques, pour se venger de cette impertinente bienveillance, elle prenait plaisir à le scandaliser par sa franchise.

Nous ne saurions la mieux définir qu'elle ne le fit elle-même un jour, en répondant en bon français à un vieux marquis :

— Vous êtes un peu embarrassé, lui disait-elle, pour savoir de quel terme reçu dans votre langue, vous pourriez qualifier une femme comme moi. Diriez-vous que je suis une *courtisane*? Je ne crois pas, puisque j'ai toujours donné à mes amans, et que je n'ai jamais rien reçu, même de mes amis. Je ne dois mon aisance qu'à mon travail, et la vanité ne m'a pas plus éblouie que la cupidité ne m'a égarée. Je n'ai eu que des amans, non seulement pauvres, mais encore obscurs.

» Diriez-vous que je suis une *femme galante*? Les sens ne m'ont jamais emportée avant le cœur, et je ne comprends seulement pas le plaisir sans une affection enthousiaste.

» Enfin, suis-je une femme de *mauvaise vie*, de *mœurs relâchées*? Il faut savoir ce que vous entendez par là. Je n'ai jamais cherché le scandale. J'en ai peut-être fait sans le vouloir et sans le savoir. Je n'ai jamais aimé deux hommes à la fois, je n'ai jamais appartenu de fait et d'intention qu'à un seul pendant un temps donné, suivant la durée de ma passion. Quand je ne l'aimais plus, je ne le trompais pas. Je rompais avec lui d'une manière absolue. Je lui avais juré, il est vrai, dans mon enthousiasme, de l'aimer toujours. J'étais de la meilleure foi du monde en le jurant. Toutes les fois que j'ai aimé, ça été de si grand cœur que j'ai cru que c'était la première et la dernière fois de ma vie.

» Vous ne pouvez pas dire pourtant que je sois une femme honnête. Moi, j'ai la certitude de l'être. Je prétends même, devant Dieu, être une femme vertueuse, mais je sais que, dans vos idées et devant l'opinion, c'est un blasphême de ma part. Je ne m'en soucie point, j'abandonne ma vie au jugement du monde, sans me révolter contre lui, sans trouver qu'il ait tort dans ses lois générales, mais sans reconnaître qu'il ait raison contre moi.

» Vous trouvez sans doute que je me traite fort bien et que j'ai une belle dose d'orgueil? D'accord. J'ai un grand orgueil pour moi-même, mais je n'ai point de vanité, et on peut dire de moi tout le mal possible, sans m'offenser, sans m'affliger le moins du monde. Je n'ai pas combattu mes passions. Si j'ai bien ou mal fait, j'en ai été, et punie, et récompensée, par ces passions même. J'y devais perdre ma réputation, je m'y attendais, j'en ai fait le sacrifice à l'amour, cela ne regarde que moi. De quel droit les gens qui condamnent disent-ils que l'exemple est dangereux? Du moment que le coupable est condamné, il est exécuté. Il ne peut donc plus nuire, et ceux qui seraient tentés de l'imiter sont avertis suffisamment par sa punition. »

Karol de Roswald et Salvator Albani débarquèrent à l'entrée du parc, auprès de la chaumière que l'aubergiste d'Iseo leur avait montrée. C'est dans cette cabane que la Floriani était née, et son père, un vieux pêcheur à cheveux blancs, l'occupait encore. Rien n'avait pu le décider à quitter cette pauvre demeure, où il avait passé sa vie et où l'habitude le retenait; mais il avait consenti à ce qu'elle fût réparée, assainie, solidifiée et mise à l'abri du flot par une jolie terrasse rustique tout ornée de fleurs et d'arbustes. Il était assis à sa porte parmi les iris et les glayeuls, et occupait les derniers instans du jour à raccommoder ses filets; car, bien que son existence fût désormais assurée, et que sa fille veillât pieusement, non-seulement à tous ses besoins, mais encore à surprendre les rares fantaisies de superflu qu'il pouvait avoir, il gardait les habitudes et les goûts parcimonieux du paysan, et ne réformait aucun instrument de son travail, tant qu'il pouvait en faire encore le moindre usage.

CHAPITRE V.

Karol remarqua la belle figure un peu dure de ce vieillard, et, ne songeant point que ce pût être le père de *la signora*, il le salua et se disposa à passer outre. Mais Salvator s'était arrêté à contempler la pittoresque chaumière et le vieux pêcheur qui, avec sa barbe blanche un peu jaunie par le soleil, ressemblait à une divinité limoneuse des rivages. Les souvenirs que, maintes fois, la Floriani lui avait retracés, les larmes aux yeux, et avec l'éloquence du repentir, repassèrent confusément dans son esprit; les traits austères du vieillard lui semblaient aussi conserver quelque ressemblance avec ceux de la belle jeune femme; il le salua par deux fois et alla essayer d'ouvrir la grille du parc, située à dix pas de là, non sans tourner plusieurs fois la tête vers le pêcheur, qui le suivait des yeux avec un air d'attention et de méfiance.

Quand celui-ci vit que les deux jeunes seigneurs tentaient réellement de pénétrer dans la demeure de la Floriani, il se leva et leur cria, d'un ton peu accueillant, qu'on n'entrait point là, et que ce n'était pas une promenade publique.

—Je le sais fort bien, mon brave, répondit Salvator; mais je suis un ami intime de la signora Floriani et je viens pour la voir.

Le vieillard approcha et le regarda avec attention. Puis il reprit : «Je ne vous connais pas. Vous n'êtes pas du pays?

— Je suis de Milan et je vous dis que j'ai l'honneur d'être lié avec la signora. Voyons, par où faut-il entrer?

— Vous n'entrerez pas comme cela! Vous attend-on? Savez-vous si on voudra vous recevoir? Comment vous nommez-vous?

— Le comte Albani; et vous, mon brave, voulez-vous me dire votre nom? Ne seriez-vous pas, par hasard, un certain honnête homme, qu'on appelle Renzo...., ou Beppo...., ou Checco Menapace?

— Renzo Menapace, oui, c'est moi, en vérité, dit le vieillard en se découvrant, par suite de l'habitude qu'ont les gens du peuple de s'incliner, en Italie, devant les titres. D'où me connaissez-vous, signor? je ne vous ai jamais vu.

— Ni moi non plus; mais votre fille vous ressemble, et je savais bien son véritable nom.

— Un meilleur nom que celui qu'ils lui donnent maintenant! Mais enfin le pli en est pris, et ils l'appellent tous d'un nom de guerre! Ah ça! vous voulez donc la voir? Vous venez exprès?

— Mais, sans aucun doute, avec votre permission. J'espère qu'elle voudra bien nous recommander à vous et que vous ne vous repentirez pas de nous avoir ouvert la porte. Je présume que vous en avez la clé?

— Oui, j'en ai la clé, et pourtant, Seigneuries, je ne peux vous ouvrir. Ce jeune seigneur est avec vous?...

— Oui, c'est le prince de Roswald, dit Salvator, qui n'ignorait pas l'ascendant des titres.

Le vieux Menapace salua plus profondément encore, quoique sa figure restât froide et triste. — Seigneurs, dit-il, ayez la bonté de venir chez moi et d'y attendre que j'aie envoyé mon serviteur prévenir ma fille, car je ne peux pas vous promettre qu'elle soit disposée à vous voir.

— Allons, dit Salvator au prince, il faut nous résigner à attendre. Il paraît que la Floriani a maintenant la manie de se cloîtrer; mais, comme je ne doute pas que nous ne soyons bien reçus, allons un peu voir sa chaumière natale. Ce doit être assez curieux.

— Il est fort curieux, en effet, qu'elle habite un palais, aujourd'hui, et qu'elle laisse son père sous le chaume, répondit Karol.

— Plaît-il, seigneur prince? dit le vieillard, qui se retourna, d'un air mécontent, à la grande surprise des deux jeunes gens; car ils avaient l'habitude de parler allemand ensemble, et Karol s'était exprimé dans cette langue.

— Pardonnez-moi, reprit Menapace, si je vous ai entendu; j'ai toujours eu l'oreille fine, et c'est pour cela que j'étais le meilleur pêcheur du lac, sans parler de la vue, qui était excellente, et qui n'est pas encore trop mauvaise.

— Vous entendez donc l'allemand? dit le prince.

— J'ai servi long-temps comme soldat, et j'ai passé des années dans votre pays. Je ne pourrais pas bien parler votre langue, mais je l'entends encore un peu, et vous me permettrez de vous répondre dans la mienne. Si je n'habite pas le palais de ma fille, c'est que j'aime ma chaumière, et si elle n'habite pas ma chaumière avec moi, c'est que le local est trop petit et que nous nous gênerions l'un l'autre. D'ailleurs, j'ai l'habitude de demeurer seul, et c'est à mon corps défendant que je souffre auprès de moi le serviteur qu'elle a voulu me donner, sous prétexte qu'à mon âge on peut avoir besoin d'un aide. Heureusement c'est un bon garçon; je l'ai choisi moi-même, et je lui apprends l'état de pêcheur. Allons, Biffi, quitte un moment ton souper, mon enfant, et va dire à la signora que deux seigneurs étrangers demandent à la voir. — Vos noms, encore une fois, s'il vous plaît, Seigneuries?

— Le mien suffira, répondit Albani, qui avait suivi avec Karol le vieux Menapace jusqu'à l'entrée de sa cabane. Il tira de son portefeuille une carte de visite qu'il remit au jeune gars chargé du service du pêcheur. Biffi partit à toutes jambes après que son maître lui eut remis une clé qu'il tenait cachée dans sa ceinture.

— Voyez-vous, Seigneuries, dit Menapace à ses hôtes en leur présentant des chaises rustiques qu'il avait garnies et tressées lui-même avec les herbes aquatiques du rivage, il ne faut pas croire que je ne sois pas bien traité par ma fille. Sous le rapport de l'assistance, de l'amitié et des soins, je n'ai qu'à me louer d'elle. Seulement, vous comprenez? je ne peux pas changer de manière de vivre à mon âge, et tout l'argent qu'elle m'envoyait, lorsqu'elle était au théâtre, je l'ai employé un peu plus utilement qu'à me bien loger, à me bien habiller et à me bien nourrir. Ces choses-là ne sont pas dans mes goûts. J'ai acheté de la terre, parce que cela est bon; cela sert, cela reste, et cela lui reviendra quand je n'y serai plus. Je n'ai pas d'autre enfant qu'elle. Elle n'aura donc pas à se repentir de tout ce qu'elle a fait pour moi. Son devoir était de me faire part de sa richesse; elle l'a toujours rempli; le mien est de faire prospérer cet argent-là, de le bien placer et de le lui restituer en mourant. J'ai toujours été l'esclave du devoir.

Cette façon étroite et intéressée du vieillard d'envisager ses rapports avec sa fille, fit sourire Salvator.

— Je suis bien sûr, dit-il, que votre fille ne compte pas de cette sorte avec vous, et qu'elle ne comprend rien à votre système d'économie.

— Il n'est que trop vrai qu'elle n'y comprend rien, la pauvre tête! répondit Menapace avec un soupir; et si je l'écoutais, je mangerais tout! je mènerais une vie de prince, comme elle, avec elle, et avec tous ceux à qui elle jette l'argent à pleines mains. Que voulez-vous? nous ne pouvons pas nous entendre là-dessus. Elle est bonne, elle m'aime, elle vient me voir dix fois le jour, elle m'apporte tout ce qu'elle peut imaginer pour me faire plaisir. Si je tousse ou si j'ai mal à la tête, elle passe les nuits auprès de moi. Mais tout cela n'empêche pas qu'elle n'ait un grand défaut et qu'elle ne soit pas bonne mère comme je le voudrais!

— Comment! elle n'est pas bonne mère? s'écria Salvator, qui avait bien de la peine à garder son sérieux devant la morale parcimonieuse du paysan. Je l'ai vue au sein de sa famille, et je pense que vous vous trompez, signor Menapace!

— Oh! si vous trouvez qu'une bonne mère de famille doive caresser, soigner, amuser, gâter ses enfans, et pas davantage, soit; mais je ne suis pas content de voir qu'on ne leur refuse jamais rien, qu'on habille les petites filles comme des princesses, avec des robes de soie, qu'on permette au garçon d'avoir déjà des chiens, des chevaux, une barque, un fusil, comme à un homme! Ce sont de bons enfans, j'en conviens, et très jolis; mais ce n'est pas une raison pour leur donner tout ce qu'ils veulent, comme si cela ne coûtait rien! Je vois bien qu'on va manger au moins trente mille francs par an dans la maison, tant en plaisirs et en maîtres aux enfans qu'en livres, en musique, en promenades, en cadeaux, en folies de tout genre. Et les aumônes donc! C'est scandaleux! Tous les estropiés, tous les vagabonds du pays ont appris le chemin de la maison, qu'ils ne connaissaient guère, certes, du temps du vieux Ranieri, l'ancien propriétaire! Voilà un homme qui entendait bien ses intérêts, et qui faisait des économies dans sa terre, tandis que ma fille s'y ruinera si elle ne m'écoute!

L'avarice du vieillard causait un profond dégoût au prince; mais Salvator s'en amusait plus qu'il n'en était indigné. Il connaissait bien la nature du paysan, cette âpreté à conserver, cette dureté envers soi-même, cette soif d'acquérir des fonds sans jamais jouir des revenus, cette crainte de l'avenir qui s'étend pour les vieillards laborieux et pauvres au-delà du tombeau. Il ne put cependant se défendre d'un peu de mécontentement en entendant Menapace, invoquer le souvenir du vieux Ranieri, qui avait joué un si vilain rôle dans l'histoire de la Floriani.

— Ce Ranieri, si je me souviens bien de ce que m'a raconté Lucrezia, dit-il, était un ignoble ladre. Il avait maudit, et voulait déshériter son fils, parce que celui-ci voulait épouser votre fille!

— Il nous a causé du chagrin, c'est vrai, reprit le vieillard sans s'émouvoir; mais à qui la faute? A ce jeune fou, qui voulait épouser une pauvre paysanne. Dans ce temps-là, la Lucrezia n'avait rien; elle avait appris de sa marraine, Mme Ranieri, bien des choses inutiles, la musique, les langues, la déclamation....

— ..... Choses qui lui ont assez bien servi depuis, pourtant! dit Salvator en l'interrompant.

— Choses qui l'ont perdue! reprit l'inflexible vieillard. Il eût mieux valu que la vieille Ranieri, qui ne pouvait lui rien donner pour l'établir, ne l'eût pas prise en si grande amitié, et qu'elle l'eût laissée paysanne, raccommodeuse de filets, fille de pêcheur, comme elle l'était, et femme de pêcheur, comme elle pouvait le devenir. Car j'en savais un bon, qui avait une bonne maison, deux grandes barques, un joli pré, des vaches.. Oui! oui! un excellent parti, Piero Mangiafoco, qui l'aurait épousée si elle avait voulu entendre raison. Au lieu qu'en l'instruisant et en la rendant si belle et si savante, sa marraine a été cause de tout le mal qui s'en est suivi. Memmo Ranieri son fils, est devenu fou de Lucrezia, et, ne pouvant l'épouser, il l'a enlevée. C'est comme cela que ma fille a été séparée de moi, et c'est pour cela que, pendant douze ans, je n'ai pas voulu entendre parler d'elle.

— Si ce n'est pour recevoir l'argent qu'elle lui envoyait! dit Salvator à Karol, oubliant que le pêcheur entendait l'allemand.

Mais cette réflexion ne blessa nullement le vieillard. — Sans doute, je le recevais, je le plaçais et je le faisais valoir, reprit-il. Je savais qu'elle menait grand train et qu'elle serait peut-être fort aise, un jour, de trouver de quoi vivre, après avoir mangé tout ce qu'elle gagnait. Car, que n'a-t-elle pas gagné? des millions à ce qu'on dit! Et que n'a-t-elle pas donné, gaspillé? Ah! c'est une malédiction d'avoir un pareil caractère!

— Oui, oui, c'est un monstre! s'écria Salvator en riant: mais, en attendant, il me semble que le vieux Ranieri a été bien mal avisé de ne pas vouloir la marier avec son fils; il l'aurait fait s'il eût pu deviner que cette petite paysanne gagnerait des millions avec son talent!

— Oui! il l'eût fait, dit Menapace avec le plus grand calme, mais il ne pouvait le deviner; et, en se refusant à un mariage si disproportionné, il était dans son droit: il avait raison, tout autre eût fait comme lui, et moi-même, à sa place!

— De sorte que vous ne le blâmez pas, et que peut-être vous êtes resté en fort bons termes avec lui, tandis que son fils séduisait votre fille, faute de pouvoir arracher le consentement du vieux ladre?

— Le vieux ladre, l'*avarone*, comme on l'appelait, était dur, j'en conviens; mais enfin il était juste, et ce n'était pas un mauvais voisin. Il ne m'a jamais fait de bien ni de mal. En voyant que je ne pardonnais point à ma fille, il m'avait pardonné d'être son père. Et, quant à son fils, il lui a pardonné aussi, quand il a abandonné Lucrezia pour faire un bon mariage.

— Et vous, lui avez-vous pardonné, à ce fils digne de son père?

— Je ne devais pas lui pardonner, quoique, après tout, il fût dans son droit; il n'avait rien promis par écrit à ma fille; c'est elle qui eut tort de se fier à son amour, et quand il l'a quittée, ils avaient des dettes; elle avait fait de mauvaises affaires dans son entreprise de théâtre, au commencement... D'ailleurs, il est mort, et Dieu est son juge! Mais, pardon! Excellences, j'ai laissé mes filets au bord de l'eau, et s'il venait de l'orage, cette nuit, ils pourraient bien s'en aller. Il faut que je les retire. Ce sont encore de bons filets, et qui prennent du poisson. J'en fournis la table de ma fille, mais elle le paie, dà! je ne donne rien pour rien! et je lui dis... « Mange, mange... fais manger tes enfans; heureusement pour eux, ils retrouveront ce poisson-là dans ma bourse! »

CHAPITRE VI.

— Quelle ignoble nature! dit Karol quand Menapace se fut éloigné.

— C'est la nature humaine dans sa nudité, répondit Salvator. C'est le vrai type de l'homme de peine. Prévoyance sans lumière, probité sans délicatesse, bon sens dépourvu d'idéal, cupidité honnête, mais laide et triste.

— C'est trop peu dire, reprit le prince. Il y a là une immoralité odieuse, et je ne comprends pas que la signora Floriani puisse vivre avec ce spectacle sous les yeux.

— Je présume que, lorsqu'elle est venue le chercher, elle ne s'attendait pas à y trouver tant de vile prose. La noble femme, dans son souvenir poétique du vieux père et de la cabane de roseaux, aspirait sans doute à la vie champêtre, au retour de l'innocence patriarcale, à une touchante réconciliation avec ce vieillard qui l'avait maudite, et qu'elle ne nommait qu'en pleurant. Mais il y a peut-être plus de vertu encore à rester ici qu'à y être venue, et, sans doute, elle comprend, elle tolère et elle aime quand même.

— Comprendre et tolérer, cela n'est pas d'une âme délicate; à sa place, je comblerais bien ce vieil avare de bienfaits, mais je ne saurais vivre à ses côtés sans une mortelle souffrance; l'idée seule d'un tel malheur me révolte et me navre.

— Et où vois-tu donc tant de perversité? cet homme ne comprend pas le luxe et la libéralité qui vient avec l'aisance dans les bonnes âmes. Il est trop vieux pour sentir que posséder et donner vont ensemble. Il amasse ce qu'il reçoit de sa fille pour le conserver à ses petits-enfans.

— Elle a donc des enfans?

— Elle en avait deux, peut-être en a-t-elle davantage maintenant.

— Et son mari?... dit Karol avec hésitation, où est-il?

— Elle n'a jamais été mariée que je sache, répondit tranquillement Salvator.

Le prince garda le silence, et Salvator, devinant ce qu'il pensait, ne sut que dire pour l'en distraire. Certes, il n'y avait pas de bonnes excuses à donner pour ce fait.

— Ce qui explique une conduite abandonnée aux hasards de la vie, reprit Karol au bout d'un instant, c'est l'absence de notions honnêtes dans la première jeunesse. Pouvait-elle en recevoir d'un père qui n'a pas même le sentiment du point d'honneur, et qui, dans tous les désordres de sa fille, n'a vu que l'argent qu'elle gagnait et qu'elle dépensait?

— Tels sont les hommes vus de près, telle est la vie dépouillée de prestige! répondit philosophiquement Salvator. Quand la bonne Floriani me parlait de sa première faute, elle s'accusait seule, et ne se souvenait pas des travers, probablement insupportables, de son père, qui eussent pu cependant lui servir d'excuse. Quand elle parlait de lui, elle vantait, en la déplorant, l'obstination de son courroux. Elle l'attribuait à une vertu antique, à des préjugés respectables. Elle disait, je m'en souviens, que lorsqu'elle serait dégagée de tous les liens du siècle et de toutes les chaînes de l'amour, elle irait se jeter à ses pieds et se purifier auprès de lui. Eh bien! la pauvre pécheresse! elle aura trouvé un sauveur bien indigne d'un si beau repentir, et cette déception n'a pas dû être une des moindres de sa vie. Les grands cœurs voient toujours en beau. Ils sont condamnés à se tromper sans cesse.

— Les grands cœurs peuvent-ils résister à beaucoup d'expériences fâcheuses? dit Karol.

— Le plus ou moins de dommage qu'ils y reçoivent prouve leur plus ou moins de grandeur.

— La nature humaine est faible. Je crois donc que les âmes véritablement attachées aux principes ne devraient pas chercher le péril. Es-tu bien décidé, Salvator, à passer quelques jours ici?

— Je n'ai point parlé de cela; nous n'y resterons qu'une heure, si tu veux.

En cédant toujours, Salvator gouvernait Karol, du moins quant aux choses extérieures, car le prince était généreux et immolait ses répugnances par un principe de savoir-vivre qu'il portait jusque dans l'intimité la plus étroite.

— Je veux ne te contrarier en rien, répondit-il, et t'imposer une privation, te causer un regret me serait insupportable; mais promets-moi du moins, Salvator, de faire un effort sur toi-même pour ne pas devenir amoureux de cette femme?

— Je te le promets, répondit Albani en riant, mais autant en emportera le vent, si ma destinée est de devenir son amant après avoir été son ami.

— Tu invoques la destinée, reprit Karol, lorsqu'elle est entre tes mains! Ici ta conscience, ta volonté doivent seules te préserver.

— Tu parles des couleurs comme un aveugle, Karol. L'amour rompt tous les obstacles qu'on lui présente, comme la mer rompt ses digues. Je puis te jurer de ne pas rester ici plus d'une nuit, mais je ne puis être certain de n'y pas laisser mon cœur et ma pensée.

—Voilà donc pourquoi je me sens si faible et si abattu, ce soir! dit le prince. Oui, ami, j'en reviens toujours à cette terreur superstitieuse qui s'est emparée de moi, lorsque j'ai jeté les yeux sur ce lac, même de loin! Quand nous sommes descendus dans le bateau qui vient de nous transporter ici, il m'a semblé que nous allions nous noyer, et tu sais pourtant que je n'ai pas la faiblesse de craindre les dangers physiques, que je n'ai pas de répugnance pour l'eau et que j'ai vogué tranquillement hier avec toi pendant tout le jour, et même par un bel orage, sur le lac de Côme. Eh bien! je me suis aventuré sur la surface tranquille de celui-ci avec la timidité d'une femme nerveuse. Je ne suis que rarement sujet à ces sortes de superstitions, je ne m'y abandonne pas, et la preuve que je sais y résister, c'est que je ne t'en ai rien dit: mais la même inquiétude vague d'un danger inconnu, d'un malheur imminent pour toi ou pour moi me poursuit jusqu'à cette heure. J'ai cru voir passer dans ces flots des fantômes bien connus qui me faisaient signe de rétrograder. Les reflets d'or du couchant prenaient, dans le sillage de la barque, tantôt la forme de ma mère, tantôt les traits de Lucie. Les spectres de toutes mes affections perdues se plaçaient obstinément entre nous et ce rivage. Je ne me sens pas malade, je me méfie de mon imagination et, pourtant, je ne suis pas tranquille, cela n'est pas naturel.

Salvator allait essayer de prouver que cette inquiétude était un phénomène tout nerveux, résultat de l'agitation du voyage, lorsqu'une voix forte et vibrante fit entendre ces mots derrière la chaumière: « Où est-il, où est-il, Biffi? »

Salvator fit un cri de joie, s'élança sur la terrasse, et Karol le vit recevoir dans ses bras une femme qui lui rendait avec effusion une embrassade toute fraternelle.

Ils se parlèrent en s'interrogeant et en se répondant avec vivacité dans ce dialecte lombard que Karol n'entendait pas aussi rapidement que l'italien véritable. Le résultat de cet échange de paroles serrées et contractées fut que la Floriani se retourna vers le prince, lui tendit la main, et, sans s'apercevoir qu'il ne s'y prêtait pas de bien bonne grâce, elle la lui pressa cordialement, en lui disant qu'il était le bien venu, et qu'elle se ferait un grand plaisir de le recevoir.

— Je te demande pardon, mon bon Salvator, dit-elle en riant, de t'avoir laissé faire antichambre dans le manoir de mes ancêtres; mais je suis exposée ici à la curiosité des oisifs, et comme j'ai toujours quelque grand projet de travail en tête, je suis forcée de m'enfermer comme une nonne.

—Mais c'est qu'on dit que vous avez presque pris le voile et prononcé des vœux depuis quelque temps, dit Salvator en baisant à plusieurs reprises la main qu'elle lui abandonnait. Ce n'est qu'en tremblant que j'ai osé venir vous relancer dans votre ermitage.

— Bien, bien, reprit-elle, tu te moques de moi et de mes beaux projets. C'est parce que je ne veux pas recevoir de mauvais conseils que je me cache, et que j'ai fui tous mes amis. Mais puisque la fortune t'amène auprès de moi, je n'ai pas encore assez de vertu pour te renvoyer. Viens, et amène ton ami. J'aurai au moins le plaisir de vous offrir un gîte plus confortable que la locanda d'Iseo. — Est-ce que tu ne reconnais pas mon fils, que tu ne l'embrasses pas?

— Eh non! je n'osais pas le reconnaître, dit Salvator en se retournant vers un bel enfant de douze ans qui gambadait autour de lui avec un chien de chasse. « Comme il a grandi, comme il est beau! » Et il pressa dans ses bras l'enfant qui ne savait plus son nom. Et l'autre? ajouta Salvator, la petite fille?

— Vous la verrez tout-à-l'heure, ainsi que sa petite sœur, et mon dernier garçon.

— Quatre enfans! s'écria Salvator.

— Oui, quatre beaux enfans, et tous avec moi, malgré ce qu'on peut en dire. Vous avez fait connaissance avec mon père, pendant qu'on venait m'appeler? Vous voyez, c'est lui qui est mon gardien de ce côté. Personne n'entre sans sa permission. Bonsoir, père, pour la seconde fois. Venez-vous déjeuner demain avec nous?

— Je n'en sais rien, je n'en sais rien, dit le vieillard. Vous serez assez de monde sans moi.

La Floriani insista, mais son père ne s'engagea à rien, et il la tira à l'écart pour lui demander s'il lui fallait du poisson. Comme elle savait que c'était sa monomanie de lui vendre le produit de sa pêche, et même de le lui vendre cher, elle lui fit une belle commande et le laissa enchanté. Salvator les observait à la dérobée; il vit que la Floriani prenait très philosophiquement son parti et même gaîment, de ces travers prosaïques.

La nuit était venue, et Karol, ni même son ami (à qui les traits de la Floriani étaient cependant assez connus), ne pouvaient bien distinguer son visage. Elle ne parut au prince ni majestueuse dans sa taille, ni élégante dans ses manières, comme on eût pu l'attendre d'une femme qui avait représenté si bien les grandes dames et les reines de théâtre. Elle était plutôt petite et un peu grasse. Sa voix avait beaucoup de sonorité, mais c'était une voix trop vibrante pour les oreilles du prince. Si une femme eût parlé ainsi dans un salon, tous les yeux se fussent portés sur elle, et c'eût été de fort mauvais goût.

Ils traversèrent le parc et le jardin avec Biffi, qui portait la valise, et ils pénétrèrent dans une grande salle d'un style simple et noble, soutenue par des colonnes doriques, et revêtue de stuc blanc. Il y avait beaucoup de lumières et de fleurs aux quatre angles, d'où s'élançaient de brillans filets d'eau, amenés à peu de frais du lac voisin.

— Vous êtes étonnés peut-être de tant de clarté inutile, dit la Floriani, en voyant l'agréable surprise que ce beau salon causait à Salvator; mais c'est la seule fantaisie que j'aie gardée du théâtre. Même dans la solitude, j'aime un local vaste et brillant de lumières. J'aime aussi la clarté des étoiles; mais un appartement sombre m'attriste.

La Floriani, à qui cette maison rappelait des souvenirs à la fois doux et cruels, y avait fait beaucoup de changemens et d'embellissemens. Elle n'y avait laissé intacts que la chambre habitée jadis par sa marraine, Mme Ranieri, et un parterre réservé, où cette excellente femme cultivait des fleurs et lui avait enseigné à les aimer. La Ranieri avait tendrement aimé Lucrezia; elle avait fait son possible pour obtenir que le vieux procureur avare, dont elle avait le malheur d'être la femme et l'esclave, unît son fils à la jeune paysanne instruite. Mais elle avait échoué; toute cette famille avait disparu. La Floriani chérissait la mémoire des uns, pardonnait à celle des autres, et, après beaucoup d'émotion, elle s'était habituée à vivre là, sans trop se rappeler le passé. C'est parce qu'elle avait fait plusieurs améliorations de nécessité et de goût à cette résidence d'ailleurs fort simple, que le vieux Menapace, qui ne concevait pas ses besoins d'élégance, d'harmonie et de propreté, l'accusait de s'y ruiner.

L'aspect de ce salon plut aussi à Karol. Cette sorte de luxe italien qui s'attache à la satisfaction des yeux, à la beauté des lignes et à l'élégance monumentale plus qu'à la profusion, à la commodité et à la richesse des meubles, était précisément dans ses goûts et répondait à l'idée qu'il se faisait d'une existence à la fois fière et simple. Suivant son habitude de ne pas vouloir sonder trop avant l'âme d'autrui, et de regarder le cadre plutôt que d'étudier l'image, il chercha, dans les habitudes extérieures de la Floriani, de quoi se consoler de ce qu'il jugeait devoir être scandaleux et coupable dans ses mœurs intimes. Mais tandis qu'il admirait les murailles claires et brillantes, les fontaines limpides et les fleurs exotiques, Salvator avait une bien autre préoccupation : il regardait la Floriani avec inquiétude et avidité. Il craignait de ne plus la trouver belle, et peut-être aussi, en songeant au serment qu'il avait fait de partir le lendemain, le désirait-il un peu.

Dès qu'il la vit suffisamment éclairée, il s'aperçut, en effet, d'une notable altération dans sa fraîcheur et dans sa beauté. Elle avait pris quelque embonpoint; le coloris délicat de ses joues avait fait place à une pâleur unie; ses yeux avaient perdu une partie de leur éclat, ses traits avaient changé d'expression : en un mot, elle était moins vivante, moins animée, quoiqu'elle parût plus active et mieux portante que jamais. Elle n'aimait plus : c'était une autre femme, et il fallait quelques instans pour refaire connaissance avec elle.

La Floriani avait alors trente ans : il y en avait quatre ou cinq que Salvator ne l'avait vue. Il l'avait laissée au milieu des émotions du travail, de la passion et de la gloire. Il la retrouvait mère de famille, campagnarde, génie retraité, étoile pâlie.

Elle s'aperçut vite de l'impression que ce changement faisait sur lui : car ils s'étaient pris par la main et se regardaient attentivement, elle avec un sourire calme et radieux, lui avec un sourire inquiet et mélancolique.

— Eh! bien, lui dit-elle d'un ton de franchise et de résolution sans arrière-pensée; nous sommes changés tous les deux, n'est-ce pas? et nous avons quelque chose à corriger dans nos souvenirs? Ce changement est tout à ton avantage, cher comte. Tu as beaucoup gagné. Tu étais un aimable et intéressant jeune homme : te voilà jeune homme encore, mais homme fait; plus brun, plus fort, avec une belle barbe noire, des yeux superbes, une chevelure de lion, un air de puissance et de triomphe. Tu es dans le plus beau moment d'épanouissement de ta vie, et tu en jouis grandement, cela se voit dans ton regard plus assuré et plus brillant qu'il ne l'était autrefois. Tu t'étonnes d'être plus beau que moi aujourd'hui; tu te rappelles le temps où tu croyais que c'était le contraire. Il y a deux raisons à cela : c'est que tu es moins enthousiaste, et que je suis moins jeune. Je vais descendre la pente que tu n'as pas fini de gravir. Tu levais la tête pour me regarder, et, à présent, tu te courbes pour me chercher au dessous de toi, sur le revers de la vie; ne me plains pas pourtant! je crois que je suis plus heureuse dans mon nuage que tu ne l'es dans ton soleil.

CHAPITRE VII.

La Floriani avait, dans la voix, un charme particulier. C'était, à la vérité, une voix trop forte pour une femme du monde, mais parfaitement fraîche encore, et on ne sentait rien, dans le timbre, de l'abus de la parole en public. Il y avait surtout, dans son accent, une franchise qui ne laissait jamais l'ombre du doute sur la sincérité du sentiment qu'elle exprimait, et, dans sa diction, qui avait toujours été aussi naturelle sur la scène que dans l'intimité, rien ne rappelait la déclamation et l'emphase des planches. Pourtant cela était accentué et empreint d'une forte vitalité. A la justesse des intonations, Karol sentit qu'elle avait dû être une actrice parfaite et d'un sympathique irrésistible. Ce fut dans ce sens qu'il exerça son approbation, bien décidé qu'il était à ne voir d'intéressant en elle que l'artiste.

Salvator la savait trop sincère par nature pour affecter le détachement d'elle-même. Il pensa seulement qu'elle se faisait illusion, et il chercha ce qu'il pourrait lui dire pour atténuer l'effet un peu cruel de son premier regard. Mais, dans ces cas-là, on ne peut rien trouver d'assez délicat pour consoler une femme de sa défaite, et il ne sut rien faire de mieux que de l'embrasser, en lui disant qu'elle aurait encore des amans à cent ans, s'il lui plaisait d'en avoir.

— Non, dit-elle en riant; je ne recommencerai pas Ninon de Lenclos. Pour ne pas vieillir, il faut être oisive et froide. L'amour et le travail ne permettent pas de se conserver ainsi. J'espère garder mes amis, voilà tout. C'est bien assez.

En ce moment, deux petites filles charmantes s'élancèrent dans le salon, en criant que le souper était servi. Les deux voyageurs, ayant pris le leur à Iseo, exigèrent que la Floriani se mît à table avec ses enfans. Salvator prit dans ses bras la petite fille qu'il connaissait et celle qu'il ne connaissait pas, et les porta dans la salle à manger. Karol, qui craignait d'être gênant, resta dans le salon. Mais ces deux pièces étaient contiguës; la porte resta ouverte, et les murs de stuc étaient sonores. Quoiqu'il désirât de rester plongé dans son monde intérieur, et de ne prendre aucune part à ce qui se passerait autour de lui dans cette maison, il voyait et entendait tout, et même il écoutait, quoi qu'il en eût une sorte de dépit contre lui-même.

— Ah çà! disait Salvator en s'asseyant à table à côté des enfans (et Karol remarqua que, lorsqu'il n'était pas dans sa présence immédiate, il ne se gênait plus pour tutoyer la Floriani), permets-moi de servir tes enfans et toi; voilà déjà que je les adore, ces marmots, comme autrefois, et même cette charmante petite fée blonde qui n'était pas née de mon temps. Il n'y a que toi, Lucrezia, pour faire tout mieux que tout le monde, même les enfans!

— Tu pourrais bien dire, *surtout* les enfans! répondit-elle; Dieu m'a bénie sous ce rapport. Ils sont aussi bons et aimables, et faciles à élever qu'ils sont frais et bien portans. Ah! tiens, en voici encore un qui vient nous dire bonsoir. Encore une connaissance à faire, Salvator!

Karol qui, après avoir essayé de parcourir une gazette, s'était mis à marcher dans le salon, jeta involontairement les yeux vers la salle à manger, et y vit entrer une belle villageoise qui portait dans ses bras un enfant endormi.

— Voilà une superbe nourrice! s'écria Salvator ingénûment.

— Tu la colomnies, dit la Floriani; dis plutôt une vierge du Corrège portant *il divino bambino*. Mes enfans n'ont pas eu d'autre nourrice que moi, et les deux premiers ont souvent pressé mon sein dans la coulisse, entre deux scènes. Je me souviens qu'une fois le public me rappelait avec tant de despotisme après la première pièce, que j'ai été forcée de venir le saluer avec mon enfant sous mon châle. Les deux derniers ont été élevés plus paisiblement. Ce petit-là est sevré depuis longtemps. Vois! c'est un enfant de deux ans.

— Ma foi, le dernier que je vois me semble toujours le plus beau, dit Salvator en prenant le *bambino* des mains de la servante. C'est un vrai chérubin! j'ai bien envie de l'embrasser, mais j'ai peur de le réveiller.

— Ne crains rien : les enfans qui se portent bien et qui jouent toute la journée au grand air, ont le sommeil dur. Il ne faut pas les priver d'une bonne caresse; quand cela ne leur fait pas plaisir, cela leur porte bonheur.

— Ah! oui, c'est ta superstition à toi! dit Salvator. Je m'en souviens! Elle est tendre et je l'aime, cette idée-là. Tu l'étends jusqu'aux morts, et je me rappelle ce pauvre machiniste que la chute d'un décor avait tué pendant une de tes représentations...

— Ah! oui, le pauvre homme! Tu étais là... C'est du temps de ma direction.

— Et toi, courageuse, excellente, tu l'avais fait porter dans ta loge, où il rendit le dernier soupir. Quelle scène!

— Oui, certes, plus terrible que celle que je venais de jouer devant le public. Mon costume fut couvert du sang de ce malheureux!

— Quelle vie que la tienne! Tu n'eus pas le temps de changer, la pièce marchait, tu reparus sur le théâtre et on crut que ce sang faisait partie du drame.

— C'était un pauvre père de famille. Sa femme était là et de la scène je l'entendais crier et gémir dans ma loge. Il faut être de fer pour résister à la vie de comédienne.

— Tu es de fer, en apparence, mais je ne connais pas d'entrailles plus humaines et plus compatissantes que les tiennes. Je me souviens qu'après la représentation, lorsqu'on emporta ce cadavre, tu t'approchas de lui et tu lui donnas un baiser au front, disant que cela aiderait son âme à entrer dans le repos. Les autres actrices, entraînées par ton exemple, en firent autant, et moi-même, pour te plaire, j'eus ce courage, bien que les hommes en aient moins en pareil cas que les femmes. Eh bien! cela était bizarre et ressemblait à une folie; mais les choses de cœur vont au cœur. Sa femme, à qui tu assurais une pension, fut encore plus sensible à ce baiser de toi, belle reine, donné au cadavre sanglant d'un affreux ouvrier... (car il était affreux!) qu'à tous tes bienfaits; elle embrassa tes genoux, elle sentit que tu venais d'illustrer son mari, et qu'il ne pouvait pas aller en enfer avec un baiser de toi sur le front. »

Les yeux du fils aîné de la Floriani brillèrent comme des escarboucles pendant ce récit.

— Oui, oui, s'écria ce bel enfant, qui avait les traits purs et la physionomie intelligente de sa mère, j'étais là aussi, moi, et je n'ai rien oublié. Cela s'est passé tout comme tu le dis, signor; et moi, aussi, j'ai embrassé le pauvre Giananton!

— C'est bien, Célio, dit la Floriani en embrassant son fils. Il ne faut pas trop se rappeler ces émotions-là, elles étaient bien fortes pour ton âge; mais il ne faut pas non plus les oublier. Dieu nous défend d'éviter le malheur et la souffrance des autres; il faut toujours être tout prêt à y courir, et ne jamais croire qu'il n'y ait rien à faire. Tu vois, quand ce ne serait que bénir les morts et consoler un peu ceux qui pleurent! C'est ta manière de voir, n'est-ce pas, Célio?

— Oui! dit l'enfant avec l'accent de franchise et de fermeté qu'il tenait de sa mère; et il l'embrassa si fort et de si grand cœur, qu'il laissa un instant, sur son cou rond et puissant, la marque de ses vigoureuses petites mains.

La Floriani ne fit pas attention à la rudesse de cette étreinte, et ne lui en sut pas mauvais gré. Elle continua de souper avec grand appétit; mais toujours occupée de ses enfans, tout en parlant avec animation à Salvator, elle veillait à ce qu'il mesurât avec sagesse les mets et le vin à chacun, suivant son âge et son tempérament.

C'était une nature active dans le calme, distraite pour elle-même, attentive et vigilante pour les autres; ardente dans ses affections, mais sans puérile inquiétude, toujours occupée de faire réfléchir ses enfans sans entraver leur gaîté, selon la portée de leur âge et la disposition de leur naturel; jouant avec eux, et, en ce point, extrêmement enfant elle-même, gaie par instinct et par habitude, et surprenante par un sérieux de jugement et une fermeté d'opinions qui n'empêchaient pas une tolerance maternelle, étendue encore au delà du cer-

âme de la famille. Elle avait un esprit net, profond et enjoué. Elle disait des choses plaisantes d'un air tranquille, et faisait rire sans rire elle-même. Elle avait pour système d'entretenir la bonne humeur et de prendre le côté plaisant des contrariétés, le côté acceptable des souffrances, le côté salutaire des malheurs. Sa manière d'être, sa vie entière, son être lui-même, étaient une éducation incessante pour les enfans, les amis, les serviteurs et les pauvres. Elle existait, elle pensait, elle respirait en quelque sorte pour le bien-être moral et physique d'autrui, et ne paraissait pas se souvenir, au milieu de ce travail facile en apparence, qu'il y eût pour elle des regrets ou des désirs quelconques.

Cependant, aucune femme n'avait autant souffert, et Salvator le savait bien.

Vers la fin du souper, les petites filles se disposèrent à aller rejoindre leur petit frère, déjà endormi dans la chambre de leur mère. Le beau Célio qui, en raison de ses douze ans, avait le privilége de ne se coucher qu'à dix heures, alla courir avec son chien sur la terrasse qui dominait la vue du lac.

Ce fut un beau spectacle que de voir la Floriani recevoir au dessert les dernières caresses de ses enfans, en même temps que ces superbes marmots se disaient bonsoir et s'embrassaient les uns les autres avec un cérémonial pétulant et des accolades, moitié tendresse, moitié combat. Avec son profil de camée antique, ses cheveux roulés sans art et sans coquetterie autour de sa tête puissante, sa robe lâche et sans luxe, sous laquelle on avait peine à deviner une statue d'impératrice romaine, sa pâleur calme, marbrée par les baisers violens de ses marmots, ses yeux fatigués, mais sereins, ses beaux bras, dont les muscles ronds et fermes se dessinaient gracieusement lorsqu'elle y enfermait toute sa couvée, elle devint tout-à-coup plus belle et plus vivante que Salvator ne l'avait encore vue. A peine les enfans furent-ils sortis, qu'oubliant le spectre de Karol qui passait et repassait avec agitation sur le fond de la muraille, il laissa déborder son cœur.

— Lucrezia! s'écria-t-il en couvrant de baisers ses bras fatigués par tant de jeux et d'étreintes maternelles, je ne sais pas où j'avais l'esprit, le cœur et les yeux quand je me suis imaginé que tu avais vieilli et enlaidi. Jamais tu n'as été plus jeune, plus fraîche, plus suave, plus capable de rendre fou. Si tu veux que je le sois, tu n'as qu'un mot à dire, et peut-être que tu serais obligée d'en dire beaucoup pour m'en empêcher. Tiens, je t'ai toujours aimée d'amitié, d'amour, de respect, d'estime, d'admiration, de passion... et à présent...

— Et à présent, mon ami, tu te moques ou tu déraisonnes, dit la Floriani avec la tranquille modestie que donne l'habitude de régner. Ne parlons pas légèrement de choses sérieuses, je t'en prie.

— Mais rien n'est plus sérieux que ce que je dis... Voyons! dit-il en baissant un peu la voix par instinct plus que par véritable prudence, car le prince ne perdit pas un mot; dis-moi, à cette heure, es-tu libre?

— Pas le moins du monde, et moins que jamais! J'appartiens désormais tout entière à ma famille, à mes enfans. Ce sont là des chaînes plus sacrées que toutes les autres, et je ne les romprai plus.

— Bien, bien! qui voudrait te les faire rompre? Mais l'amour, dis? Est-il vrai que, depuis un an, tu y aies renoncé?

— C'est très vrai.

— Quoi, pas d'amant? Le père de Celio et de Stella?

— Il est mort. C'était Memmo Ranieri.

— Ah! c'est vrai; mais celui de la petite...

— De ma Béatrice? Il m'a quittée avant qu'elle fût née.

— Celui-là n'est donc pas le père du dernier?

— De Salvator? Non.

— Ton dernier enfant s'appelle Salvator?

— En mémoire de toi, et par reconnaissance de ce que tu ne m'avais jamais fait la cour.

— Divine et méchante femme! Mais enfin, où est le père de mon filleul?

— Je l'ai quitté l'année dernière.

— Quitté? Toi, quitter la première?

— Oui, en vérité! j'étais lasse de l'amour. Je n'y avais trouvé que tourmens et injustices. Il fallait, ou mourir de chagrin sous le joug, ou vivre pour mes enfans en leur sacrifiant un homme qui ne pouvait pas les aimer tous également. J'ai pris ce dernier parti. J'ai souffert, mais je ne m'en repens pas.

— Mais on m'a dit que tu avais eu une liaison avec un de mes amis, un Français, un homme de quelque talent, un peintre...

— Saint-Gély? Nous nous sommes aimés huit jours.

— Votre aventure a fait du bruit.

— Peut-être! Il fut impertinent avec moi, je le priai de ne plus revenir dans ma maison.

— Est-ce lui le père de Salvator?

— Non, le père de Salvator est Vandoni, un pauvre comédien, le meilleur, le plus honnête peut-être de tous les hommes. Mais une jalousie puérile, misérable, le dévorait. Une jalousie rétroactive, le croirais-tu? Ne pouvant me soupçonner dans le présent, il m'accablait dans le passé. C'était facile, ma vie donne prise au rigorisme; aussi n'était-ce pas généreux. Je n'ai pu supporter ses querelles, ses reproches, ses emportemens, qui menaçaient d'éclater bientôt devant mes enfans. J'ai fui, je me suis tenue cachée ici pendant quelque temps, et quand j'ai su qu'il avait enfin pris son parti, j'ai acheté cette maison et je m'y suis établie. Cependant je suis encore un peu sur le qui-vive, car il m'aimait beaucoup, et si sa nouvelle maîtresse n'a pas le talent de le retenir, il est capable de me retomber sur les bras. C'est ce que je ne veux à aucun prix.

— Eh bien! dit Salvator en riant et en lui prenant encore les mains, garde-moi ici pour ton chevalier. Je le pourfendrai, s'il se présente.

— Merci, je me garderai bien sans toi.

— Tu ne veux donc pas que je reste? dit Salvator qui s'était un peu animé avec quelques verres de marasquin de Zara, et qui avait complètement oublié son ami et ses sermens.

— Si fait, tant que tu voudras! répondit la Floriani en lui donnant une petite tape sur la joue, mais sur l'ancien pied.

— Permets que ce soit le pied de guerre et que je m'insurge.

— Prends garde, dit-elle en se dégageant de ses bras. Si tu n'es plus mon ami comme autrefois, je te renverrai. Allons retrouver ton compagnon de voyage qui doit s'ennuyer là tout seul, au salon!»

Karol qui, appuyé contre une colonne, entendait tout ce dialogue, sortit comme d'un rêve et s'éloigna pour n'être pas surpris aux écoutes, où il s'était oublié. Il passa sa main sur son front comme pour en chasser l'impression d'un cauchemar. L'effort involontaire qu'il avait fait pour pénétrer dans la pensée d'une existence si orageuse, si désordonnée, si mêlée de choses superbes et déplorables, avait brisé son âme. Il ne concevait pas que Salvator s'enflammât, à mesure que cette femme lui dévoilait audacieusement ses erreurs successives, et que, ce qui l'eût repoussé, lui, attirât ce jeune homme insensé comme la lumière attire le papillon de nuit.

Il ne se sentit point capable d'affronter leur présence. Il craignait de ne pouvoir cacher son mécontentement à Salvator, sa pitié à la Floriani. Il sortit précipitamment par une autre porte, et, rencontrant le jeune Celio, il lui demanda où était la chambre qu'on avait bien voulu lui destiner. L'enfant le conduisit à l'étage supérieur, dans un bel appartement où deux lits, d'une fraîcheur et d'un moelleux recherchés, avaient été déjà préparés pour Salvator et pour lui. Il pria l'enfant de dire à sa mère que, se sentant fatigué, il s'était retiré, et qu'il la priait d'agréer ses respects et ses excuses.

Demeuré seul, il essaya de se recueillir et de se calmer. Mais il ne put retrouver la placidité de ses pensées habituelles. Il semblait qu'une influence brutale en eût profondément troublé la source. Il résolut de se coucher et de s'endormir; mais il soupira et s'agita en vain dans ce lit délicieux. Le sommeil ne vint pas, et il entendit sonner minuit sans avoir fermé l'œil. Salvator ne venait point.

CHAPITRE VIII.

Salvator Albani était cependant un grand dormeur. Comme tous les hommes dispos, robustes, actifs et insoucians, il mangeait comme quatre, se fatiguait tout le jour, et ne se faisait pas prier pour s'endormir aussi vite que le prince, à qui des habitudes régulières et une petite santé imposaient l'obligation de ne pas veiller.

Si, par hasard pourtant depuis qu'ils étaient en voyage tête à tête, Salvator prolongeait un peu sa soirée, il ne manquait point d'aller, deux ou trois fois, s'assurer que *son enfant* (comme il l'appelait) dormait tranquillement. Il avait l'instinct paternel, et quoiqu'il n'eût que quatre ou cinq ans de plus que Karol, il le soignait comme il eût fait pour un fils, tant il avait besoin de servir et d'aider aux êtres plus faibles que lui. En cela il avait quelque ressemblance avec la Floriani, et pouvait apprécier, mieux que personne, l'amour profond qu'elle portait à sa progéniture.

Malgré tout, Salvator oublia, cette fois, sa sollicitude accoutumée, et la Floriani, qui ne savait pas à quels ménagemens et à quels soins le prince était habitué de sa part, ne lui fit pas songer à le rejoindre.

—Ton ami nous a déjà quittés, lui dit-elle après que Célio eut rempli son message. Il parait souffrant. Comment l'appelles-tu? Depuis quand voyagez-vous ensemble? On dirait qu'il a du chagrin?...

Quand Salvator eut répondu à toutes ces questions: Pauvre enfant! reprit la Floriani, il m'intéresse. C'est beau d'aimer ainsi sa mère et de la pleurer si longtemps! Sa figure et ses manières m'ont été au cœur. Ah! si mon pauvre Célio me perdait, il serait bien à plaindre! Qui l'aimerait comme moi?

— Il faut adorer ses enfans et vivre pour eux comme tu le fais, dit Salvator; mais il ne faut pas trop les habituer à vivre pour eux-mêmes ou pour la tendre mère qui se consacre à eux. Il y a des dangers et des inconvéniens graves à ne pas donner à leur esprit tout le développement dont il est susceptible, et mon ami en est un exemple: c'est un être adorable, mais malheureux.

— Comment cela? pourquoi? explique-moi cela. Quand il s'agit d'enfans, de caractères, d'éducation, je suis toujours prête à écouter et à réfléchir.

— Oh! mon ami est un étrange caractère et je ne saurais te le définir; mais, en deux mots, je te dirai qu'il prend tout avec excès, l'affection et l'éloignement, le bonheur et la peine.

— Eh bien! c'est une nature d'artiste.

— Tu l'as dit; mais on ne l'a pas assez développé dans ce sens; il a une passion vive, mais trop générale pour l'art. Il est exclusif dans ses goûts, mais il n'est pas dominé par une spécialité qui l'occupe et le contraigne à se distraire de la vie réelle.

— Eh bien! c'est une nature de femme.

— Oui; mais pas comme la tienne, ma Floriani. Quoiqu'il soit capable d'autant de passion, de dévouement, de délicatesse, d'enthousiasme, que la femme la plus tendre...

— En ce cas, il est bien à plaindre, car il cherchera toute sa vie sans trouver un cœur qui lui réponde parfaitement.

— Ah! c'est que tu n'as pas bien cherché, Lucrezia; si tu voulais, tu trouverais sans aller bien loin!

— Parle-moi de ton ami...

— Non, ne n'est pas de lui, c'est de moi que je te parle.

— J'entends bien, je te répondrai tout à l'heure; mais je n'aime pas à changer de propos à chaque instant. Réponds-moi d'abord: pourquoi dis-tu qu'il est si différent de moi, ton ami, malgré les rapports que tu prétends établir?

— C'est qu'il y a mille nuances dans ton esprit et qu'il n'y en a pas dans le sien. Le travail, les enfans, l'amitié, la campagne, les fleurs, la musique, tout ce qui est bon et beau, tu le sens si vivement que tu peux toujours te distraire et te consoler.

— C'est vrai. Et lui?

— Il aime tout cela par rapport à l'être qu'il aime, mais rien de tout cela par soi-même. L'objet de son amour mort ou absent, rien n'existe plus pour lui. Le désespoir et l'ennui l'accablent, et son âme n'a pas assez de vigueur pour recommencer la vie à cause d'un nouvel amour.

— C'est beau, cela! dit la Floriani saisie d'une naïve admiration. Si j'avais rencontré une âme pareille quand j'ai aimé pour la première fois, je n'aurais eu qu'un amour dans ma vie.

— Tu me fais peur, Lucrezia. Est-ce que tu vas aimer mon petit prince?

— Je n'aime pas les princes, répondit-elle d'un air ingénu. Je n'ai jamais pu aimer que de pauvres diables. D'ailleurs, ton petit prince serait mon fils!

— Folle que tu es! tu as trente ans, et il en a vingt-quatre!

— Ah! j'aurais cru qu'il n'en avait que seize ou dix-huit, il a l'air d'un adolescent! Et quant à moi, je me sens si vieille et si sage, que je me figure que j'en ai cinquante.

— C'est égal, je ne suis pas tranquille, il faut que j'emmène mon prince demain.

— Tu peux être fort tranquille, Salvator, je n'aurai plus d'amour. Tiens, dit-elle en lui prenant la main et en la plaçant sur son cœur, il y a là une pierre désormais. Mais non! ajouta-t-elle en plaçant la main de Salvator sur son front, l'amour des enfans et la charité habitent encore dans le cœur; mais le principal siége de l'amour, il est là, vois-tu, dans la tête, et ma tête est pétrifiée. Je sais qu'on le place dans les sens; ce n'est pas vrai pour les femmes intelligentes. Il suit chez elles une marche progressive, il s'empare du cerveau d'abord, il frappe à la porte de l'imagination. Sans cette clef d'or, il n'entre point. Quand il s'en est rendu maître, il descend dans les entrailles, il s'insinue dans toutes nos facultés, et nous aimons alors l'homme qui nous domine, comme un Dieu, comme un enfant, comme un frère, comme un mari, comme tout ce que la femme peut aimer. Il excite et subjugue toutes nos fibres vitales, j'en conviens, et les sens y jouent un grand rôle à leur tour. Mais la femme qui peut connaître le plaisir sans l'enthousiasme est une brute, et je te déclare que l'enthousiasme est mort en moi. J'ai eu trop de déceptions, j'ai trop d'expérience, et par dessus tout cela, je suis trop fatiguée. Tu sais comme je me suis dégoûtée du théâtre tout-à-coup, par lassitude, quoique je fusse dans toute ma force physique. Mon imagination était rassasiée, épuisée. Je ne trouvais plus dans le répertoire universel un seul rôle qui me parût vrai, et quand j'essayais d'en faire un à mon gré, je m'apercevais, après l'avoir joué une seule fois, que je n'avais pas rendu mon sentiment en l'écrivant. Je ne le disais pas bien, parce qu'il n'était pas bon, ce rôle, et je n'étais pas dupe de moi-même quand le public essayait de me tromper en applaudissant. Eh bien! je suis arrivée au même point pour l'amour; j'ai usé trop vite les cordes de l'illusion.

« L'amour est un prisme, continua la Floriani. C'est un soleil que nous portons au front et par lequel notre être intérieur s'illumine. Qu'il s'éteigne, et tout retombe dans la nuit! Maintenant, je vois la vie et les hommes tels qu'ils sont. Je ne peux plus aimer que par charité; c'est ce que j'ai fait pour Vandoni, mon dernier amant. Je n'avais plus d'enthousiasme, j'étais reconnaissante de son affection, touchée de sa souffrance, je me dévouais; je n'étais pas heureuse, je n'avais pas même d'ivresse. C'était une immolation perpétuelle, insensée, contre nature. Tout à coup, cette situation me fit horreur, je me trouvai avilie, je ne pus supporter le reproche de mes amours passés, parce que, de tous ces amours où je m'étais jetée naïvement et aveuglément, aucun ne me paraissait aussi coupable que celui que j'essayais de faire durer en dépit de moi-même... Oh! que de choses j'aurais à vous dire là-dessus, mon ami! mais vous êtes encore trop jeune, vous ne me comprendriez pas.

— Parle! parle! s'écria Salvator, qui était devenu pensif; et, retenant fortement la main de Lucrezia dans la sienne: fais que je te connaisse bien, lui dit-il, afin que je continue à t'aimer comme ma sœur, ou que j'aie le courage de t'aimer autrement. Vois, je suis calme, parce que je suis attentif.

— Aime-moi comme ta sœur, et non autrement, reprit-elle; car, moi, je ne puis voir en toi qu'un frère. C'est ainsi que j'aimais Vandoni, et depuis des années. Je l'avais connu au théâtre, où il ne brillait pas par son talent, mais où il se rendait utile par son activité, son dévoûment et sa bonté. Un soir... à la campagne, près de Milan, un beau soir d'été, comme celui-ci! il me faisait raconter l'histoire de ma rupture avec le chanteur Tealdo Soavi, le père de ma chère petite Béatrice. Celui-là, je l'avais aimé avec passion, mais c'était une âme lâche et perverse. Il prétendait vouloir m'épouser, et il était marié! Je ne tenais point au mariage, mais à la vérité, et je ne pus apprendre sans horreur qu'il savait mentir si longtemps et si habilement. Je fus amère et emportée dans mes reproches; il me quitta au moment où j'allais devenir mère. Je n'aurais pas eu le courage de le chasser, mais j'eus celui de ne pas le rappeler.

» Béatrice n'avait encore qu'un an, lorsque le pauvre Vandoni, qui s'était fait mon serviteur, mon cavalier-servant, mon âme damnée, et qui m'aimait depuis bien longtemps sans oser me le dire, en écoutant le récit de mes chagrins, se jeta à mes pieds: « Aime-moi, dit-il, et je te consolerai de tout. Je réparerai, j'effacerai tout le mal qu'on t'a fait. Je sais bien que tu n'auras point de passion pour moi, mais cède à la mienne, et peut-être que l'amour qui me consume se communiquera à ton cœur. D'ailleurs, avec ton amitié et ta confiance, je serai encore le plus heureux, le plus reconnaissant des hommes.

» Je résistai longtemps. J'avais tant d'amitié pour lui, en effet, que l'amour m'était impossible. Je voulus l'éloigner, il voulut sérieusement se tuer. J'essayai de vivre chastement près de lui, il devint comme fou. Je cédai; je crus que je commettais un inceste, tant j'eus de honte, de douleur et de larmes, au lieu d'ivresse, dans ses bras.

» Ses transports pourtant m'attendrirent, et pendant quelque temps j'eus avec lui une existence assez douce. Mais il avait compté que son exaltation serait à la fin partagée. Quand il vit qu'il s'était trompé et que je n'étais pour lui qu'une compagne douce et dévouée, il n'eut pas la modestie de se dire que je le connaissais trop pour avoir de l'enthousiasme, et que, plus je le connaîtrais, moins l'enthousiasme pourrait venir. Il était jeune, beau, plein de cœur; il ne manquait ni d'esprit ni d'instruction; il ne concevait pas qu'il ne pût exercer sur moi aucun prestige... Ni toi non plus, peut-être, Salvator? Je vais te dire pourquoi il n'en exerçait point.

» Ce n'est pas au mérite de l'être aimé qu'il faut mesurer la puissance de l'amour que nous éprouvons. L'amour vit de sa propre flamme pendant un certain temps, et même il s'allume en nous sans consulter notre expérience et notre raison. Ce que je te dis là est banal dans l'exemple, et tous les jours on voit des êtres sublimes ne rencontrer qu'ingratitude et trahison, tandis que des âmes perverses ou misérables inspirent des passions violentes et tenaces.

» On le voit, on le constate et l'on s'en étonne toujours, parce qu'on n'en recherche pas la cause, parce que l'amour est un sentiment de nature mystérieuse, que tout le monde subit sans le comprendre. Ce sujet est si profond qu'il est effrayant d'y penser, et pourtant, ne pourrait-on essayer sérieusement ce qui n'a été qu'aperçu d'une manière vague? Ne pourrait-on l'étudier, l'analyser, le comprendre et le connaître jusqu'à un certain point, ce sentiment délicieux et terrible, le plus grand que l'espèce humaine ressente, celui auquel nul ne se soustrait, et qui, pourtant, prend autant de formes et d'aspects différens qu'il existe d'individualités sur la terre? Ne pourrait-on du moins saisir son essence métaphysique, découvrir la loi de son idéal, et savoir ensuite, en s'interrogeant soi-même, si c'est un amour noble et juste, ou bien un amour funeste et insensé qu'on porte en soi?

— Voilà de grandes préoccupations, Lucrezia! dit Salvator, et, puisque tu en es à ce point de méditation, je vois bien que tu n'es plus sous l'empire des passions.

— Ce ne serait pas une raison, reprit-elle. On peut éprouver de grandes émotions et s'en rendre compte. C'est peut-être un malheur, mais j'ai cette faculté, je l'ai toujours eue; et, au milieu des plus grands orages de ma jeunesse, ma pensée se dévorait elle-même pour voir clair dans la tempête qui la bouleversait; je ne conçois même pas que, dans la passion, on ait une autre contention d'esprit que celle-là. Je sais bien qu'elle n'aboutit pas, que, plus on cherche à voir clair en soi, plus la vue se trouble: mais cela vient, comme je te l'ai dit, de ce que la loi de l'amour n'est pas connue, et de ce que le catéchisme de nos affections est encore à faire.

— Ainsi, dit Salvator, tu as beaucoup cherché, toi, et tu n'as pas trouvé le mot de l'énigme?

— Non, mais je pressens quelque chose, c'est qu'il est dans l'Evangile.

— L'amour dont nous parlons ici n'est pas dans l'Evangile, ma pauvre amie. Jésus l'a proscrit, il l'a ignoré. Celui qu'il nous enseigne s'étend à l'humanité collective et ne se concentre pas sur un seul être.

— Je n'en sais rien, reprit-elle, mais il me semble que tout ce que Jésus a dit et pensé n'est pas assez compris dans l'Evangile, et je jurerais qu'il n'était pas aussi ignorant sur l'amour qu'on veut bien le dire. Qu'il ait vécu vierge, je le veux bien, il n'en a que mieux aimé le côté métaphysique de l'amour. Qu'il soit Dieu, je le veux bien encore, je vois alors, dans son incarnation, un mariage avec la matière, une alliance avec la femme, qui ne me laisse pas de doutes sur la pensée divine. Ne te moque donc pas de moi, quand je te dis que Jésus a mieux compris l'amour que qui que ce soit; remarque bien sa conduite avec la femme adultère, avec la Samaritaine, avec Marthe et Marie, avec Madeleine; sa parabole des ouvriers de la douzième heure, si sublime et si profonde! Tout ce qu'il fait, tout ce qu'il dit, tout ce qu'il pense, tend à nous montrer l'amour plus grand dans sa cause que dans son objet, faisant bon marché de l'imperfection des êtres, et s'excitant à être d'autant plus vaste et plus ardent, que l'humanité est plus coupable, plus faible, et moins digne de ce généreux amour.

— Oui, tu fais là la peinture de la charité chrétienne.

— Eh bien! l'amour, le grand, le véritable amour, n'est-il pas la charité chrétienne appliquée et comme concentrée sur un seul être?

— Utopie! l'amour est le plus égoïste des sentimens, le plus inconciliable avec la charité chrétienne.

— L'amour, tel que vous l'avez fait, misérables hommes! s'écria la Lucrezia avec feu : mais l'amour que Dieu nous avait donné, celui qui, de son sein, aurait dû passer, pur et brûlant, dans le nôtre, celui que je comprends, moi, que j'ai rêvé, que j'ai cherché, que j'ai cru saisir et posséder quelquefois dans ma vie (hélas! le temps de faire un rêve et de s'éveiller en sursaut), celui pourtant auquel je crois comme à une religion, bien que j'en sois peut-être le seul adepte et que je sois morte à la peine de le poursuivre... celui-là est calqué sur l'amour que Jésus-Christ a ressenti et manifesté pour les hommes. C'est un reflet de la charité divine, il obéit aux mêmes lois. Il est calme, doux, et juste avec les justes. Il n'est inquiet, ardent, impétueux, passionné, en un mot, que pour les pécheurs. Quand tu verras deux époux excellens l'un pour l'autre, s'aimer d'une manière paisible, tendre et fidèle, dis que c'est de l'amitié. Mais quand tu te sentiras, toi, noble et honnête homme, violemment épris d'une misérable courtisane, sois certain que ce sera de l'amour, et n'en rougis pas! C'est ainsi que le Christ a chéri ceux qui l'ont sacrifié!

» C'est ainsi que moi j'ai aimé Téaldo Soavi. Je le savais bien égoïste, vaniteux, ambitieux, ingrat, mais j'en étais folle! Quand je le connus infâme, je le maudis, mais je l'aimais encore. Je l'ai pleuré avec une amertume si âcre que, depuis ce temps-là, j'ai perdu la faculté d'aimer un autre homme. J'ai paru vite consolée, et, maintenant, je le suis certainement; mais le coup a été si violent, la blessure si profonde, que je n'aimerai plus!»

La Floriani essuya une larme qui coulait lentement sur sa joue pâle et calme. Sa figure n'exprimait aucune irritation, mais sa tranquillité avait quelque chose d'effrayant.

CHAPITRE IX.

— Ainsi, c'est à cause d'un scélérat que tu n'as pu aimer un honnête homme? dit Salvator, ému : tu es une étrange femme, Lucrezia!

— Et quel besoin cet homme avait-il de mon amour? reprit-elle : N'était-il pas assez heureux par lui-même, de se sentir juste, bien organisé, sage, en paix avec sa conscience et avec les autres? Il demandait mon amitié pour récompense d'une bonne vie et d'un long dévoûment. Il l'eut, et ne voulut pas s'en contenter. Il demanda de la passion; il lui fallait de l'inquiétude, des tourmens. Il ne dépendait pas de moi d'être malheureuse à cause de lui. Il ne put me pardonner de vouloir le rendre heureux.

— Voilà bien des paradoxes, mon amie, j'en suis épouvanté! Tu dis de fort belles choses, mais si l'on voulait raisonner, ce serait difficile. L'amour, dis-tu, est généreux, sublime et divin. Le Christ lui-même nous l'a enseigné indirectement en nous enseignant la charité. C'est la compassion poussée jusqu'à l'emportement, le dévoûment jusqu'au délire. Cela, par conséquent, n'entre que dans les grands cœurs. Alors les grands cœurs sont condamnés à l'enfer dès cette vie, puisqu'ils ne brûlent de ce feu sacré que pour les méchans et les ingrats.

— Mais cela est certain! s'écria la Floriani, l'énigme de la vie n'a pas d'autre mot : sacrifice, torture et lassitude. Voilà pour la jeunesse, pour la force de l'âge et pour la vieillesse.

— Et les justes ne connaîtront pas le bonheur d'être aimés, par conséquent?

— Non, tant que le monde ne changera pas, et avec lui le cœur humain. Si Jésus revient dans d'autres temps, comme il l'a promis, il donnera, j'espère, de plus douces lois à une nouvelle race d'hommes; mais aussi cette race vaudra mieux que nous.

— Ainsi, point d'amour partagé, point d'ivresse pure pour nos générations?

— Non, non, trois fois non!

— Tu me fais peur, âme désespérée!

— C'est que tu veux voir le bonheur dans l'amour. Il n'y est point. Le bonheur, c'est le calme, c'est l'amitié; l'amour, c'est la tempête, c'est le combat.

— Eh bien! moi, je vais te définir un autre amour : l'amitié, par conséquent le calme, unie à la volupté; c'est-à-dire la jouissance, le bonheur.

— Oui, c'est là l'idéal du mariage. Je ne le connais pas, bien que je l'aie rêvé et poursuivi.

— Et de ce que tu l'ignores, tu le nies?

— Salvator, as-tu jamais rencontré deux amans ou deux époux qui s'aimassent absolument de la même manière, avec autant de force ou de calme l'un que l'autre?

— Je ne sais pas... Je ne crois pas!

— Moi, je suis bien sûre que non. Dès que la passion s'empare de l'un des deux (et c'est inévitable!) l'autre s'attiédit, la souffrance arrive, et le bonheur est troublé, sinon perdu. Dans la jeunesse, on cherche à s'aimer, dans l'âge fait, on s'aime en se torturant, dans l'âge mûr on s'aime... mais l'amour est parti!

— Eh bien! dans l'âge mûr, tu te marieras, je le vois, tu feras un mariage de raison, de douce sympathie, et tu vivras heureuse par l'amitié conjugale. C'est là ton rêve, n'est-ce pas?

— Non, Salvator, l'âge mûr est venu pour moi. Mon cœur a cinquante ans, mon cerveau en a le double, et je ne crois pas que l'avenir me rajeunisse. Il aurait fallu n'aimer qu'un seul homme, traverser avec lui toutes ces vicissitudes, souffrir avec lui, pour lui, et lui conserver le dévouement angélique que le Christ nous a enseigné. Cette vertu aurait pu alors compter sur sa récompense. La vieillesse serait venue tout guérir, et je me serais endormie doucement auprès du compagnon de ma vie, sûre d'avoir accompli mon devoir jusqu'au bout et de lui avoir consacré un dévouement utile.

— Que ne l'as-tu fait? Tu avais tant pardonné à ton premier amant! Quand je t'ai connue, tu semblais résolue à pardonner éternellement au second!

— J'ai manqué de patience la foi m'a abandonnée. J'ai obéi à la faiblesse de la nature humaine, au découragement, à la folle espérance d'être heureuse par un autre. Je me suis trompée. Les hommes ne peuvent nous savoir gré de l'héroïsme que nous avons eu pour d'autres que pour eux. Ils nous en font un crime et un reproche, au contraire, et plus nous nous sommes dévoués avant de les connaître, plus ils nous jugent incapables de nous dévouer pour eux.

— N'est-ce pas vrai?

— Cela devient vrai après un certain nombre d'erreurs et d'entraînemens. L'âme s'épuise, l'imagination se glace, le courage s'en va, les forces nous abandonnent. C'est là où j'en suis! Si je disais maintenant à un homme que je suis capable d'aimer, je mentirais effrontément.

— Ah! tu n'as jamais été coquette, ma pauvre Floriani, et je vois que tu ne pourrais devenir galante!

— Tu me plains donc à cause de cela?

— Je me plains, moi! car malgré tout ce que tu me dis là, et peut-être à cause de cela même, je me sens éperdûment amoureux de toi.

— En ce cas, bonsoir, mon bon Salvator, tu partiras demain.

— Tu le veux? Ah! si tu pouvais le vouloir!

— Qu'est-ce à dire?

— Que je resterais malgré toi et que j'aurais de l'espoir.

— Tu t'imaginerais que je te crains? Tu n'étais pas fat, et tu l'es devenu.

— Non, je ne suis pas devenu fat; mais je ne sais pourquoi tu veux me faire croire que tu es devenue invulnérable. N'as-tu jamais eue de caprices?

— Jamais!

— Ah! par exemple!

— Ecoute, j'ai eu des entraînemens violens, aveugles, coupables! je ne le nie pas, mais ce n'étaient pas des caprices. On appelle ainsi une intrigue de plaisirs qui dure huit jours.... mais il y a aussi des passions de huit jours!

— Il y a même des passions d'une heure! s'écria Salvator avec emportement.

— Oui, répondit-elle, des illusions si soudaines et si puissantes qu'elles font place à l'aversion et à l'épouvante en se dissipant. Les passions les plus courtes ont pu être les plus senties; on les pleure et on en rougit toute la vie.

— Pourquoi donc en rougir si elles sont sincères? On peut être bien sûre au moins que celles-là ont été partagées.

— On n'en est pas plus sûr que des autres.

— Ce qui est spontané, irrésistible, est légitime et de droit divin.

— Le droit du plus fort n'est pas le droit divin, répondit la Floriani en se dégageant des bras de Salvator. Mon ami, pourquoi viens-tu m'outrager dans ma demeure? Je n'ai pas d'enthousiasme pour toi.

— Lucrèce, Lucrèce! tu ne te tuerais pas demain matin?

— Lucrèce eut tort de se tuer. Sextus ne l'avait point possédée! Celui-là même qui a surpris les sens d'une femme n'a pas été son amant.

— Ah! tu as raison, ma chère Floriani, dit Salvator en se mettant à ses genoux. Veux-tu me pardonner?

— Oui, sans doute, dit-elle en souriant. Nous sommes seuls et il est minuit. Je n'ai pas d'amant et je t'ai reçu. Ce qui se passe en toi n'est pas ta faute, mais la mienne. Il faudra donc que je renonce pendant dix ans encore à voir mes amis! c'est triste.

— Oh! ma chère Floriani, vous pleurez, je vous ai offensée!

— Non, pas offensée. Ma vie n'a pas été assez chaste pour que j'aie le droit de m'offenser d'un désir exprimé brutalement.

— Ne parle pas ainsi, je te respecte et je t'adore,

— C'est impossible. Tu es homme et tu es jeune, voilà tout.

— Foule-moi aux pieds, mais ne dis pas que je n'ai que des sens auprès de toi. Mon cœur est ému, ma tête exaltée, et ton refus, loin de m'irriter, augmente encore mon respect et mon affection. Oublie que je t'ai fait de la peine. Mon Dieu! comme te voilà pâle et triste! Malheureux fou que je suis; j'ai réveillé le souvenir de toutes tes douleurs! Ah! tu pleures, tu pleures amèrement! Tu me donnes envie de me tuer, tant je me méprise!

— Pardonne-toi, comme je te pardonne, dit la Floriani avec douceur, en se levant et en lui tendant la main. J'ai tort de m'affecter d'un hasard que j'aurais dû prévoir. J'en aurais ri autrefois! Si j'en pleure aujourd'hui, c'est que je croyais être déjà entrée pour toujours dans une vie de calme et de dignité. Mais il n'y a pas assez longtemps que j'ai rompu avec la faiblesse et la folie pour qu'on me croie sage et forte. Ces entretiens sur l'amour, ces épanchemens, ces confidences entre un homme et une femme, la nuit, sont dangereux, et si tu as eu de mauvaises pensées, tout le tort en est à mon imprudence. Mais ne prenons pas cela trop au sérieux, dit-elle en essuyant ses yeux et en souriant à son ami avec une admirable mansuétude. Je dois accepter cette mystification en expiation de mes fautes passées, quoique je n'en aie jamais commis de ce genre. Peut-être aurais-je mieux fait d'être galante que d'être passionnée! Je n'aurais nui qu'à moi-même, au lieu que ma passion a brisé d'autres cœurs que le mien. Mais que veux-tu, Salvator? Je n'étais pas née pour les mœurs *philosophiques*, comme on les appelait autrefois.... ni toi non plus, mon ami, tu vaux mieux que cela. Ah! par respect pour toi-même, ne demande pas aux femmes du plaisir sans amour! autrement tu cesseras d'être jeune avant d'être vieux, et c'est la pire de toutes les existences morales.

— Lucrezia, tu es un ange, dit Salvator, je t'ai outragée, et tu me parles comme une mère à son fils. Laisse-moi embrasser tes pieds, je ne suis plus digne d'embrasser ton front. Je ne l'oserai plus jamais, je crois!

— Viens embrasser des fronts plus purs, lui dit-elle en passant son bras sous celui de Salvator. Viens dans ma chambre.

— Dans ta chambre? dit-il tout tremblant.

— Oui, dans ma chambre, reprit-elle avec un rire franc où il ne restait plus aucune amertume; et, lui faisant traverser un boudoir, elle l'entraîna dans une pièce tendue de blanc, où quatre petits lits couleur de rose entouraient une sorte de hamac piqué suspendu par des cordons de soie. Les quatre enfans de la Floriani reposaient dans ce sanctuaire et formaient comme un rempart autour de sa couche volante.

— J'étais très voluptueuse pour mon sommeil autrefois, lui dit-elle, et j'avais de la peine à me réveiller dans la nuit pour soigner mes enfans, après les fatigues du théâtre et du monde. Depuis que je goûte le bonheur de vivre pour eux et avec eux, à toutes les heures du jour et de la nuit, je me suis faite à des habitudes plus vigilantes. Je perche comme un oiseau sur la branche à côté de son nid, et mes enfans ne font pas un mouvement que je n'entende et que je ne surveille. Tu vois! pour deux heures que je les ai quittés, j'ai été punie, j'ai eu du chagrin. Si je m'étais couchée à dix heures avec eux, comme de coutume, je ne me serais pas souvenue du passé. Ah! le passé, c'est mon ennemi!

— Ton passé, ton présent, ton avenir sont adorables, Lucrezia, et je donnerais toute ma vie pour avoir été toi un seul jour. J'en serais fier, et ce jour ferait l'orgueil et le bonheur de ma mémoire. Adieu! nous partirons, mon ami et moi, à la pointe du jour. Permets que j'embrasse tous tes enfans, et donne-moi ta bénédiction. Elle me sanctifiera, et quand nous nous reverrons je serai digne de toi. »

Quand Salvator Albani entra dans sa chambre, il était près d'une heure du matin. Il y pénétra avec précaution, et s'approcha de son lit sur la pointe du pied, dans la crainte de réveiller son ami, dont le silence et l'immobilité lui faisaient croire qu'il dormait.

Cependant, avant d'éteindre sa lumière, le jeune comte alla doucement, selon son habitude, entr'ouvrir un peu le rideau du prince, afin de s'assurer qu'il dormait paisiblement. Il fut surpris de lui voir les yeux ouverts et fixés sur lui, comme s'il interrogeait tous ses mouvemens.

— Tu ne dors pas, mon bon Karol? Je t'ai éveillé? lui dit-il.

— Je n'ai pas dormi, répondit le prince d'un ton où perçait une sorte de tristesse et de reproche. J'étais inquiet de toi.

— Inquiet! dit Salvator feignant de ne pas comprendre: sommes-nous dans un repaire de brigands? Tu oublies que nous avons fait halte dans une bonne villa, chez des personnes amies.

— Nous avons fait *halte!* dit Karol avec un soupir étrange: c'est ce que je craignais!

— Oh! oh! ton pressentiment n'est pas désespéré? Eh bien! tu en seras bientôt délivré. La halte ne sera pas longue. Je vais me jeter pendant deux heures sur mon lit, et nous partirons encore avant le lever du soleil.

— Se retrouver et se quitter ainsi! reprit le prince en s'agitant sur son chevet avec angoisse: c'est étrange,... c'est affreux!

— Comment! comment! que dis-tu là? Tu désires que nous restions!

— Non, certes, pas pour moi; mais pour toi, je suis effrayé d'une telle facilité de séparation..... après une telle facilité de rapprochement.

— Voyons, mon bon Karol, tu divagues, s'écria Salvator en s'efforçant de rire: je comprends tes soupçons et tes accusations un peu hasardées... *un peu dures*... Tu t'imagines que je sors d'un *tête-à-tête* enivrant, et que, satisfait d'une agréable et facile aventure, je m'apprête à partir sans saluer la compagnie, sans regrets, sans amour, en un mot? Grand merci!

— Salvator, je n'ai rien dit de tout cela; tu me fais parler pour me chercher querelle.

— Non, non, ne nous querellons pas; ce n'est pas le moment, dormons. Bonsoir!

Et en gagnant son lit, où il se jeta avec un peu d'humeur, Salvator murmura entre ses dents: Comme tu y vas, toi! Que les gens vertueux sont donc charitables! Ah! ah! c'est très plaisant, cela!

Mais il ne riait pas de bien bon cœur. Il sentait qu'il était coupable et que si la Floriani eût voulu être aussi folle que lui, l'accusation du prince n'eût porté que trop juste.

CHAPITRE X.

Karol était d'une finesse prodigieuse; les tempéramens délicats et concentrés ont une sorte de divination, qui les trompe souvent parce qu'elle va au delà de la vérité, mais qui ne reste jamais en deçà, et qui, par conséquent, semble magique quand elle tombe juste.

— Ami, lui dit-il en essayant de se remettre sur son oreiller sans agitation, ce qui ne lui était pas facile, vu qu'il tremblait comme un homme pris de fièvre; tu es cruel! Dieu sait pourtant que j'ai bien souffert pour toi depuis trois heures, et qu'on souffre en proportion de l'affection qu'on porte aux gens. Je ne puis supporter l'idée d'une faute de ta part. Elle m'est plus cruelle, elle me cause plus de honte et de regret que si je la commettais moi-même.

— Je n'en crois rien, reprit Salvator avec sécheresse. Tu te brûlerais la cervelle si tu avais seulement une pensée légère. Aussi tu es implacable pour celles des autres!

— Je ne me suis donc pas trompé! dit Karol, tu as fait commettre à cette malheureuse créature une erreur de plus, et toi....

— Moi, je suis un vaurien, un drôle, tout ce que tu voudras, s'écria Salvator en s'asseyant sur son lit, et en écartant son rideau pour parler en face à Karol; mais cette femme, vois-tu, c'est un ange, et tant pis pour toi si tu n'as pas assez de cœur et d'esprit pour la comprendre.

C'était la première fois que Salvator disait une parole dure et outrageante à son ami. Il était vivement excité par les émotions de la soirée, et il ne pouvait supporter ce blâme, qu'il n'avait pas mérité, d'une manière agréable.

Il n'eut pas plutôt exhalé son dépit, qu'il s'en repentit amèrement; car il vit la figure expressive de Karol pâlir, se décomposer, et trahir une douleur profonde.

— Ecoute, Karol, dit-il en donnant un grand coup de pied à la muraille pour faire rouler son lit auprès de celui de son ami, ne te fâche pas, n'aie pas de chagrin! c'est bien assez pour moi d'en avoir causé déjà, ce soir, à un être que j'aime presque autant que toi.... autant que toi, s'il est possible! Plains-moi, gronde-moi, je le veux bien, je le mérite; mais n'accuse pas cette excellente et admirable amie.... je vais tout te raconter.

Et Salvator, incapable de résister à la muette domination de son ami, lui rapporta de point en point, avec la plus grande véracité et en entrant dans les moindres détails, tout ce qui s'était passé entre leur hôtesse et lui.

Karol l'écouta avec une grande émotion intérieure, que Salvator, troublé par sa propre confession, ne remarqua pas assez. Cette peinture des instincts sublimes et de la vie insensée de la Floriani lui porta le dernier coup, et son imagination en fut fortement impressionnée. Il crut la voir aux bras du misérable Tealdo Soavi, puis la compagne d'un comédien vulgaire, complaisante par bonté, avilie par grandeur d'âme, outragée bientôt par les désirs aveugles de ce bon Salvator, qui, selon lui, aurait aussi bien courtisé la servante de l'auberge d'Iseo, s'il eût passé la nuit sur l'autre rive du lac. Puis il vit Lucrezia dans sa chambre, au milieu de ses enfans endormis. Il la vit partout grande par nature et dégradée par sa position. Il se sentit transir et brûler, bondir vers elle et défaillir à son approche. Quand Salvator eut cessé de parler, une sueur froide baignait le front de Karol.

Pourquoi t'en étonnerais-tu, lecteur perspicace? Tu as bien déjà deviné que le prince de Roswald était tombé éperdûment amoureux à la première vue, et pour toute sa vie, de la Lucrezia Floriani?

Je t'ai promis, ou plutôt je t'ai menacé de n'avoir pas le plaisir de la plus petite surprise, dans tout le cours de ce récit. Il eût été assez facile de te dissimuler les angoisses de mon héros, avant l'explosion d'un sentiment de plus en plus invraisemblable *et difficile à prévoir*. Mais tu n'es pas si simple qu'on le croit, mon bon lecteur, et, connaissant le cœur humain tout aussi bien que ceux qui s'en font les historiens, sachant fort bien, d'après ta propre expérience, peut-être, que les amours réputés impossibles sont précisément ceux qui éclatent avec le plus de violence, tu n'aurais pas été la dupe de ce prétendu stratagème de romancier. A quoi bon, dès lors, t'impatienter par de savantes manœuvres et de perfides ménagemens? Tu lis tant de romans, que tu en connais bien toutes les *ficelles*, et, quant à moi, j'ai résolu de ne point me jouer de toi, dusses-tu me tenir pour un niais et m'en savoir mauvais gré.

Pourquoi cette femme, qui n'était plus ni très jeune, ni très belle, dont le caractère était précisément l'opposé du sien, dont les mœurs imprudentes, les dévoûmens effrénés, la faiblesse de cœur et l'audace d'esprit semblaient une violente protestation contre tous les principes du monde et de la religion officielle : pourquoi enfin la comédienne Floriani avait-elle, sans le vouloir, et sans même y songer, exercé un tel prestige sur le prince de Roswald ? Comment cet homme si beau, si jeune, si chaste, si pieux, si poétique, si fervent et si recherché dans toutes ses pensées, dans toutes ses affections, dans toute sa conduite, tomba-t-il inopinément, et presque sans combat, sous l'empire d'une femme usée par tant de passions, désabusée de tant de choses, sceptique et rebelle à l'égard de celles qu'il respectait le plus, crédule jusqu'au fanatisme à l'égard de celles qu'il avait toujours niées, et qu'il devait nier toujours ? Ceci, je ne me charge point de vous le dire, c'est ce qu'il y a de plus inexplicable au moyen de la logique ; c'est ce qu'il y a de plus vraisemblable dans mon roman, puisque la vie de tous les pauvres cœurs humains offre pour chacun une page, sinon un volume, de cette expérience funeste.

Ne serait-ce point que la Floriani, au milieu de ses paradoxes, avait touché à vif quelque point de la vérité, lorsqu'en parlant de l'amour avec Salvator Albani, elle avait dit que les âmes généreuses ou tendres sont condamnées à n'aimer que ce qu'elles plaignent et redoutent ?

Il y a long-temps qu'on a dit que l'amour attirait les élémens les plus contraires, et lorsque Salvator rapporta à son jeune ami les théories un peu confuses, un peu folles, mais enthousiastes et peut-être sublimes de la Lucrezia, il est certain que Karol se sentit tombé sous la loi de cette épouvantable fatalité. L'effroi et l'horreur qu'il en ressentit furent si violens, et, en même temps, la fascination que son pressentiment lui avait vaguement annoncée livrèrent de tels combats à sa pauvre âme, qu'il n'eut pas la force de faire la moindre réflexion à son ami. — Nous partirons donc dans une heure, lui dit-il : repose-toi au moins un instant, Salvator, je ne me sens point assoupi. Je te réveillerai quand le jour sera venu.

Salvator, cédant à la puissance de la jeunesse, s'endormit profondément, soulagé, sans doute, d'avoir ouvert son cœur et résumé ses émotions. Il n'était point honteux d'avoir fait auprès de Lucrezia ce qu'un roué eût appelé un *pas de clerc*. Il s'en repentait sincèrement ; mais, la sachant bonne et vraie, il comptait sur son pardon et ne prononçait pas le vœu téméraire de ne jamais recommencer la même tentative auprès des autres femmes.

Karol ne s'endormit pas : une fièvre réelle, assez forte, s'empara de lui, et, en se sentant malade de corps, il essaya de se rassurer un peu sur l'invasion de cette maladie morale qu'il regarda comme un symptôme de maladie physique. «Ce sont des hallucinations, se disait-il. La dernière figure nouvelle que j'ai rencontrée dans ce voyage s'est fixée dans mon cerveau, et elle m'assiège maintenant comme un fantôme de la fièvre. Ce pourrait être toute autre personne, dont l'image eût ainsi tourmenté mon insomnie. »

Le jour naissant blanchit l'horizon, et Karol se leva, afin de s'habiller lentement avant de réveiller son compagnon ; car il se sentait extrêmement faible, et, à diverses reprises, il fut forcé de s'asseoir. Lorsque Salvator, remarquant l'animation de ses joues et quelques frissons convulsifs, lui demanda s'il souffrait, il le nia, bien décidé qu'il était à ne point se laisser retenir. Au moment où ils sortaient de leur chambre, ils entendirent du bruit en bas. On était déjà éveillé dans la maison. Il fallait traverser l'étage inférieur pour gagner le jardin et le rivage, où ils comptaient profiter de quelque barque de pêcheur. Au moment où ils mettaient le pied dehors, ils se trouvèrent en face de la Floriani.

— Où allez-vous si vite ? leur dit-elle en prenant la main à l'un et à l'autre ; on met les chevaux à ma voiture, et Celio, qui mène à ravir, se fait grande fête d'être votre cocher jusqu'à Iseo. Je ne veux pas que vous traversiez le lac à cette heure ; il y a encore une petite brume fraîche et très malfaisante ; non pas pour toi, Salvator, mais pour ton ami, qui ne se porte pas bien. Non ! vous n'êtes pas bien, monsieur de Roswald ! ajouta-t-elle en reprenant la main de Karol, et en la retenant dans les siennes avec la candeur d'un instinct maternel. J'ai été frappée, tout à l'heure, de la chaleur de votre main, et je crains que vous n'ayez un peu de fièvre. Les nuits et les matinées sont froides, ici ; rentrez, rentrez, je le veux ! Pendant que vous prendrez le chocolat, la voiture sera prête, vous vous y enfermerez bien, et vous aurez à Iseo le premier rayon du soleil, qui dissipera la mauvaise influence du lac.

— Il est donc vrai que votre miroir, chère syrène, a une influence un peu perfide ? dit Salvator en se laissant ramener dans l'intérieur de la maison. Mon ami prétendait, dès hier, s'en apercevoir, et moi je n'y croyais point.

— Si c'est le lac que tu appelles mon miroir, cher Ulysse, répondit Lucrezia en riant, je te dirai qu'il est comme tous les lacs du monde, et que quand on n'est pas né sur ses rives, il faut s'en méfier un peu. Mais je n'aime pas la sécheresse de cette main, dit-elle, en interrogeant le pouls de Karol, de cette petite main, car c'est la main d'une femme.... *Che manina !* ajouta-t-elle en se tournant vers Salvator avec naïveté : mais, prends-y garde ! ton ami n'est pas bien. Je m'y connais, moi, mes enfans n'ont jamais eu d'autre médecin que moi.

Salvator voulut à son tour tâter le pouls du prince : mais celui-ci affecta de prendre un peu d'humeur de cette inquiétude. Il retira brusquement des mains du comte, celle qu'il avait abandonnée en tremblant à la Floriani. « Je t'en prie, mon bon Salvator, dit-il, n'essaie pas de me persuader que je suis malade, et ne me rappelle pas trop que je ne suis jamais en bonne santé. J'ai assez mal dormi, je suis un peu agité, et voilà tout. Le mouvement de la voiture me remettra. La signora est trop bonne, ajouta-t-il du bout des dents et d'un ton un peu sec, qui semblait dire : Je vous serais fort obligé de me laisser partir au plus vite. »

La Floriani fut frappée de son accent : elle le regarda avec surprise, et crut voir dans la brièveté de sa parole un nouvel indice de fièvre. Il avait une forte fièvre, en effet, mais la bonne Lucrezia était à cent lieues de s'imaginer que le siége du mal était dans l'âme, et qu'elle en était la cause.

Une collation était servie. Pendant que Salvator se laissait aller à son bon appétit ordinaire, Karol prit du café à la dérobée. Rien ne lui était plus contraire dans ce moment-là, et il n'en prenait jamais. Mais il se sentait défaillir si rapidement qu'il voulait absolument se donner une force factice pour s'en aller sans laisser voir son profond malaise.

En effet, il crut se sentir mieux après avoir pris cet excitant, et, en voyant Salvator qui s'oubliait à dire une foule de tendresses à la Floriani, il éprouva une vive impatience. Il eut bien de la peine, même, à ne pas l'interrompre par des paroles de dépit. Enfin la voiture roula sur le sable devant la maison, et le beau Celio, bondissant de plaisir, prit les guides de deux jolis petits chevaux corses qui traînaient une calèche légère. Un domestique attentif et dévoué était assis à ses côtés sur le siége.

Au moment de quitter Lucrezia, le comte Albani, qui l'aimait véritablement, éprouva un chagrin et un redoublement d'affection qui se manifestèrent en caresses expansives, suivant son habitude. Après lui avoir mille fois demandé pardon tout bas, il s'arracha à une émotion qui réveillait, malgré lui, la pensée de ses torts, car il prenait un singulier plaisir à embrasser les joues calmes, les douces mains et le cou velouté de sa belle amie. Elle, sans pruderie comme sans coquetterie, souffrait ces adieux voluptueux et tendres, avec un peu trop d'obligeance ou de distraction au gré de Karol, et, en ce moment, il lui sembla qu'il la haïssait. Pour ne pas voir la dernière embrassade, qui fut presque passionnée de la part de son ami, il se jeta au fond de la voiture et détourna la tête. Mais, au moment où la voiture partait, il rencontra le visage de Lucrezia tout auprès de la portière. Elle lui adressait un adieu amical, et lui tendait une boîte de chocolat qu'il prit machinalement avec un profond salut glacé, et qu'il jeta ensuite avec humeur sur la banquette devant lui.

Salvator ne vit point ce mouvement. A moitié hors de la voiture, il envoyait encore des baisers à la Floriani et à ses petites filles, qui, sortant de leurs lits, et à demi-vêtues, lui faisaient de gracieux signes avec leurs jolis bras nus.

Quand il ne vit plus que les arbres et les murs de la villa, il sentit son bon cœur italien, volage mais sincère, se gonfler et se fendre. Il couvrit sa figure de son mouchoir et versa quelques larmes. Puis, honteux de cette faiblesse, et, craignant qu'elle ne semblât ridicule au prince, il essuya ses yeux et se tourna vers lui avec un peu d'embarras, pour lui dire « n'est-ce pas, voyons ! que la Floriani n'est pas ce que tu croyais ? »

Mais la parole expira sur ses lèvres, lorsqu'il vit la figure contractée et la pâleur livide de son ami. Karol avait les lèvres blanches comme ses joues, les yeux fixes et ternes, les dents serrées. Salvator l'appela et le secoua en vain ; il ne sentait et n'entendait rien : il avait perdu connaissance. Pendant quelques instans, Salvator espéra le ranimer en lui frottant les mains. Mais, voyant qu'il était glacé et comme mort, il fut pris d'une grande terreur. Il appela Celio, fit arrêter la voiture, ouvrit toutes les portières pour donner de l'air. Tout fut inutile. Karol ne donnait d'autre signe de vie que des frissons étranges et des soupirs oppressés.

Le petit Celio, qui avait le courage et la présence d'esprit de sa mère, remonta sur le siége, tourna la voiture, fouetta les chevaux, et ramena le prince Karol dans cette maison où la fatalité avait décidé qu'il connaîtrait une existence nouvelle.

CHAPITRE XI.

Vous avez bien prévu, à la fin du chapitre précédent, chers lecteurs, que le prince de Roswald allait faire une maladie qui le forcerait de rester à la villa Floriani. L'incident n'est pas neuf, j'espère, et c'est pour cela que je ne le passe point sous silence.

Et si je vous en faisais mystère, comment la suite de cette histoire serait-elle vraisemblable ? Il est bien évident que, s'il y a quelque chose de fatal dans les grandes passions, l'accomplissement de cette fatalité s'explique et s'appuie toujours sur des circonstances très naturelles. Si, par des symptômes précurseurs de la maladie, si, par l'accablement et le désordre de la maladie elle-même, Karol n'eût été prédisposé et contraint à subir l'influence de la passion, il est probable qu'il eût résisté aux atteintes de cette passion bizarre et insensée.

Il n'y résista pas, parce qu'il fut en effet très malade, et que, pendant plusieurs semaines, la Floriani ne quitta presque pas son chevet. Cette excellente femme, autant par amitié pour Salvator Albani que pour obéir à un sentiment de religieuse hospitalité, se fit un devoir de soigner le prince comme elle l'eût fait pour son meilleur ami ou pour un de ses propres enfans.

La Providence envoyait réellement à Karol, dans cette épreuve, la personne la plus capable de l'assister et de le sauver. Lucrezia Floriani avait un instinct presque merveilleux pour juger de l'état des malades et des soins à leur donner. Cet instinct était peut-être seulement de la mémoire. Elle avait été, dans cette même maison dont elle était maintenant la châtelaine, servante, oui, simple servante, à dix ans, de sa marraine, Mme Ranieri, femme débile et nervense qu'elle avait soignée avec un amour, un dévoûment et une intelligence au dessus de son âge. C'était là la première cause de l'amitié que cette dame avait prise pour elle, jusqu'au point de lui faire donner une éducation en dehors de sa condition, et de vouloir ensuite la marier avec son fils.

Lucrezia avait donc appris de bonne heure à être garde-malade et quasi médecin dans l'occasion. Elle avait eu ensuite des amis, des enfans et des serviteurs malades, comme tout le monde peut en avoir, et elle les avait soignés elle-même comme tout le monde ne le fait pas. A force de chercher ardemment ce qui pouvait les soulager, et d'observer attentivement, et délicatement dans les prescriptions des médecins, le bon ou le mauvais effet du traitement, elle avait acquis des notions assez justes sur ce qui convient aux organisations diverses, et une grande mémoire des moindres détails. Elle se rappela le mal que la médecine empirique des Italiens avait fait à sa chère Ranieri ; elle était persuadée qu'ils l'avaient tuée, après qu'elle-même avait quitté le pays. Elle ne voulut donc pas les appeler auprès du prince, et elle se chargea de le traiter.

Salvator fut très effrayé de la responsabilité qu'elle voulait prendre, et qui pesait également sur lui. Mais le caractère confiant et brave de la Floriani l'emporta. Elle fit sortir de la chambre du malade ce bon Salvator, qui la fatiguait par ses anxiétés et ses irrésolutions. « Va surveiller les enfans, lui dit-elle, amuse-les, promène-toi avec eux, oublie que ton ami est malade, car je te jure que tu n'es bon à rien avec ta sollicitude puérile et inquiète. Je me charge de lui et je t'en réponds. Je ne le quitterai pas d'un instant. »

Salvator eut bien de la peine à se tenir tranquille. La prostration de Karol était effrayante et semblait appeler des secours prompts et actifs. Mais la Floriani avait vu de ces phénomènes nerveux, et il lui suffisait de regarder les mains délicates du prince, sa peau blanche et transparente, ses cheveux fins et souples, un ensemble et des détails frappans, pour établir, entre lui et la maladie de Mme Ranieri, des rapports qui ne trompent point le cœur d'une femme.

Elle s'attacha à le calmer sans l'affaiblir, et, certaine qu'il y a pour des organisations aussi exquises, des influences magnétiques d'un ordre élevé qui échappent à l'observation vulgaire, elle appela souvent ses enfans autour du lit du prince, après s'être bien assurée que son état n'avait rien de contagieux. Elle pensait que la présence de ces êtres forts, jeunes et sains, aurait, au moral comme au physique, un pouvoir mystérieux et bienfaisant pour ranimer la flamme pâlissante de la vie chez le jeune malade.

Et qui pourrait assurer qu'elle se fit illusion à cet égard ? Ne serait-ce que l'imagination qui joue un si grand rôle dans les maladies nerveuses ; il est certain que Karol respirait plus à l'aise, lorsque les enfans étaient là, et que leur pure haleine, mêlée à celle de leur mère, rendait l'air plus souple et plus suave à sa poitrine ardente. On tient assez compte de la répugnance que doivent éprouver les malades à être approchés par des personnes qui leur inspirent du dégoût et de l'impatience ; on en doit tenir aussi du bien-être physique que leur procure la satisfaction d'être soignés ou seulement entourés par des êtres sympathiques et d'un extérieur agréable. Si, à notre heure dernière, au lieu du sinistre appareil de la mort, on pouvait faire descendre des formes célestes autour de notre chevet, et nous bercer de la musique des séraphins, nous subirions sans effort et sans angoisse ce rude moment de l'agonie.

Karol, agité de rêves pénibles, se réveillait parfois sous le coup de la terreur et du désespoir. Alors il cherchait instinctivement un refuge contre les fantômes dont il était assiégé. Il trouvait alors les bras maternels de la Floriani pour l'entourer comme d'un rempart, et son sein pour y reposer sa tête brisée. Puis, en ouvrant les yeux, et en les promenant avec égarement autour de lui, il voyait les belles têtes intelligentes et affectueuses de Celio et de Stella qui lui souriaient. Il leur souriait machinalement, comme par un effort de complaisance, mais son rêve était dissipé et son épouvante oubliée. Son cerveau, affaibli encore, entrait dans un autre ordre de divagations. Il regardait le petit Salvator dont on approchait le visage rose du sien, et il croyait lui voir des ailes ; il s'imaginait que ce beau chérubin voltigeait autour de sa tête pour la rafraîchir. La voix de Béatrice était d'une douceur incomparable, et, lorsqu'elle causait doucement avec ses frères, il croyait l'entendre chanter. Il attribuait à ce timbre frais et flatteur des intonations musicales qui n'étaient perceptibles que pour lui seul ; et un jour que la petite discutait à demi-voix pour un jouet avec sa sœur, la Floriani fut surprise d'entendre le prince lui dire que cet enfant chantait Mozart comme personne au monde n'était capable de le chanter. — C'est une belle nature, ajouta-t-il en faisant un grand effort pour rendre sa pensée. Elle a sans doute entendu beaucoup de musique ; mais elle n'a de mémoire que pour Mozart. C'est toujours quelque phrase de Mozart qu'elle chante, et jamais rien d'un autre maître.

— Et Stella, ne chante-t-elle pas aussi ? lui dit Lucrezia, qui cherchait à le comprendre.

— Elle chante quelquefois du Beethoven, dit-il, mais c'est moins constant, moins suivi, et il n'y a pas la même unité.

— Mais Celio ne chante jamais ?

— Celio, je ne l'entends que quand il marche. Il a tant de grâce et d'harmonie dans ses formes et dans ses mouvemens, que la terre résonne sous ses pieds, et que la chambre se remplit de sons vibrans et prolongés.

— Et ce petit-là ? lui dit la Lucrezia en lui présentant la joue de son *bambino*, c'est le plus bruyant ; il crie quelquefois. Ne vous fait-il pas de mal ?

— Il ne me fait jamais de mal, je ne l'entends pas. Je crois que je suis devenu sourd pour le bruit ; mais ce qui est mélodie ou rhythme me pénètre encore. Quand le chérubin est devant moi, dit-il en désignant le petit Salvator, je vois comme une pluie de couleurs vives et douces qui danse autour de mon lit sans prendre de formes, mais qui chasse les visions mauvaises. Ah ! n'emmenez pas les enfans. Je ne souffrirai pas tant que les enfans seront là ! »

Karol avait vécu, jusqu'à cette heure, de la pensée de la mort. Il s'était familiarisé tellement avec elle, qu'il en était arrivé, jusqu'à l'invasion de sa maladie, à croire qu'il lui appartenait et que chaque jour de répit lui était accordé comme par hasard. Il en plaisantait volontiers ; mais quand nous concevons cette idée au milieu de la santé, nous pouvons l'accepter avec un calme philosophique, tandis qu'il est rare qu'elle ne nous épouvante pas, lorsqu'elle s'empare d'un cerveau affaibli par la maladie. C'est la seule chose triste qu'il y ait dans la mort, selon moi : c'est qu'elle nous prend si accablés et tellement tombés au dessous de nous-mêmes, que nous ne la voyons plus telle qu'elle est, et qu'elle fait peur alors à des âmes calmes et fortes par elles-mêmes. Il arriva donc au prince ce qui arrive à la plupart des malades : quand il lui fallut se mesurer de près avec cette idée de mourir à la fleur de l'âge, la douce mélancolie dont il s'était nourri jusqu'alors dégénéra en sombre tristesse.

Si sa mère eût été sa garde-malade en cette circonstance, elle eût relevé son courage d'une manière tout opposée à celle qu'employa la Floriani. Elle lui eût parlé de l'autre vie, elle l'eût entouré des austères secours extérieurs de la religion. Le prêtre lui fût venu en aide, et Karol, frappé de cet appareil solennel, eût accepté et subi son destin. Mais la Lucrezia procédait autrement. Elle écartait de lui l'idée de la mort, et lorsqu'il lui laissait voir qu'il la croyait prochaine et inévitable, elle le plaisantait tendrement et affectait une tranquillité d'esprit à cet égard qu'elle n'avait pas toujours.

Elle y mit tant de prudence et de calme apparent, qu'elle réussit à s'emparer de sa confiance. Elle le tranquillisa, non en lui apprenant ce qu'il est trop tard pour apprendre aux malades, à mépriser la vie (c'est un courage auquel il ne faut guère se fier de leur part, car ce courage les achève souvent) ; mais elle le ranima en lui faisant croire à la vie, et elle s'aperçut vite qu'il l'aimait encore, et avec acharnement, cette vie physique qu'il avait tant dédaignée lorsqu'elle n'était point menacée.

Salvator s'effrayait, parce qu'il croyait que son ami n'aurait pas la force morale de résister à son mal. « Comment espères-tu que tu le sauveras ? disait-il à la Floriani, lorsque depuis si long-temps, depuis la mort de sa mère surtout, il est dégoûté de vivre et se laisse aller tout doucement à la consomption ? L'espèce de plaisir qu'il trouvait à cette idée me faisait bien presager qu'il était déjà frappé, et que, quand il tomberait, il ne se relèverait pas.

— Tu t'es trompé, et tu te trompes encore, lui répondait la Lucrezia. Personne n'a le goût de mourir, à moins d'être monomane, et ton ami ne l'est point. Il est bien organisé, et cet ébranlement nerveux, qui le rendait si sombre, va se dissiper avec la crise qui l'accable maintenant. Il veut vivre, je t'assure, et il vivra. »

Karol voulut vivre en effet, il voulut vivre pour la Floriani. Certes, il ne s'en rendit pas compte, et, pendant quinze jours qu'il fut sous le coup du plus grand mal, il oublia la commotion qui l'avait causé. Mais cet amour continua et augmenta sans qu'il en eût conscience, comme celui de l'enfant au berceau pour la femme qui l'allaite. Un attachement d'instinct, indissoluble et impérieux, s'empara de sa pauvre âme en détresse et l'arracha aux froides étreintes de la mort. Il tomba sous l'ascendant de cette femme qui ne voyait en lui qu'un malade à soigner, et sur laquelle se reporta tout l'amour qu'il avait eu pour sa mère, et tout celui qu'il avait cru avoir pour sa fiancée.

Dans les divagations de la fièvre, il commença par cette idée fixe que sa mère était sortie du tombeau, par un miracle de l'amour maternel, pour venir l'aider à mourir, et il ne cessa de prendre la Floriani pour elle. C'est à cette illusion qu'elle dut de le trouver soumis à toutes ses ordonnances, attentif à ses moindres paroles, oublieux de toutes les méfiances que son caractère lui avait inspirées d'abord. Lorsqu'il était oppressé au point de ne pouvoir respirer, il cherchait son épaule pour y reposer sa tête, et quelquefois il sommeilla une heure, appuyé ainsi, sans se douter de son erreur.

Un jour enfin, il retrouva sa raison, et le sommeil ayant été plus complet et plus salutaire, il ouvrit les yeux et les fixa avec étonnement sur le visage de cette femme, pâlie par la fatigue des soins et des veilles qu'elle lui avait consacrés. Il sortit alors comme d'un long rêve et lui demanda s'il était malade depuis bien des jours, et si c'était elle qu'il avait toujours vue à ses côtés. — Mon Dieu! lui dit-il lorsqu'elle lui eut répondu, vous ressemblez donc bien à ma mère? Salvator, dit-il, en reconnaissant aussi son ami qui s'approchait de son lit, n'est-ce pas qu'elle ressemble à ma mère? J'en ai été bouleversé la première fois que je l'ai vue.

Salvator ne jugea pas à propos de le contredire, bien qu'il ne trouvât pas le moindre rapport entre la belle et forte Lucrezia, et la grande maigre et austère princesse de Roswald.

Un autre jour, Karol, encore appuyé sur le bras de la Floriani, essaya de se soutenir seul. « Je me sens mieux, dit-il, j'ai plus de force; je vous ai trop fatiguée; je ne comprends pas que j'aie abusé ainsi de votre bonté! »

— Non, non, appuie-toi, mon enfant, répondit gaîment la Floriani, qui prenait aisément l'habitude de tutoyer ceux auxquels elle s'intéressait, et qui, insensiblement, s'était persuadée que Karol était quelque chose comme son fils.

— Vous êtes donc ma mère? Etes-vous vraiment ma mère? reprit Karol, dont les idées recommençaient à se troubler.

— Oui, oui, je suis ta mère, répondit-elle, sans songer que, dans la pensée de Karol, c'était peut-être une profanation; sois certain que, dans ce moment-ci, c'est absolument la même chose.

Karol garda le silence; puis ses yeux se remplirent de larmes, et il se prit à pleurer comme un enfant, en pressant contre ses lèvres les mains de la Floriani.

— Mon cher fils, lui dit-elle en l'embrassant au front à plusieurs reprises, il ne faut pas pleurer, cela peut vous fatiguer beaucoup. Si vous pensez à votre mère, pensez donc que, du ciel, elle vous voit et bénit votre guérison prochaine.

— Vous vous trompez, reprit Karol, du haut des cieux, ma mère m'appelle depuis long-temps et me crie d'aller la rejoindre. Je l'entends bien; mais moi, ingrat, je n'ai pas le courage de quitter la vie.

— Comment pouvez-vous raisonner si mal, enfant que vous êtes? dit la Floriani avec le calme et le sérieux caressant qu'elle aurait eus en gourmandant Celio. Quand la volonté de Dieu est que nous vivions, nos parens ne peuvent nous rappeler à eux dans l'autre vie. Ils ne le veulent ni ne le doivent. Vous avez donc rêvé cela; quand on est malade on fait beaucoup de rêves. Si votre mère pouvait se faire entendre de vous, elle vous dirait que vous n'avez pas assez vécu pour mériter d'aller la rejoindre.

Karol se retourna avec effort, surpris peut-être d'entendre la Floriani lui faire des sermons. Il la regarda encore; puis, comme s'il n'eût pas entendu, ou point compris ce qu'elle venait de lui dire: Non! s'écria-t-il, je n'ai pas la force de mourir. Tu me retiens si bien, toi! que je ne peux pas te quitter! Que ma mère me le pardonne, je veux rester avec toi!

Et, comme épuisé par son émotion, il retomba dans les bras de la Floriani et s'y assoupit encore.

CHAPITRE XII.

Un soir que le prince, alors en pleine convalescence, s'était endormi très paisiblement en apparence, et qu'après avoir couché ses enfans, la Floriani respirait le frais sur la terrasse avec Salvator, « Ma bonne Lucrezia, lui dit celui-ci, il faut que nous parlions enfin de la vie réelle; car depuis près de trois semaines nous traversons un cauchemar qui se dissipe enfin, grâce à Dieu! je devrais dire grâce à toi, car tu as sauvé mon ami, et tu as ajouté à mon affection pour toi une reconnaissance qui ne peut s'exprimer. Mais, dis-moi, maintenant, qu'allons-nous faire, aussitôt que notre cher malade sera en état de voyager?

— Nous n'y sommes point! répondit la Floriani. Ce n'est pas encore dans quinze jours qu'il pourra se remettre en route. C'est à peine s'il peut faire le tour du jardin maintenant, et tu sais bien que les forces reviennent moins vite qu'elles ne tombent.

— Supposons que cette convalescence dure encore un mois! il y a une fin à tout; nous ne pouvons pas rester éternellement à ta charge, et il faudra bien se séparer!

— Sans aucun doute, mais je désire que ce soit le plus tard possible. Vous ne m'êtes point à charge, je suis bien payée des soins que j'ai donnés à ton ami par le bonheur que j'éprouve de le voir sauvé, et d'ailleurs sa reconnaissance est si grande, si bonne, si tendre, que je me suis mise à l'aimer, presqu'autant que tu l'aimes toi-même. Il est naturel de soigner et de consoler ceux qu'on aime. Je ne vois donc pas que tu aies lieu de me tant remercier.

— Tu ne veux pas m'entendre, mon excellente amie, l'avenir m'inquiète!

— Quoi? la vie du prince? elle n'est point du tout compromise par cette maladie. Je l'ai assez étudié, il est parfaitement bien organisé. Il vivra plus que toi et moi, peut-être!

— J'en suis presque certain aussi, j'ai bien vu quelles ressources il y a dans ces tempéramens nerveux; mais son avenir moral, y songes-tu, Lucrezia?

— Mais il me semble que je n'en suis pas chargée? Pourquoi me demandes-tu cela?

— Je ne devrais pas être surpris qu'une nature aussi loyale et aussi généreuse que la tienne portât la naïveté jusqu'à l'aveuglement: pourtant il est bien étrange que tu ne me comprennes pas.

— Eh bien! non, je ne te comprends pas; parle clairement, voyons.

— Parler clairement d'une chose aussi délicate, à quelqu'un qui ne vous aide pas du tout, c'est brutal! Et pourtant il le faut. Eh bien! Karol t'aime!

— Je l'espère! Je l'aime aussi: mais si tu veux me faire entendre qu'il m'aime d'amour, je ne pourrai pas prendre ta crainte au sérieux.

— Oh! ma chère Lucrezia, ne plaisante pas là-dessus! Tout est sérieux avec une nature profonde et entière comme celle de mon pauvre ami; cela est d'un sérieux effrayant, au contraire!

— Non, non, Salvator, tu divagues. Que ton ami ait pour moi une amitié sérieuse, une reconnaissance vive, enthousiaste, si tu veux; cela est possible de la part d'un être aussi tendre et aussi noble. Mais que cet enfant soit amoureux de ta vieille amie, c'est impossible! Tu le vois ému outre mesure à chaque mot qu'il nous dit: c'est l'effet de sa faiblesse et d'un reste d'exaltation nerveuse. Tu l'entends me remercier dans des termes qui ne sont pas proportionnés aux services que je lui ai rendus: c'est l'effet du beau langage qui part d'une belle âme, d'une noble habitude de bien penser et de bien dire qui lui est propre et à laquelle sa grande éducation et ses belles manières aident naturellement beaucoup. Mais de l'amour pour moi? Quelle folie! il ne me connaît pas, et s'il me connaissait, s'il savait ma vie, il aurait peur de moi, le pauvre enfant! Le feu et l'eau, le ciel et la terre ne sont pas plus dissemblables.

— Le ciel et la terre, le feu et l'eau, sont des élémens opposés, mais toujours unis ou prêts à s'unir dans la nature. Les nuages et les rochers, les volcans et les mers s'étreignent en se rencontrant; ils se brisent et se fondent ensemble dans les mêmes désastres éternels. Ta comparaison confirme mon assertion et doit t'expliquer mes craintes.

— Tu fais de la poésie bien gratuitement! Je te dis qu'il me mépriserait et me haïrait, peut-être, s'il savait quelle pécheresse lui a servi de sœur de charité. Je connais ses principes et ses idées, d'après ce que tu m'en dis tous les jours; car, quant à lui, je dois avouer qu'il ne m'a jamais fait de morale. Mais enfin, toi qui sais si bien ses opinions et son caractère, comment peux-tu supposer des relations possibles entre nous dans l'avenir? Va, je sais bien ce qu'il pensera de moi quand sa santé et la force de son jugement seront revenus. Je ne me fais point d'illusion! Dans six mois d'ici, à Venise, ou à Naples, ou à Florence, quelqu'un racontera devant lui les tristes aventures qui me sont arrivées, et celles plus tristes encore qu'on m'attribue; car, que ne prête-t-on pas aux riches? Alors!... souviens-toi de ce que je te dis maintenant! Tu verras ton ami me défendre un peu, soupirer beaucoup, et te dire ensuite: « Quel malheur qu'une si bonne femme, pour laquelle j'ai tant d'amitié et de gratitude, soit décriée à ce point! » Voilà tout le souvenir que la Floriani aura de ce fier jeune homme. Ce sera un souvenir doux, mais triste, et je ne prétends pas à autre chose. Qu'ai-je besoin d'autre chose que de la vérité? Tu sais bien, Salvator, que je suis de force à accepter toutes les conséquences de mon passé, qu'elles ne me troublent ni ne m'offensent, et que tout cela n'a rien à faire avec la sérénité dont je sais jouir au fond de ma conscience.

— Tout ce que tu dis là m'accable de tristesse, ma chère Lucrezia, répondit Salvator en lui prenant la main avec attendrissement; car tout cela est vrai, sauf un point! Oui, mon ami te quittera, il te fuira dès qu'il en aura la force et qu'il aura vu clair en lui-même; oui, il entendra des sots raconter ta vie sans la comprendre, et des lâches la calomnier; oui, il en souffrira, il en soupirera amèrement! Mais que ce soit tout, que sa douleur se dissipe avec quelques paroles, et que ton souvenir s'efface par un effort de sa raison et de sa volonté, voilà ce que je nie. Karol est dès à présent plus malheureux qu'il ne l'a jamais été, et malheureux pour toujours, quoiqu'il ne s'en aperçoive pas encore et qu'il s'endorme dans l'ivresse d'un premier amour!

— Je t'arrête à ce mot, dit Lucrezia qui l'écoutait attentivement; un premier amour! C'est parce que je sais par toi-même que je ne serais pas son premier amour, que je ne peux pas m'effrayer de celui-ci, en supposant, avec toi, qu'il existe. Ne m'as-tu pas dit qu'il avait été fiancé avec une belle jeune fille de sa condition, qu'il avait été inconsolable de sa mort, et qu'il n'aimerait peut-être jamais une autre femme? Voilà ce que tu m'as raconté dans les premiers jours; et si cela est vrai, il ne m'aime pas ; ou s'il peut m'aimer, il n'est pas impossible qu'une autre m'efface de sa pensée.

— Et si cela doit durer cinq ou six ans encore! Car il avait dix-huit ans lorsque Lucie mourut ; et jusqu'à toi, il n'avait pas même regardé une autre femme.

— Il n'y a pas de comparaison possible entre deux amours si différens! Il a pu regretter six ans une créature angélique toute semblable à lui, que le devoir et l'inclination lui prescrivaient de préférer à tout! Mais pour une pauvre vieille fille de théâtre comme moi... veuve de... plusieurs amans, je n'ai jamais eu la pensée d'en revoir le compte!... Bah! il ne faudra pas six semaines pour qu'il rentre en lui-même, si tant est qu'il en soit sorti. Tiens, Salvator, ne parlons pas davantage de cela! Ton idée me chagrine et me blesse un peu. Pourquoi faut-il que ta pauvre Floriani, à laquelle tu témoignes pourtant, depuis trois semaines, la confiance et l'affection précieuse d'un frère, soit nécessairement, pour tout le monde, l'objet de désirs grossiers, même pour le plus chaste et le plus malade de tes amis? Ne puis-je, après toutes mes fautes, quand je les ai expiées par tant de souffrances et réparées peut-être par quelques bonnes actions, être traitée comme une maternelle amie par les jeunes gens de bonnes mœurs? Faut-il absolument que je fasse auprès d'eux le rôle de Satan, quand j'y mets aussi peu de malice que Stella ou Béatrice? Suis-je coquette? suis-je encore belle seulement? *Corpo di Dio!* comme dit mon vieux père, je fais tout mon possible pour ne faire peur ni envie à personne, tant je souhaite qu'on me laisse en paix. Le repos, l'oubli, mon Dieu! voilà ce que je demande, ce après quoi je soupire et brame quelquefois comme le cerf après la fontaine. Quand donc n'entendrai-je plus le mot d'amour sonner à mon oreille comme une note fausse?

— Ma pauvre sœur chérie, dit Salvator, tu te débats en vain, tu auras encore longtemps à résister, sinon à toi-même, du moins aux hommes qui te verront; j'ai beau faire pour être absolument calme auprès de toi, je ne le suis pas toujours, moi, qui pourtant...

— Allons! s'écria la Floriani avec un désespoir naïf et presque comique. Toi aussi, tu vas recommencer! *Et tu Brute?* Tue-moi tout de suite, j'aime mieux cela. Au moins, je serai délivrée de cet éternel refrain!

— Non! non!... moi, c'est fini, dit Salvator qui craignait de voir la tristesse succéder à cet éclair d'enjouement. Je ne te dirai jamais rien; je ne te parlerai jamais de moi, quand même j'en devrais mourir. Je te l'ai promis, je te le jure. Mais il n'en sera pas ainsi de tous les hommes; tu auras beau dire que tu es vieille, on te regardera, et on verra le feu de la vie circuler dans tes veines généreuses. Tu auras beau relever tes cheveux avec cette négligence, et te cacher dans cette éternelle robe de chambre qui ressemble à un sac de pénitent plus qu'à un vêtement de femme, tu seras encore belle malgré toi, et plus qu'aucune femme au monde! Quelle autre que toi pourrait se montrer au grand jour sans toilette, se brunir le cou et les bras au grand soleil, se fatiguer le teint et les yeux à veiller un malade après avoir nourri une demi-douzaine d'enfans, travaillé, pleuré, souffert (oh! que n'as-tu pas supporté!) et enflammer encore l'imagination des hommes, qu'ils soient vierges comme mon ami Karol, ou expérimentés comme ton ami Salvator?

— Tiens, s'écria la Floriani impatientée, si tu continues sur ce ton, et si tu arrives à me persuader que je vais encore faire une passion, je suis capable de me mettre sur la figure, ce soir, un acide, un corrosif quelconque pour être affreuse demain matin.

— Vraiment, dit Salvator stupéfait, aurais-tu cette férocité envers toi-même?

— Non, c'est une manière de dire, répondit-elle ingénûment. J'ai assez souffert pour n'avoir nulle envie de chercher des souffrances nouvelles.

— Mais, en supposant qu'on pût se défigurer sans se rendre aveugle, sans se faire aucun mal... tu ne le ferais pas!

— Je ne le ferais pas de gaîté de cœur, car je suis artiste, j'aime le beau, et je tâche de préserver les yeux de mes enfans du spectacle de la laideur. Je m'effraierais moi-même si je devenais un objet d'horreur et de dégoût. Et cependant, je t'assure que si l'on mettait pour moi dans une balance les tourmens d'une passion nouvelle et le désagrément de devenir affreuse, je n'hésiterais pas.

— Tu dis cela d'un ton de sincérité qui m'effraie. Un être tel que toi est capable de tout! Ne va pas t'aviser d'une pareille folie, Lucrezia! comme une certaine princesse de Prusse, sœur de Frédéric-le-Grand, qui se défigura de la sorte, à ce qu'on dit, pour n'être pas recherchée en mariage et se conserver à son amant.

— C'est sublime, cela, dit la Floriani, car c'est le plus grand sacrifice qu'une femme puisse faire.

— Oui, mais l'histoire ajoute qu'en détruisant sa beauté, elle détruisit sa santé, et qu'elle devint bizarre et méchante. Reste donc belle, puisque tu risquerais de perdre ta bonté, qui n'est pas un moindre trésor.

— Ami, dit la Floriani, le temps mettra ordre à tout. Peu à peu je deviendrai laide sans y songer, sans m'en apercevoir peut-être, et alors, je crois que je serai enfin heureuse ; car, si j'ai acquis la funeste expérience qu'il n'est point de bonheur dans la passion, j'ai encore la chimère d'un certain état de calme et d'innocence que je crois ressentir dès à présent, et qui me semble plein de délices. Ne me dis donc pas que ton ami viendra le troubler par sa souffrance. Je ferai en sorte qu'il ne m'aime pas.

— Et comment t'y prendras-tu?

— En lui disant la vérité sur mon compte. Aide-moi, ne la lui épargne pas!... *Mais quoi! je suis bien folle de te croire!* Il ne peut pas m'aimer! Ne porte-t-il pas toujours sur son sein le portrait de sa fiancée?

— Crois-tu donc réellement qu'il l'ait aimée? dit Salvator après un moment de silence.

— Tu me l'as dit, répondit Lucrezia.

— Oui, je l'ai cru, reprit-il, parce qu'il le croyait lui-même, et qu'il le disait avec éloquence. Mais, voyons, entre nous, mon amie, on n'aime que fort incomplètement la femme qu'on n'a point possédée. L'amour véritable ne se nourrit pas éternellement de désirs et de regrets. Et, quand je me rappelle maintenant les rapports qui existaient entre le prince Karol et la princesse Lucie, je me confirme dans l'idée que cet amour n'a jamais existé que dans leurs imaginations. Ils s'étaient vus cinq ou six fois peut-être, et encore sous les yeux de leurs parens.

— Pas davantage?

— Non, Karol me l'a dit lui-même. Ils se connaissaient à peine, lorsqu'ils furent fiancés, et elle mourut si peu de temps après, qu'ils n'eurent pas le temps de se connaître.

— L'as-tu vue, toi, cette princesse Lucie?

— Je l'ai vue une fois. C'était une jolie personne, fluette, pâle, phthisique... Je m'en suis aperçu tout de suite, quoique personne n'y songeât. Elle avait beaucoup d'élégance, de grâce; une toilette exquise, de grands airs un peu trop précieux, à mon sens; des yeux bleus, des cheveux comme un nuage, un teint de clair de lune; une réputation d'ange, une manière poétique de se poser. Elle ne me plaisait pas. Elle était trop romanesque et trop dédaigneuse; c'était un de ces êtres auxquels j'ai toujours envie de dire : « Ouvre donc la bouche quand tu parles, pose donc les pieds quand tu marches, mange donc avec les dents, pleure donc avec les yeux, joue donc du piano avec les doigts, ris donc de la poitrine et non des sourcils, salue donc avec le corps et non avec le bout du menton. Si tu es un papillon ou une fleur, envole-toi au vent, et ne viens pas nous chatouiller l'œil ou l'oreille. Si tu es morte, dis-le tout de suite! » Enfin elle m'impatientait comme quelque chose qui ressemble à une femme, mais qui n'en est que l'ombre. Elle avait la manie de se couvrir de fleurs et de parfums qui me donnèrent la migraine le jour que j'eus l'honneur de dîner auprès d'elle. Elle était embaumée comme un cadavre, et j'aurais mieux aimé un sachet dans mon armoire qu'une telle femme à mes côtés; je n'aurais pas été forcé de le respirer toujours.

— Je ne peux pas m'empêcher de rire de ce portrait, dit la Floriani, et pourtant je sens qu'il est exagéré et que tu y portes un peu de dépit. Tu n'as pas plu à cette princesse, je le vois bien. Tu lui auras fait quelque compliment trop peu recherché. Laissons les morts en paix et respectons ce souvenir dans l'âme pure du prince Karol. Je veux, au contraire, le faire parler d'elle et raviver en lui cet amour qui lui est salutaire pour le moment. Bonsoir, ami! Sois tranquille, Karol n'aimera jamais qu'une sylphide!

CHAPITRE XIII.

La Lucrezia se persuadait de très bonne foi que Salvator se trompait. Elle sentait bien qu'il avait pour elle un gros amour bon enfant, si l'on peut parler ainsi, amour bien sincère, mais bien positif, qui n'eût imposé aucune chaîne et qui n'en eût pas accepté non plus; en un mot, une solide et généreuse amitié, avec quelques plaisirs en passant, et autant d'infidélités qu'on pourrait ou qu'on voudrait s'en permettre de part et d'autre.

La Floriani ne voulait plus de chaînes, et se croyait à l'abri de toute passion; mais elle s'était fait une trop grande idée de l'amour, elle l'avait ressenti avec trop d'énergie, enfin c'était une nature trop franche et trop passionnée, pour qu'un pareil contrat ne lui parût pas révoltant. Elle ne savait rien être à demi, et si, à son insu, elle avait encore des sens, elle aimait mieux les vaincre et leur imposer silence que de les satisfaire sans enthousiasme, sans la conviction, peut-être illusoire chez elle, mais sincère, d'une vie commune et d'une fidélité éternelle. C'est ainsi qu'elle avait longtemps aimé, et quand elle avait eu des passions de huit jours, ou peut-être même d'une heure, comme disait Salvator, ç'avait été avec la ferme croyance qu'elle y mettait toute sa vie. Une grande facilité d'illusion, une aveugle bienveillance de jugement, une tendresse de cœur inépuisable, par conséquent beaucoup de précipitation, d'erreurs et de faiblesses, des dévoûmens héroïques pour d'indignes objets, une force inouïe appliquée à un but misérable dans le fait, sublime dans sa pensée : telle était l'œuvre généreuse, insensée et déplorable de toute son existence.

Aussi prompte et aussi absolue dans le renoncement que dans le désir, elle croyait, depuis un an, qu'elle était délivrée de l'amour, que rien ne pourrait l'y ramener. Elle se persuadait même, tant son esprit embrassait vite une résolution et s'habituait à une manière d'être, que la victoire était à jamais remportée, et si elle eût mesuré la durée du temps à l'intensité de sa conviction, elle eût fait serment que vingt ans s'étaient déjà écoulés depuis qu'elle n'aimait plus.

Et pourtant la dernière blessure était à peine cicatrisée, et, comme un brave soldat qui se remet en campagne lorsque ses jambes peuvent à peine le soutenir sur le seuil de l'ambulance, la Floriani affrontait courageusement le contact journalier de deux hommes épris d'elle, chacun à sa manière. Elle se rassurait en se disant qu'elle n'avait jamais eu d'amour pour l'un, qu'elle n'en pourrait jamais avoir pour l'autre, et que, la Providence ayant voulu qu'elle leur fût nécessaire, il n'y avait point à se tourmenter des dangers possibles de cette situation.

Puis, en songeant à tout ce que Salvator Albani venait de lui dire, elle s'assit dans son boudoir avant d'entrer dans sa chambre, et se mit à dérouler ses cheveux et à les arranger pour la nuit avec une admirable insouciance. « Peut-être, se disait-elle, est-ce une ruse naïve de Salvator pour savoir ce que je pense de son ami, et si c'est par l'impertinence ou par le sentiment qu'il faut m'attaquer? Il invente cet amour de Karol pour ramener des épanchemens que je lui ai interdits! »

Bien des mots échappés au prince, de simples exclamations, certains regards eussent dû pourtant éclairer une femme de l'âge et de l'expérience de la Floriani. Mais elle avait conservé une modestie et une candeur d'enfant, en dépit de tout ce qui eût dû les lui faire perdre, et cette particularité de son caractère n'en était pas un des moindres charmes. C'est peut-être là ce qui la faisait paraître toujours jeune, et ce qui la faisait aimer si soudainement.

En arrangeant ses cheveux devant une glace, à la clarté d'une seule bougie, elle se regarda un instant avec attention comme elle ne s'était pas regardée depuis un an; mais elle avait si peu l'instinct de vivre pour elle-même, qu'elle ne vit dans sa propre figure que le souvenir des hommes qui l'avaient aimée. « Bah! se dit-elle, ceux-là ne m'aimeraient plus s'ils me voyaient maintenant. Comment donc pourrais-je plaire réellement à d'autres, quand ceux qui avaient, pour m'être attachés, tant d'autres motifs plus importans que ma jeunesse et ma beauté, ne se soucient plus de moi? » Elle n'avait pas été heureuse en amour, et pourtant elle avait allumé des passions si violentes, qu'elle ne pouvait pas être flattée d'inspirer des caprices, et après avoir été une idole, de devenir un amusement.

Elle se sentit donc bien forte, lorsqu'elle rabattit les rideaux de gaze sur la glace de sa toilette, en se disant que personne n'aurait plus de droits sur elle; mais, comme elle reprenait sa bougie pour retourner auprès de ses enfans, elle tressaillit en se trouvant en face d'un spectre.

— Quoi, mon cher prince, dit-elle, après un instant d'effroi involontaire, vous voilà relevé quand on vous croyait si bien endormi! Qu'y a-t-il? vous êtes donc souffrant? et vous étiez seul! Salvator vient de me quitter, et il n'est pas retourné auprès de vous? Parlez donc, vous m'inquiétez beaucoup!

Le prince était si pâle, si tremblant, si agité, qu'il y avait de quoi s'inquiéter en effet. Il eut de la peine à répondre, enfin il s'y décida.

— N'ayez pas peur de moi, ni pour moi, dit-il, je suis bien, très bien... Seulement, je ne dormais pas, je me suis mis à la fenêtre. J'ai entendu parler.... j'étais bien tenté de descendre et de me mêler à votre conversation. Je ne l'osais pas... j'ai longtemps hésité! Enfin, n'entendant plus rien, et, voyant Salvator errer seul dans le fond du jardin, j'ai pris une grande résolution.... je suis venu vous trouver.... Pardonnez-moi, je suis si troublé que je ne sais pas ce que je fais, ni où je suis, ni comment j'ai eu l'audace de pénétrer jusque dans votre appartement....

— Rassurez-vous, dit la Floriani en le faisant asseoir sur son divan, je ne suis pas offensée, je vois bien que vous êtes souffrant, vous vous soutenez à peine. Voyons, mon cher prince, vous avez eu quelque mauvais rêve. J'avais laissé Antonia auprès de vous. Pourquoi cette jeune étourdie vous a-t-elle quitté?

— C'est moi qui l'ai priée de me laisser seul. Je m'en vais.... Pardon encore, je suis fou, ce soir, je le crains!

— Non, non, restez ici et remettez-vous. Je vais chercher Salvator; à nous deux, nous vous distrairons, vous oublierez votre malaise en causant avec nous, et quand vous vous sentirez bien, Salvator vous emmènera. Vous dormirez tranquille, quand il sera près de vous.

—N'allez pas chercher Salvator, dit le prince en saisissant d'un mouvement impétueux les deux mains de la Floriani. Il ne peut rien pour moi, vous seule pouvez tout. Ecoutez, écoutez-moi, et que je meure après, si le peu de force que j'ai recouvré s'exhale dans l'effort suprême qu'il me faut faire pour vous parler. J'ai entendu tout ce que Salvator vous a dit ce soir, et tout ce que vous lui avez répondu. Ma fenêtre était ouverte, vous étiez au dessous: la nuit, la voix porte dans un silence solennel. Je sais donc tout, vous ne m'aimez pas, vous ne croyez seulement pas que je vous aime!

« Nous y voici donc, pensa la Floriani, saisie de chagrin et fatiguée d'avance de tout ce qu'il lui faudrait dire pour se défendre sans blesser ce triste cœur: Mon cher enfant, dit-elle, écoutez....

— Non, non, s'écria-t-il avec une énergie dont il ne semblait pas capable, je n'ai rien à écouter. Je sais tout ce que vous me direz, je n'ai pas besoin de l'entendre, et il n'est pas certain que j'en eusse la force. C'est moi qui dois parler. Je ne vous demande rien. Vous ai-je jamais rien demandé? Connaîtriez-vous ma pensée, si Salvator ne l'eût devinée et trahie? Mais il y a quelque chose, dans tout cela, qui m'est insupportable, quelque chose qui m'a percé le cœur, parce que c'est vous qui l'avez dit. Vous prétendez que je ne peux pas aimer une femme comme vous. Vous dites du mal de vous-même, pour prouver que j'en dois penser. Vous croyez enfin que je vous oublierai, et que, quand on dira du mal de vous en ma présence, je soupirerai lâchement en regrettant d'être lié à vous par la reconnaissance... Ces pensées-là sont affreuses, elles me tuent! Dites-moi que vous les abjurez, ou je ne sais ce que je ferai dans mon désespoir.

— Ne vous affectez pas ainsi pour quelques paroles irréfléchies, et dont je ne me souviens même pas, dit Lucrezia effrayée de l'émotion croissante du prince; je ne songe pas à vous accuser de morgue, et je vous sais incapable d'ingratitude. Quoi? n'ai-je pas dit plutôt que votre reconnaissance pour moi était bien plus grande que les services si naturels que je vous ai rendus? Oubliez les mots qui vous ont blessé, je vous en supplie, je les rétracte et suis prête à vous en demander pardon. Calmez-vous, et prouvez-moi la sincérité de votre amitié en ne vous faisant pas gratuitement souffrir vous-même!

— Oui, oui, vous êtes bonne, parfaitement bonne, reprit Karol en s'attachant convulsivement à elle, car il voyait qu'elle avait hâte de rompre ce tête-à-tête; mais une seule fois, la première et la dernière fois de ma vie, sans doute, il faut que je parle... Sachez bien que si quelqu'un... que ce soit Salvator lui-même ou tout autre!... si quelqu'un vous dit jamais que je n'ai pas pour vous du respect, de l'adoration... un culte!... le même culte que je rendis à la mémoire de ma mère... celui-là aura menti lâchement, ce sera mon ennemi, je le tuerai, si je le rencontre... Moi qui suis doux, faible, réservé, je deviendrai haineux, violent, implacable, et plus fort pour le punir que tous ces hommes robustes et batailleurs. Je sais bien que j'ai l'apparence d'un enfant, les traits d'une femme... mais ils ne savent pas ce qu'il y a en moi. Ils ne peuvent le savoir, je ne parle jamais de moi!... je ne prétends pas à être remarqué, je ne sais pas chercher à me faire aimer. Je ne le suis pas, je ne le serai jamais. Je ne demande même pas qu'on me croie capable d'aimer beaucoup... que m'importe? Mais *vous*, mais *vous*!... Ah! vous, du moins, il faut que vous sachiez que ce moribond vous appartient, comme l'esclave appartient à son maître, comme le sang au cœur, comme le corps à l'âme. Ce que je ne peux pas accepter, c'est que vous ne soyez pas sûre de cela, c'est que vous disiez que je ne peux aimer qu'un être semblable à moi. Je ne suis donc pas un homme? Tous les hommes aiment Dieu, et moi je vous aime comme l'idéal, comme la perfection, je vous crains comme je crains Dieu, je vous vénère au point que je mourrais à vos pieds plutôt que de vous exprimer un désir outrageant. Et ce n'est pas que je voie en vous un fantôme comme celui que j'ai porté en moi si longtemps. Je sais fort bien que vous êtes une femme, que vous avez aimé, que vous pouvez aimer encore... tout autre que moi? Eh bien! soit! j'accepte tout cela et n'ai pas besoin de comprendre les mystères de votre cœur et de votre vie pour vous adorer. Soyez tout ce que vous voudrez, abandonnez vos enfans, reniez Dieu, chassez-moi, aimez l'homme qui vous en semblera digne... Si Salvator vous plaît, s'il peut vous donner un instant de bonheur, écoutez-le, rendez-le heureux; j'en mourrai certainement, mais sans qu'une pensée de blâme puisse entrer dans mon esprit, sans qu'un sentiment de vengeance puisse approcher de mon cœur. Je mourrai en vous bénissant, en proclamant que vous avez le droit de faire tout ce qui est défendu aux autres, que ce qui est crime et reproche chez eux, est vertu et gloire chez vous. Tenez, je suis tellement malheureux en ce monde, et l'amour que je vous porte me ronge tellement les entrailles, que j'ai, en ce moment, un désir, un besoin effréné de mourir. Mais si vous voulez que je m'en aille demain, que je ne vous revoie jamais et que je vive, je vivrai et je serai content de vivre dans les tourmens pour vous obéir. Vous croyez que j'ai aimé quelqu'un plus que vous? c'est faux! je n'ai jamais aimé personne. Je le sens maintenant, j'avais rêvé... l'amour; car comme vous l'a dit Salvator, il était dans mon cerveau, je ne l'avais pas senti dévorer mon cœur. C'était une femme pure, et je respecte tellement son souvenir, que je ne veux plus lui faire un mensonge en portant son image sur ma poitrine. Prenez-le, cachez-le, gardez-le, ce portrait que je ne comprends plus, et où je vois toujours vos traits maintenant à la place des siens! je vous le donne et vous prie de l'accepter, parce qu'il ne doit pas être profané et qu'il n'y a que deux endroits où il puisse être sanctifié désormais. Votre main ou la tombe de ma mère... Ne croyez pas que je parle dans le délire. Si j'étais calme, je n'aurais pas le courage de parler; mais ce courage trahit la vérité et proclame ce que je pense à toute heure, depuis que je vous connais. Et je le dirais à la face du monde, j'en ferais serment sur la tête de vos enfans... Je le dirai à Salvator lui-même, qu'il m'entende, qu'il le sache, et qu'il n'ait jamais la folie de le nier! Je vous aime, ô vous! ô toi qui n'a pas de nom pour moi, et que je ne pourrais qualifier dans aucune langue... je t'aime!.. j'ai du feu dans la poitrine... je meurs!

Et Karol, épuisé par cette ardente protestation, tomba aux pieds de la Floriani et s'y roula en tordant ses mains avec tant de violence qu'il les déchira et en fit jaillir le sang.

— Aime-le! aime-le! prends pitié de lui! s'écria Salvator qui, après avoir cherché vainement le prince dans sa chambre et dans toute la maison, venait d'entrer, effrayé, et d'entendre ses dernières paroles. Aime-le, Floriani, ou tu n'es plus toi-même, ou un affreux égoïsme a desséché ton sein généreux. Il se meurt, sauve-le! Il n'a jamais aimé, fais-le vivre, ou je te maudis!

Et cet homme étrangement généreux et enthousiaste, au milieu de son âpreté personnelle aux jouissances de la vie, cet inappréciable ami qui préférait Karol à tout, à la Floriani et à lui-même, le releva du parquet où il se tordait dans une sorte d'agonie, et le jetant, pour ainsi dire, dans les bras de la Lucrezia, il s'élança vers la porte comme pour ne pas entendre la réponse et ne pas assister à un bonheur auquel il ne renonçait pas sans effort.

La Floriani, éperdue, reçut Karol contre son cœur et l'y pressa avec tendresse; mais, plus effrayée encore que vaincue, elle fit à Salvator un geste impérieux pour qu'il eût à rester. — Je l'aimerai, dit-elle, en couvrant d'un long et puissant baiser le front pâle du jeune prince, mais ce sera comme sa mère l'aimait! aussi ardemment, aussi constamment qu'elle, je le jure! Je vois bien qu'il a besoin d'être aimé ainsi, et je sais qu'il le mérite. Cette tendresse maternelle dont je m'étais prise pour lui, d'instinct, et sans songer à la prolonger au delà de sa guérison, je la lui voue pour toujours, et à l'exclusion de tout autre homme. Je renouvelle pour toi, mon fils, le vœu de chasteté et de dévoûment que j'ai fait pour Celio et pour mes autres enfans. Je garderai saintement et respectueusement le portrait de ta fiancée, et quand tu voudras le voir, nous parlerons d'elle ensemble. Nous pleurerons ensemble ta mère chérie, et tu ne l'oublieras pas en retrouvant son cœur dans le mien. J'accepte ton amour à ce prix, et j'y crois, quoique désabusée que je sois de tout le reste. Voilà la plus grande preuve d'affection que je puisse te donner!

Cet engagement parut à Salvator un remède bien incomplet, et plus dangereux qu'utile. Il allait demander davantage, lorsque le prince, retrouvant la force avec la parole, s'écria, fondant en larmes : Bénie sois-tu, femme adorée! je ne te demanderai jamais rien de plus, et mon bonheur est si grand que je n'ai pas de paroles pour t'en remercier.

Il se prosterna devant elle et embrassa ses genoux avec transport. Puis, s'arrachant de ses bras, il suivit Salvator et alla dormir avec un calme dont il n'avait jamais joui jusqu'à cette heure.

—Etranges et impossibles amours! se disait Salvator en essayant de dormir aussi.

CHAPITRE XIV.

J'espère, lecteur, que tu sais d'avance ce qui va se passer dans ce chapitre, et que rien de tout ce qui est arrivé jusqu'ici dans le cours monotone de cette histoire ne t'a causé le plus léger étonnement. Je voudrais être auprès de toi, quand tu approches du dénouement de chaque phase d'un roman quelconque, et, d'après tes prévisions, je saurais si l'œuvre est dans le chemin de la logique et de la vérité. Je me méfie beaucoup d'un dénouement impossible à prévoir pour tout autre que pour l'auteur, parce qu'il n'y a pas plusieurs partis à prendre pour des caractères donnés. Il n'y en a qu'un, et si personne ne s'en doute, c'est que les caractères sont faux et impossibles.

Tu me diras peut-être que voilà le prince Karol se livrant à une explosion de sentiment et à un abandon de passion bien en dehors des habitudes que je t'ai révélées de lui jusqu'ici. Mais non, tu ne me feras pas une observation aussi niaise, car je te renverrais encore à toi-même et je te demanderais si, en matière d'amour, ce qui semble le plus opposé à nos goûts et à nos facultés n'est pas précisément ce que nous embrassons avec le plus d'ardeur, et si, dans ces cas-là, l'impossible n'est pas justement l'inévitable.

Vraiment, la vie, telle qu'elle se passe sous nos yeux, est bien assez folle et assez fantasque, le cœur humain tel que Dieu l'a fait est bien assez mobile et assez inconséquent; il y a, dans le cours naturel des choses, bien assez de désordres, de cataclysmes, d'orages, de désastres et d'imprévu, pour qu'il soit inutile de se torturer la cervelle à inventer des faits étranges et des caractères d'exception. Il suffirait de raconter. Et puis qu'est-ce que les caractères exceptionnels que le roman va toujours chercher pour surprendre et intéresser le public? Est-ce que nous ne sommes pas tous des exceptions par rapport aux autres, dans le détail infini de nos organisations? Si certaines lois communes font de l'humanité un seul être, n'y a-t-il pas, dans l'analyse de cette grande synthèse, autant d'êtres distincts et dissemblables que nous sommes d'individualités? La Genèse nous dit que Dieu fit l'homme d'un peu de terre et d'eau, pour nous montrer que la même matière élémentaire servit à notre formation. Mais, dans la combinaison des parties constituantes de cette matière, reste la diversité éternelle et infinie, et, de là, ces deux feuilles identiques impossibles à rencontrer dans le règne végétal, ces deux cœurs identiques inutiles à rêver dans la race humaine. Sachons donc bien ce lieu commun, que chacun de nous est un monde inconnu à ses semblables, et pourrait raconter de soi une histoire ressemblant à celle de tout le monde, semblable à celle de personne.

Le roman n'a pas autre chose à faire que de raconter fidèlement une de ces histoires personnelles, et de la rendre aussi claire que possible; qu'on y ajoute beaucoup de faits extérieurs, qu'on y mêle beaucoup d'individualités diverses, je le veux bien : mais c'est compliquer beaucoup la besogne sans beaucoup de profit pour notre instruction morale. Et puis, c'est très fatigant pour le lecteur, qui est paresseux! réjouis-toi donc, paresseux de lecteur, de trouver aujourd'hui un auteur plus paresseux que toi.

Tu pressens déjà que la Floriani, en faisant la transaction, s'engageait plus qu'elle ne pensait, et qu'un amour maternel platonique, et pourtant passionné, ne pouvait durer éternellement entre un homme de vingt-quatre ans et une femme de trente, beaux tous les deux, et tous deux enthousiastes et avides de tendresse. Cela dura six semaines, peut-être deux mois, avec une sérénité angélique de part et d'autre, et ce fut, il faut bien le dire, le plus beau temps de leur amour. Puis vint l'orage, et c'est dans l'âme du jeune homme qu'il s'alluma d'abord; puis vinrent quelques heures d'ivresse, où, pour tous deux, le ciel sembla descendre sur la terre. Mais quand la félicité humaine est arrivée à son apogée, elle touche à sa fin. L'inexorable loi qui préside à notre destinée l'a réglé ainsi, et la plus folle des sagesses serait celle qui exhorterait l'homme à se développer pour le bonheur absolu, sans lui dire que ce bonheur doit être dans sa vie le passage d'un éclair, et qu'il faut s'arranger pour végéter le reste du temps, assez satisfait d'une espérance ou d'un souvenir. Il en est de la vie comme du roman; pour qu'elle fût complète il faudrait mourir le lendemain de certains jours. Pour que le roman flatte l'imagination, on le termine ordinairement le jour de l'hyménée. C'est à dire qu'on aspire pendant un nombre plus ou moins savant de volumes à voir luire un rayon, dont aucun art ne peut exprimer l'éclat et la beauté, et que le lecteur colore à sa guise, car c'est là que l'auteur renonce à peindre et lui souhaite le bon soir.

Eh bien! pour essayer un peu de sortir du chemin tracé, nous ne fermerons pas le livre à cette page fatale. Nous nous arrêterons un instant au sommet de cette pente que nous avons vu gravir, et nous la redescendrons dans un second volume, que le lecteur de celui-ci est dispensé de lire, s'il n'aime pas les histoires tristes et les vérités chagrines.

Te voilà bien averti, cher lecteur, tu sais tout ce qui doit arriver désormais. Je poursuis, arrête-toi là si tu veux. Tu connais la synthèse de ces deux existences qui se sont rapprochées des deux bouts opposés de l'horizon social. Le détail me regarde, et si tu n'en te soucies point, laisse-moi l'écrire en paix. Crois-tu donc que l'on soit toujours forcé de penser à toi, et que l'on n'écrive jamais pour soi-même, en se donnant le plaisir de t'oublier? Tu n'es guère embarrassé de le rendre, et alors nous sommes quittes.

En renonçant à l'amour, en cherchant la retraite, la Floriani s'était trompée de date dans sa vie. Il est bien certain qu'elle s'était persuadée, dans ce moment-là, que le calme de la vieillesse auquel elle aspirait était venu, par miracle, lui apporter ses bienfaits avant le temps. Les quinze années de passion et de tourmens qu'elle venait de fournir lui semblaient si lourdes et si cruelles qu'elle se flattait de se les faire compter doubles par le dispensateur suprême de nos épreuves. Mais l'implacable destinée n'était pas satisfaite. Pour s'être trompée dans ses choix, pour avoir donné une affection sublime à des êtres qui lui plaisaient sans le mériter, pour n'avoir pas su aimer ceux qui le méritaient sans lui plaire, pour avoir trop aimé ceux que Jésus-Christ a voulu racheter, et n'avoir pas cherché la quiétude, la sécurité et le triomphe paisible des élus, de ces insupportables *justes*, qui du haut de leurs chaises d'or, narguent les misères et les souffrances de l'humanité, la pauvre pécheresse devait expier encore les malheurs passés par de nouveaux malheurs. Faites-vous sœur de charité, allez ramasser les membres épars sur le champ de bataille, et chasser les mouches immondes des plaies du moribond abandonné, vous serez ou emportée par un boulet, ou traitée comme une vivandière par le vainqueur brutal. Mais vivez avec les parfaits, n'aimez que les beaux, les riches, les sages, les heureux de ce monde, parfumez votre âme délicate dans une atmosphère éthérée, soyez comme une fleur dans son jardin, comme la princesse Lucie dans son nuage, et vous serez canonisée.

La Floriani se faisait donc de grandes illusions, en s'imaginant qu'elle en serait quitte à si bon marché, et que, désormais, elle pourrait vivre pour ses enfans, pour son vieux père et pour elle-même. Un cœur qui a passé par d'aussi terribles maladies que celles dont elle sortait à peine, n'est pas guéri par quelques mois de repos et de solitude. Cette solitude même et cette inaction ne sont peut-être pas ce qui lui convient. La transition s'était faite trop brusquement, et, en acceptant sa guérison comme un fait accompli, la bonne Lucrezia n'avait pas assez veillé sur elle-même. Lorsqu'au lieu de cet amour exigeant et personnel qui avait fait tout le mal de sa vie, le noble et romanesque prince de Roswald lui offrit un dévoûment absolu, un respect digne d'une sainte, et qu'il accepta même avec transport le vœu d'une amitié chaste de sa part, elle se crut sauvée. Était-il permis à une femme chargée de tant de fautes de s'abuser à ce point, et de s'imaginer bonnement que la Providence allait la récompenser de ses erreurs au lieu de l'en punir? Non, cela n'était point permis, et pourtant la Lucrezia s'en accommoda avec sa naïveté habituelle.

Elle y trouva d'abord un bonheur extrême, des joies sans mélange. Karol était si dominé, si soumis, il s'était abjuré si complètement, il subissait une telle fascination, qu'un mot, un regard, une innocente caresse le jetaient dans une ivresse inappréciable. Il y avait, à la surface de son être, une pureté angélique, et les âcres passions qui fermentaient inconnues et oisives encore au fond de son âme, ne s'éveillèrent pas tout de suite. Il n'avait jamais brûlé du feu de l'amour, il n'avait jamais senti battre contre son cœur le cœur d'une femme, et les premières émotions de ce genre furent pour lui plus vives et plus profondes qu'elles ne le sont chez un adolescent aux prises avec le premier éveil des sens. Il y avait long-temps déjà que ces désirs germaient en lui sans qu'il voulût s'en rendre compte. Il les avait trompés à l'aide de la poésie et de ce religieux sentiment pour une fiancée dont il avait à peine senti la main effleurer la sienne. Ses rêves arrivaient donc tout frais, tout craintifs et tout palpitans à la réalité. Il avait encore les terreurs d'un enfant et déjà l'énergie d'un homme. Ce mélange de pudeur et d'emportement lui donnait un charme irrésistible que la Floriani n'avait encore jamais rencontré. Aussi, chaque jour l'enflamma-t-il d'une sympathie, d'une admiration, et enfin d'un enthousiasme dont elle ne mesura pas les progrès.

Toujours téméraire par bravoure, et insouciante pour elle-même à cause de ceux qu'elle aimait, elle ne vit pas venir l'orage. Pouvait-elle croire autre chose que ce qu'il lui disait, et s'inquiéter d'un avenir qui semblait devoir être la continuation indéfinie de cet amour céleste? Il se trompait lui-même en trompant sa maîtresse, ce doux et terrible enfant, qui, tout vaincu et tout dévoré par la passion, n'y croyait pas encore, qui avait vécu d'illusions et se fiait à la puissance des mots sans apprécier les nuances d'idées et de faits qu'ils représentent. Quand il avait appelé la Floriani « *ma mère,* » quand il avait pressé le bord de son vêtement contre ses lèvres ardentes, quand il avait dit en s'endormant, « plutôt mourir que de la profaner dans ma pensée, » il se jugeait plus fort que la nature humaine et méprisait encore la tempête qui grondait dans son sein.

Et elle, l'aveugle enfant, car c'était un enfant encore plus ingénu et crédule que Karol, cette femme que, dans la langue reçue, on aurait bien pu appeler une femme perdue; elle croyait à ce calme qui lui semblait si beau, si neuf, si salutaire. Elle l'éprouvait en elle-même, parce que la lassitude et le dégoût avaient calmé son sang, et la préservaient d'un entraînement subit.

Et, dans cette confiance réciproque, si absolue et si sincère, que la présence de Salvator ne les gênait point et que leurs chastes baisers craignaient à peine les regards des enfans, chaque jour pourtant creusait un abîme. Karol n'existait plus par lui-même. Sa race, sa croyance, sa mère, sa fiancée, ses instincts, ses goûts et ses relations, il avait tout perdu de vue. Il ne respirait que par le souffle de la Floriani, il ne voyait qu'à travers ses regards, il ne respirait pas et ne voyait pas, il ne comprenait ni ne pensait, quand elle ne se mettait pas entre lui et le monde extérieur. L'ivresse était si complète qu'il ne pouvait plus faire un pas de lui-même dans la vie. L'avenir ne lui pesait pas plus que le passé. L'idée de se séparer d'elle n'avait aucun sens pour lui. Il semblait que cet être diaphane et fragile se fût consumé et absorbé dans le foyer de l'amour.

Peu à peu pourtant la flamme se dégagea des nuages de parfums qui la voilaient. L'éclair traversa le ciel, la voix de la passion retentit comme un cri de détresse, comme une question de vie ou de mort. Un insensible abandon de toute crainte et de toute prudence avait amené jour par jour l'imminente défaite de cette suprême raison dont se piquait la Floriani. Un invincible attrait, une progression de voluptés délicates et dévorantes, les délices d'une ivresse inconnue et souveraine avaient endormi et anéanti une à une les saintes erreurs de Karol, et cette victoire des sens, qu'il avait cru devoir être avilissante pour tous deux, donna à son amour une exaltation et une intensité nouvelles.

Il avait passé sa vie à se battre en duel au nom de l'esprit contre la matière. Il avait vu, dans la sanctification du mariage et dans l'union bénie de deux virginités, la seule réhabilitation possible de cet acte qui n'était divin selon lui que parce qu'il était nécessaire. Il avait cru longtemps que demander la révélation de l'amour à une femme prodigue de ce bienfait, ou seulement à une femme qui ne lui en apporterait pas les prémices, serait pour lui une chute sans remède et sans pardon à ses propres yeux. Il fut fort surpris de se sentir inondé de tant de joie que sa conscience était muette; et quand il interrogea cette conscience, il la trouva ivre. Elle lui répondit qu'elle n'avait rien eu à démêler avec son péché, qu'elle se sentait légère, qu'elle ne savait pourquoi il avait toujours voulu l'empêcher de faire cause commune avec son cœur, enfin qu'elle avait soif de voluptés nouvelles, et qu'elle lui parlerait morale et sagesse quand elle serait rassasiée.

La Floriani, qui n'avait jamais fait ces distinctions métaphysiques entre ses penchans et ses intérêts personnels, et qui n'avait renoncé à l'amour que parce que le sien avait causé le malheur d'autrui, se sentit très calme et très fière lorsque, l'illusion de son amant se communiquant à elle, elle crut qu'il était pour toujours le plus heureux des hommes. Elle ne regretta pas seulement son beau rêve de force et de vieillesse anticipée; son orgueil ne lui fit pas de reproches, et elle ne pleura point sur sa chute. Toujours naïve et confiante, elle ne répondit aux craintes de Salvator qu'en lui demandant si Karol se repentait et se trouvait à plaindre. Et comme la félicité de Karol touchait aux nues en ce moment, comme Salvator lui-même en était stupéfait d'étonnement, de jalousie et d'admiration, il ne trouva rien à répondre.

Il souffrit passablement de l'aventure, lui, ce brave comte Albani, qui n'eût pas senti ce bonheur avec la même puissance que son jeune ami, mais qui ne l'eût pas fait expier si cruellement par la suite. Il en fut si agité qu'il en perdit le sommeil, et presque l'appétit et la gaîté. Mais son âme était si belle et son amitié si loyale, qu'il remporta la victoire. Il remercia la Floriani avec effusion, d'avoir, sinon guéri à jamais l'esprit et le cœur de Karol (ce qu'il ne croyait pas possible dans de telles conditions), du moins de l'avoir initié à un bonheur que nulle autre femme ne lui eût jamais fait connaître. Puis, prétextant des affaires indispensables à Venise, il partit sans vouloir faire avec eux aucun plan d'avenir. « Je reviendrai dans quinze jours, leur dit-il, et vous me direz alors ce que vous aurez résolu. »

Le fait est qu'il ne pouvait supporter plus longtemps le spectacle d'un bonheur qu'il approuvait et qu'il encourageait cependant de toute son âme. Il se mit en route sans leur dire qu'il allait chercher des distractions philosophiques auprès d'une certaine danseuse qui lui avait fait un signe à Milan, dans la coulisse du théâtre de la Scala.

« Je n'aurais jamais cru, se disait-il chemin faisant, que mon jeune puritain mordrait au fruit défendu avec cette violence et cet oubli du passé. Cette Floriani est donc un être plus fort et plus enchanteur que le serpent, car Adam pleura aussitôt sa faute, et Karol fait gloire de la sienne, au contraire!... Allons! veuille le ciel que cela dure, et qu'à mon retour je ne le trouve pas honteux et désespéré! »

Tu sauras ce qu'il en advint, lecteur, au prochain volume, si tu ne le sais déjà, et si tu ne préfères rester entre la porte du ciel et celle de l'enfer.

FIN DU PREMIER VOLUME.

Imprimerie d'E. Proux et Cᵉ, rue Neuve-des-Bons-Enfans, 3.

LUCREZIA FLORIANI

PAR

GEORGE SAND.

DEUXIÈME VOLUME.

CHAPITRE Ier.

Malgré l'affection que le prince portait au comte, malgré la reconnaissance que lui inspiraient son dévoûment, ses tendres soins, et l'espèce de sanction qu'il venait de donner à son bonheur, le bonheur est si égoïste, que Karol vit partir Albani avec une sorte de joie. La présence d'un ami gêne toujours un peu les continuels épanchemens d'une âme enivrée, et bien que le prince eût mis beaucoup d'abandon à proclamer devant Salvator la force de sa passion, il n'en est pas moins vrai qu'il était un peu mécontent quand il ne le voyait pas accueillir avec une confiance absolue la conviction où il était que ce bonheur devait durer toujours et n'être troublé par aucun nuage.

Une âme moins pure et moins loyale que la sienne eût été humiliée, peut-être, de se montrer si différente d'elle-même devant un ami qui pouvait comparer le présent avec le passé, et l'accuser d'inconséquence, ou seulement sourire de son entraînement subit, comme il avait souri auparavant de sa réserve exagérée. Mais si Karol avait certaines petitesses d'esprit, ce n'étaient jamais des petitesses mesquines et l'on eût pu dire que c'étaient plutôt des puérilités charmantes. Lui aussi avait ses naïvetés moins frappantes, moins complètes que celles de la Floriani, mais plus fines et réellement intéressantes dans leur contraste avec le fond de son caractère. Ainsi il ne niait pas qu'il eût été rigoriste dans le passé, et qu'il fût aveuglé dans le présent; mais il lui était impossible de l'avouer. Il ne s'en souvenait pas, et ne se rendait presque pas compte de sa transformation. Il persistait à croire qu'il haïssait les emportemens d'un esprit sans règle et sans retenue, et si on lui eût parlé d'une autre femme, toute semblable à la Floriani par sa conduite et ses aventures, mais n'ayant pas en elle ce charme mystérieux qu'il subissait, il en eût détourné ses regards avec effroi et aversion. Enfin, il avait littéralement sur les yeux ce bandeau que les poètes antiques, ces maîtres dans l'art de symboliser les passions, ont placé sur ceux de Cupidon. Son esprit n'avait point changé, mais son cœur et son imagination paraient l'idole de toutes les vertus qu'il souhaitait d'adorer.

La Floriani s'habitua facilement, comme on peut croire, à recevoir un culte dont elle n'avait jamais eu l'idée. Certes, elle avait été aimée, et elle avait aimé aussi très ardemment. Mais les organisations aussi exquises que celles de Karol sont bien rares, et elle n'en avait point rencontré. Ainsi qu'elle l'avait dit à Salvator, elle n'avait aimé que de pauvres diables, c'est à dire des hommes sans nom, sans fortune et sans gloire. Une fierté craintive lui avait toujours fait repousser l'hommage des gens haut placés dans le monde. Tout ce qui eût pu ressembler à une liaison fondée sur un intérêt personnel de fortune, de succès ou de vanité, l'avait trouvé défiante et presque hautaine. Avec l'excessive bienveillance de son caractère, ce soin de fuir et de repousser les grands seigneurs ou les grands artistes, avait été bizarre en apparence; mais c'était, en effet, une conséquence de son caractère indépendant et brave, peut-être aussi de cet instinct maternel qu'elle portait dans tout. L'idée d'être protégée lui était insupportable; elle préférait être dominée par les travers d'un amant sans délicatesse que de subir la discipline majestueuse d'un pédagogue parfumé. Au fond, c'était toujours elle qui avait protégé, réhabilité, sauvé ou tenté de sauver les hommes qu'elle avait chéris. Gourmandant leurs vices avec tendresse, réparant leurs fautes avec dévoûment, elle avait failli faire des dieux de ces vils mortels. Mais elle s'était sacrifiée trop complètement pour réussir. Depuis le Christ mis en croix pour avoir trop aimé jusqu'à nos jours, c'est l'histoire de tous les dévoûmens. Celui qui se les impose en est l'inévitable victime. et comme la Lucrezia n'était, après tout, qu'une femme, elle n'avait pas poussé la patience jusqu'à mourir. D'ailleurs, elle avait logé trop d'amours à la fois dans son âme, c'est à dire qu'elle avait voulu être la mère de ses amans sans cesser d'être celle de ses enfans, et ces deux affections, toujours aux prises l'une contre l'autre, avaient dû résoudre leur combat par l'extinction de la moins obstinée. Les enfans l'avaient emporté toujours, et, pour parler par métaphore, les amans, pris aux *Enfans-Trouvés* de la civilisation, avaient dû y retourner tôt ou tard.

Il en résulta qu'elle fut haïe et maudite souvent par ces hommes qui lui devaient tout, et qui, après avoir été gâtés par elle, ne purent comprendre qu'elle se reprenait, lorsqu'elle était lasse et découragée. Ils l'accusèrent d'être capricieuse, impitoyable, folle dans sa précipitation à se livrer et à se retirer, et ce dernier grief était un peu fondé. La Floriani ne doit donc pas te sembler bien parfaite, cher lecteur, et mon intention n'a jamais été de te montrer en elle l'être divin que rêvait Karol. C'est un personnage humain que j'analyse ici sous tes yeux, avec ses grands instincts et sa faiblesse d'exécution, ses vastes entreprises et ses moyens bornés ou erronés.

Beaucoup d'hommes charmans pensèrent que la Floriani était une impertinente, une personne distraite, fantasque et sans jugement, parce qu'elle n'accueillait pas leurs fadeurs. Avait-elle le droit de se faire respecter de ces gens-là, elle qui choisissait si mal les objets de sa préférence, et qui rompait bientôt avec eux pour choisir plus mal encore?

Elle eut donc des ennemis et ne s'en aperçut pas beaucoup, ayant plus d'amis encore, et comptant pour rien ce qu'on disait d'elle, quand son cœur était préoccupé par tant de vives affections. Mais elle ne s'en habitua pas moins à regarder les grands seigneurs et les personnages privilégiés comme ses ennemis naturels. Elle était restée fille du peuple jusqu'à la moelle des os, au milieu de sa carrière de reine de théâtre; et, tout en acquérant l'usage du monde, elle conserva contre le monde un fonds d'orgueil un peu sauvage. Elle savait y porter une grande distinction de manières, et quand elle jouait la comédie, ou quand elle écrivait pour le théâtre, on eût dit qu'elle était née sur le trône. Mais elle ne pouvait souffrir qu'on supposât qu'elle devait cet air noble et ce langage élevé à la fréquentation des gens titrés. Elle sentait bien qu'elle puisait sa noblesse dans son propre sentiment des hautes convenances de l'art, dans son instinct de la véritable élégance, et dans la fierté innée de son esprit. Elle riait aux éclats, lorsqu'un marquis à figure basse et à tournure absurde venait lui dire, dans sa loge, que ce qu'on admirait le plus en elle, c'est qu'elle eût deviné la bonne compagnie. Un jour qu'une grande dame (laquelle avait malheureusement la voix rauque, les mains violettes et le menton barbu) lui faisait compliment sur ses airs de duchesse, elle lui répondit d'un ton pénétré : « Quand on a des modèles comme votre seigneurie sous les yeux, on ne peut pas se tromper sur ce qui convient à un rôle noble. » Mais quand la grande dame fut sortie, la comédienne éclata de rire avec ses camarades. Pauvre duchesse, qui avait cru lui faire beaucoup de plaisir et d'honneur avec ses éloges!

Toutes ces digressions sont là pour vous dire qu'il ne fallait pas moins qu'un miracle pour que la railleuse et fière plébéienne se prît d'engouement et de tendresse pour un prince. On a vu comment ce miracle se fit par degrés, et se trouva accompli comme par surprise. Alors la Floriani, n'étant plus occupée à se défendre, mais à admirer, découvrit, dans celui qu'elle aimait, des charmes qu'elle n'avait jamais voulu apprécier dans ceux de sa caste. Fidèle à ses préventions, elle ne voulut point faire honneur de tant de grâces et de courtoisie délicate à l'éducation qu'il avait reçue et aux habitudes qu'il avait contractées. A ce point de vue, elle les eût plutôt critiquées; mais, en supposant qu'il ne les devait qu'à la perfection de son caractère naturel, à la douceur de son âme et à la tendresse de ses sentimens pour elle, elle en fut enivrée. Il lui semblait que toutes ses amours avaient été des orgies, au prix de ce festin d'ambroisie et de miel que lui servaient les chastes lèvres, les paroles suaves et les extases célestes de son jeune amant.

— « Je ne mérite point de telles adorations, lui disait-elle, mais je t'aime d'être capable de les ressentir et de les exprimer ainsi. Je ne m'aimais point, je ne me suis jamais aimée jusqu'ici. Mais il me semble que je commence à m'aimer en toi, et que je suis forcée de respecter l'être que tu vénères de la sorte.

— » Non, non! je n'avais jamais été aimée, et tu es mon premier amour! s'écriait-elle dans la sincérité de son cœur. Je cherchais, avec une soif ardente, ce que j'ai enfin trouvé aujourd'hui. Va, mon âme que je croyais épuisée, était aussi vierge que la tienne, j'en suis certaine à présent, et je puis le jurer devant Dieu!»

L'amour est plein de ces blasphèmes de bonne foi. Le dernier semble toujours le premier chez les natures puissantes, et il est certain que si l'affection se mesure à l'enthousiasme, jamais la Floriani n'avait autant aimé. Cet enthousiasme qu'elle avait eu pour d'autres hommes avait été de courte durée. Ils n'avaient pas su l'entretenir ou le renouveler. L'affection avait survécu un certain temps au désenchantement; puis étaient venus la générosité, la sollicitude, la compassion, le dévoûment, le sentiment maternel, en un mot, et c'était merveille que des passions si follement conçues eussent pu vivre aussi longtemps, quoique le monde, ne jugeant que l'apparence, se fût étonné et scandalisé de lui les voir rompre si vite et si absolument. Dans toutes ces passions, elle avait été heureuse et aveuglée huit jours à peine, et quand un ou deux ans de dévoûment absolu survit à un amour reconnu absurde et mal placé, n'est-ce pas une grande dépense d'héroïsme, plus coûteuse que ne le serait le sacrifice d'une vie entière pour un être qu'on en sentirait toujours digne?

Oh! dans ce cas-là, est-ce bien difficile et bien méritoire de se soumettre et de s'immoler? Coriolan est plus grand en pardonnant à la patrie ingrate que Régulus en souffrant le martyre pour la patrie reconnaissante.

Aussi la Floriani fut-elle étourdie, cette fois, de son bonheur. Elle avait bien commencé, cette fois encore, par le dévoûment, puisqu'elle avait soigné, veillé et sauvé cet enfant malade au prix d'une grande anxiété morale et d'une grande fatigue physique. Mais qu'était-ce que cela en comparaison de ce qu'elle avait souffert pour sauver des âmes perverses ou des esprits égarés?

Rien, en vérité, moins que rien! N'avait-elle pas prodigué des soins et des veilles à des pauvres, à des inconnus? « Et pour ce peu qu'il me doit, se disait-il, le voilà qui m'aime comme si je lui avais ouvert les cieux! Maintenant je ne me dirai plus que je suis aimée parce que je suis nécessaire, ou bien parce qu'un peu d'éclat m'environne. Il m'aime pour moi-même, pour moi seule. Il est riche, il est prince; il est vertueux, il n'a pas de dettes à payer, il ne se sent pas faible d'esprit et entraîné par des passions nuisibles. Il n'est ni libertin, ni joueur, ni prodigue, ni vaniteux. Il n'a qu'une ambition, celle d'être aimé, et n'attend de moi aucun service, aucun appui, mais seulement le bonheur que l'amour peut donner. Il ne m'a point vue dans ma gloire. Ce n'est pas cette beauté artificielle que donnent les costumes, l'exercice du talent, le triomphe, l'engoûment de la foule et la rivalité des hommages, qui l'ont attiré vers moi. Il ne m'a vue que dans la retraite et dépouillée de tout prestige. C'est mon être, c'est moi, oh! oui, c'est bien moi qu'il aime! »

Elle ne se disait pas, ce qui, en effet, était plus difficile à concevoir et à expliquer, que ce jeune homme dévoré du besoin d'une affection exclusive, et récemment privé de celle de sa mère, était arrivé à l'heure de sa vie où il lui fallait s'attacher ou mourir : que le hasard, ou la *fatalité* (comme nous disons aujourd'hui dans les romans), lui ayant fait rencontrer des soins, de la tendresse et de la bonté chez une femme encore belle et très aimable, sa vie intérieure, trop long-temps comprimée, avait fait explosion; qu'enfin, il aimait passionnément parce qu'il ne pouvait pas aimer autrement.

L'absence de Salvator, qui ne devait durer que quinze jours, dura plus d'un mois. Qui le retint aussi long-temps loin de ses amis? c'est peut-être quelqu'un qui ne vaut point la peine qu'on en parle; aussi je n'en parlerai pas. Il en jugea de même, car il n'en parla jamais à Karol ni à la Lucrezia. Il vint les rejoindre, quand il se fut bien convaincu qu'il eût mieux fait de ne pas les quitter.

Pendant ce tête-à-tête d'un mois, le paradis demeura clair, serein, inoudé de soleil et prodigue de richesses pour nos deux amans. La possession absolue et continuelle de l'être qu'il aimait était la seule existence que Karol put supporter. Plus il était aimé, plus il voulait l'être; plus son bonheur le possédait, plus il s'acharnait à posséder son bonheur.

Mais il ne pouvait le posséder qu'à une condition. C'est que rien ne se placerait jamais entre lui et l'objet de sa passion, et ce miracle fut fait en sa faveur pendant plus d'un mois, grâce à un concours de circonstances tout-à-fait exceptionnelles dans la vie. Les quatre enfans de la Floriani furent en parfaite santé, et pas un seul n'éprouva la plus légère indisposition pendant cinq semaines. Si Célio avait pris un coup de soleil ou que le petit Salvator eût percé quelque grosse dent, la Floriani eût été nécessairement absorbée par les soins à leur donner et distraite, quelques jours, de son cher prince; mais comme les deux garçons et les deux filles se portèrent à merveille, il n'y eut ni colères, ni larmes, ni querelles entre eux, du moins, s'il y en eut, Karol ne s'en aperçut pas, car il ne s'apercevait point encore des petits détails, des courtes interruptions de sa félicité, et Lucrezia n'eut que de très courts instans à consacrer à ses actes de répression ou d'intervention maternelle. Elle exerça paisiblement sur eux sa police assidue et clairvoyante, mais ils la lui rendirent si facile et si douce que le prince ne vit que le côté adorable de ces fonctions sacrées.

Le père Menapace prit beaucoup de poisson et le vendit fort bien, tant à sa fille qu'à l'aubergiste d'Iseo; ce qui le mit de bonne humeur et l'empêcha de venir faire aucune réprimande fâcheuse à la Lucrezia. Elle alla le voir plusieurs fois par jour comme à l'ordinaire, mais sans que Karol songeât à l'accompagner, de sorte qu'il oublia l'éloignement et le dégoût que ce sordide vieillard lui avait inspirés en arrivant. Enfin il ne vint personne à la villa Floriani et rien ne troubla le divin tête-à-tête.

CHAPITRE II.

Il faut dire aussi que le prince aida la destinée par l'heureuse disposition de son esprit, et qu'il ne fit rien pour s'apercevoir de l'étrangeté de sa situation. Habile à se torturer, dans l'habitude de ses sombres et taciturnes rêveries, il laissa le facile caractère et l'aimable sérénité de la Floriani chasser ses tristes pensées et entretenir son bien-être intellectuel.

Ils ne causèrent presque point ensemble; admirable et unique moyen de s'entendre toujours et sur tous les points! leur amour étant à son zénith, ne s'exprima guère qu'en brûlantes divagations, en caresses échangées, en contemplations muettes ou en apostrophes passionnées, en regards extatiques, en douces rêveries à deux.

Si l'on eût pu lire dans ces deux âmes ainsi plongées dans les rêves de l'idéal, on eût pourtant signalé une grande absence de similitude et d'unité entre elles. Tandis que la Floriani, éprise de la nature, associait à son ivresse le ciel et la terre, la lune et le lac, les fleurs et la brise, ses enfans surtout, et souvent aussi le souvenir de ses douleurs passées. Karol, insensible à la beauté extérieure des choses et aux réalités de sa propre vie, noyait son imagination plus exquise ou plus libre dans un monologue exalté avec Dieu même. Il n'était plus sur la terre, il était dans un empyrée de nuages d'or et de parfums, aux pieds de l'Eternel, entre sa mère chérie et sa maîtresse adorée. Si un rayon embrasait la campagne, si un parfum de plantes traversait les airs, et que la Lucrezia en fît la remarque, il voyait cette splendeur et respirait ces délices dans son rêve; mais il n'avait en réalité rien vu et rien senti. Quelquefois, quand elle lui disait : «Vois comme la terre est belle! » il lui répondait : « Je ne vois pas la terre, je ne vois que le ciel. » Et elle admirait la profondeur passionnée de cette réponse sans la bien comprendre. Elle regardait les nuages de pourpre du couchant, et ne songeait pas que l'âme de Karol voyait, bien au dessus des nuages, un Eden fantastique où il croyait se promener avec elle, mais où il était réellement seul. Enfin, on peut dire que la Floriani voyait la réalité avec le sentiment poétique de l'auteur de Waverley, tandis que son amant, idéalisant la poésie même, peuplait l'infini de ses propres créations, à la manière de Manfred.

Malgré ces différences, leur vol s'était élevé aussi haut que possible, et les choses d'ici-bas ne trouvaient point de place dans leurs épanchemens. Ceci était tout-à-fait opposé aux instincts actifs, secourables et pour ainsi dire militans de Lucrezia; elle voyageait dans ces espaces comme un aveugle-né qui recouvrerait tout à coup la vue et qui s'essaierait en vain à comprendre tous ces objets nouveaux et inconnus. Le prince ne pouvait lui donner qu'un aperçu vague de sa propre vision. Il eût cru lui faire injure en pensant qu'elle n'avait pas la vue plus longue que lui et qu'elle ne s'expliquait pas le prodige à elle-même mille fois mieux qu'il n'eût pu le lui expliquer. Quant à elle, perdue dans cette immensité, mais ravie de cette course aventureuse à travers un nouveau monde, elle ne songeait guère à l'interroger sur ce qu'il éprouvait. Elle sentait l'insuffisance de la parole humaine pour la première fois, elle qui l'avait tant étudiée et qui s'en était si bien servi! Mais, humble comme on l'est quand on idolâtre un autre que soi-même, elle croyait que tout ce qu'elle eût pu dire ou entendre n'était rien auprès de ce que pensait et sentait son amant.

Elle n'avait pas encore éprouvé la fatigue attachée à cette tension de l'âme au dessus de la région qu'elle habite naturellement, lorsque Salvator vint rompre le tête-à-tête, et, cependant, elle le vit arriver avec une satisfaction instinctive et le reçut à bras ouverts. Il tombait à l'improviste, il n'avait point écrit depuis huit jours, on était un peu inquiet de lui, la Floriani plus que Karol pourtant, bien qu'elle ne l'aimât pas autant que le prince devait l'aimer, mais par suite de cette sollicitude naturelle qui trouvait moins de place dans le ravissement surhumain du jeune prince.

Ce dernier avait paru et cru désirer sans doute le retour de son fidèle ami; mais quand il entendit les grelots des chevaux de poste s'arrêter à la grille de la villa, sans qu'il sût de quoi il s'agissait, son cœur se serra. L'ancien pressentiment effacé et oublié se réveilla tout-à-coup. « Mon Dieu! s'écria-t-il en pressant convulsivement le bras de la Lucrezia, nous ne sommes plus seuls; je suis perdu! Ah! je voudrais mourir maintenant!

— Mais non! répondit-elle; si c'est un étranger, je ne le reçois pas: mais ce ne peut être que Salvator, mon cœur me l'annonce, et c'est le complément de notre bonheur. »

Le cœur de Karol ne l'avertissait pas, et, malgré lui, il souhaitait que ce fût un étranger, afin qu'on le renvoyât. Il reçut pourtant son ami avec un profond attendrissement; mais une tristesse involontaire s'était déjà emparée de lui. C'était un changement dans cette existence qu'il savourait si complète, et qui ne pouvait que perdre à une modification quelconque.

Salvator lui sembla plus bruyant, plus vivant que jamais, dans le sens matériel du mot. Il ne s'était point trouvé heureux loin d'eux, mais il s'était distrait et amusé, en dépit des contrariétés et des mécomptes que l'on trouve dans la vie de plaisir. Il raconta tout ce qu'il pouvait raconter de son séjour à Venise. Il parla de bals dans les vieux palais, de promenades sur les lagunes, de musique dans les églises, et de processions autour de la place St-Marc; puis, de rencontres fortuites et agréables, d'un ami Français, d'une belle Anglaise de sa connaissance, de hauts personnages allemands et slaves, parens de Karol; enfin il fit passer, sur le prisme radieux où Karol s'était oublié, la petite lanterne magique du monde.

Dans tout ce qu'il disait, il n'y avait rien de désagréable ni d'émouvant en aucune sorte. Mais Karol sentit pourtant un affreux malaise, comme si, au milieu d'un concert sublime, une vielle criarde venait mêler des sons aigus et un motif musical vulgaire, aux pensées divines des grands maîtres. On ne pouvait lui parler de personne qui l'intéressât désormais, ni de rien qui ne lui semblât au dessous de sa situation morale, et indigne d'être mentionné. Il essaya de ne pas écouter, mais, malgré lui, il entendit Salvator dire à la Floriani: « Ah ça, que je te donne donc des nouvelles qui t'intéressent à ton tour! J'ai rencontré beaucoup de tes amis, je devrais dire tout le monde, car tout le monde t'adore, et aucun de ceux qui t'ont vue, ne fût-ce qu'un soir et sur le théâtre, ne peut t'oublier. J'ai vu Lamberti, ton ancien associé de direction, qui pleure ta retraite et dit que le théâtre est maintenant perdu en Italie. J'ai vu le comte Montanari de Bergame, qui ne parlera, jusqu'à son dernier soupir, que de la journée que tu as bien voulu passer dans sa villa; et le petit Santorelli qui est toujours amoureux de toi!... et la comtesse Corsini qui t'a connue à Rome, et chez laquelle tu as bien voulu lire, un soir, un drame de son ami l'abbé Varini! une mauvaise pièce, à ce qu'il paraît, mais que tu as si bien dite, que tout le monde l'a crue bonne et que tous les yeux ont été baignés de pleurs.

— Ne me rappelle pas mes vieux péchés, répondit la Lucrezia. C'en est un mortel, peut-être, que de déclamer avec soin et conscience une platitude. C'est tromper l'auteur et l'auditoire. Dieu merci, je ne suis plus exposée à commettre de pareilles fautes! Et dis-moi, qui as-tu rencontré encore?

Le prince soupira. Il ne concevait pas que tout cela pût intéresser sa maîtresse. Salvator nomma encore une demi-douzaine de personnes, et la Floriani, qui n'y mettait réellement aucun intérêt marqué, l'écouta cependant avec cette obligeance qu'on doit à ses amis. Mais il y eut un nom qu'elle recueillit pourtant avec une certaine sollicitude. C'était celui de Boccaferri, un pauvre artiste qu'elle avait sauvé plusieurs fois des désastres de la misère, quoiqu'elle n'eût jamais eu pour lui le moindre amour, ni la plus légère velléité d'engouement.

— Quoi, encore une fois endetté à ce point? dit-elle, lorsque Salvator lui eut donné de ses nouvelles avec un certain détail: il est donc impossible de le sauver de son désordre et de son imprévoyance, ce malheureux!

— Je le crains.

— C'est égal, il faudra l'essayer encore.

— J'ai prévenu ton désir, je lui ai donné quelques secours.

— Oh! je t'en remercie, c'est bien de ta part! Je te restituerai cela, Salvator.

— Quelle folie! tu veux m'empêcher de faire la charité?

— Non, mais celle-ci n'est peut-être pas très bien placée, et c'est à ma considération que tu l'as faite, car tu connaissais très peu Boccaferri, et je suis sûre qu'il s'est servi de mon nom pour t'intéresser à son sort.

— Qu'importe! Il ne pouvait invoquer une patrone plus puissante. D'ailleurs, je l'aime, ce drôle-là, il m'amuse. Il a tant d'esprit!

— Et tant de talent! ajouta la Floriani, s'il voulait et s'il savait en faire usage! Pauvre Boccaferri!...

Karol n'en entendit pas davantage; il était resté un peu en arrière, dans l'allée du parc où l'on se promenait en causant ainsi. Puis, il s'arrêta, et regarda si, au détour de cette allée, Lucrezia se retournerait pour le regarder. Mais elle ne se retourna pas; elle était occupée à chercher avec Salvator un moyen d'employer le savoir-faire de Boccaferri, comme peintre de décorations, à tout autre théâtre que Milan, Naples, Florence, Rome, Venise, etc., etc., tous lieux d'où son inconduite et son humeur fantasque l'avaient fait chasser successivement.

— Tu dis que trois cents francs de plus le décideraient peut-être à entreprendre le voyage de Sinigaglia où il trouverait de l'occupation, du moins pendant le temps des fêtes? Eh bien! je vais les lui envoyer, car je comprends bien le dégoût qu'il éprouve à arriver, pressé d'argent, et forcé de se mettre à la discrétion de ceux qui l'emploient. C'est ainsi que la misère engendre et décuple la misère! »

En parlant ainsi, la Lucrezia ne songeait qu'à remplir un devoir de pitié et de charité; et même, par un de ces instincts de pudeur qui sont propres à la bienfaisance, elle avait baissé la voix, et hâté un peu le pas pour n'être point entendue de Karol, peut-être aussi parce qu'elle pressentait que c'était là un sujet trop vulgaire pour l'intéresser.

Mais, par malheur, elle se trompa, pour la première fois, dans ce qui convenait à la disposition de son esprit. Il ne s'intéressait que trop à ce qu'elle disait; il eût voulu n'en pas perdre un mot, et cependant, il eut rougi d'essayer de l'entendre malgré elle. Il s'arrêta, hésita un instant, et quand il l'eut perdue de vue, un vertige le saisit, et il s'imagina qu'un abîme venait de se creuser entre eux.

Que s'était-il donc passé, et qu'y avait-il là, qui dût le faire souffrir? Rien! mais il faut moins que rien pour faire tomber du sommet de l'empyrée au fond des gouffres de l'enfer, celui qui aspire à la gloire des dieux. Ces vieux classiques, dont nous nous sommes si sottement moqués, imaginèrent qu'une mouche avait suffi pour précipiter dans les abîmes de l'espace, l'audacieux mortel qui voulait guider le char de Phœbus dans sa route céleste. Trouvons donc aujourd'hui une métaphore plus juste et plus ingénieuse pour exprimer le peu que nous sommes, et le peu qu'il faut pour troubler nos ravissemens sublimes! mais je ne m'en charge pas, je ne puis que dire en vile prose: le prince Karol avait pris trop haut son essor pour redescendre peu à peu. Il fallut tomber tout-à-coup et sans cause apparente. Ils étaient sans doute bien fougueux et bien robustes, les coursiers-géans du soleil; et le taon qui leur fit prendre le mors aux dents est un bien pauvre et bien petit insecte.

Karol quitta le jardin, courut s'enfermer dans sa chambre et s'y promena, poursuivi par les Furies. Cette âme, tout à l'heure si magnanime et si forte, n'était plus que le jouet des plus misérables illusions. Qu'était-ce donc que ce Boccaferri si intéressant aux yeux de Lucrezia? Quelque ancien amant peut-être! Il se rappelait ce que, depuis le premier jour de leur rencontre, il avait totalement oublié, à savoir qu'elle avait eu beaucoup d'amans. — Et pourquoi revenait-elle avec tant de sollicitude à un souvenir indigne d'elle, lorsque lui, le fiancé de Lucie, il avait sacrifié jusqu'au portrait de cette chaste vierge, pour n'avoir pas seulement l'image d'une autre que Lucrezia en sa possession?

Plus il s'efforçait d'expliquer naturellement un fait si simple, plus il y trouvait de mystère et de complications désespérantes. Elle avait baissé la voix, elle avait doublé le pas en parlant avec Salvator. Cela était bien certain. Elle ne s'était pas retournée au bout de l'allée pour voir s'il la suivait, elle qui, depuis un mois, n'avait pas perdu une seconde du temps qu'elle pouvait lui consacrer sans négliger ses devoirs de famille! Et maintenant elle marchait encore, appuyée sur le bras du comte, parlant avec chaleur sans doute de ce terrible souvenir, de ce mystérieux personnage dont elle ne lui avait jamais dit un mot! Il s'étonnait de cela, comme si la Floriani lui avait jamais rien raconté de sa vie, comme s'il ne l'avait pas cent fois conjurée, au contraire, de ne jamais s'accuser devant lui et d'oublier en masse toutes les émotions du passé pour se concentrer dans la jouissance du présent.

Enfin elle ne revenait pas, elle ne se demandait pas où il pouvait être, pourquoi il l'avait quittée. Les minutes duraient des heures, des années! Et Salvator, cet ami sans délicatesse, qui venait la distraire par de pareils soucis et jeter des noms empoisonnés dans la coupe de leur bonheur! Karol souffrit tant dans l'espace d'un quart d'heure, qu'il lui sembla avoir vieilli d'un siècle, quand il entendit, en frissonnant, les voix de la Floriani et du comte passer sous sa fenêtre. Elle riait! Salvator lui rappelait des bons mots, des traits d'originalité de

Boccaferri. Vraiment elle en riait, et son amant subissait la torture sans qu'elle daignât s'en douter!

Certainement, elle était bien loin de s'en douter, la pauvre Lucrezia! Elle n'était guère inquiète de ne pas le voir à ses côtés, et se disait seulement que ce sujet de conversation lui étant étranger, il avait préféré s'ensevelir dans ses rêveries accoutumées. Combien de fois, lorsqu'elle approchait de la chaumière de Menapace ne lui avait-il pas dit qu'il aimait mieux ne pas y entrer et attendre sous les acacias roses, au bord du lac, pour continuer à s'entretenir avec elle en imagination!

Cependant l'instinct du cœur la ramenait vers lui plus vite que Salvator ne l'eût souhaité. Il eût voulu la retenir dans le parc et la faire parler de son amour. Mais elle avait fait assez de pas dans la voie d'exclusion que Karol lui avait ouverte, pour n'être pas aussi pressée qu'elle l'était ordinairement de s'abandonner avec franchise à la confiance et à l'amitié. Elle craignait, cette fois, de mal exprimer l'immensité de son bonheur ou de n'être pas assez complètement comprise. Elle répondit en peu de mots; et, avec plus de finesse qu'elle n'en avait de son propre mouvement, elle ramena la conversation sur Boccaferri, et la promenade vers la maison, car elle cherchait en vain Karol dans le jardin, ses regards ne l'y découvraient point.

A peine rentrée au salon, elle prit le premier prétexte et monta à l'appartement du prince. Il était dans un état si violent que sa figure en était bouleversée. Il sentait, d'ailleurs, une sourde fureur gronder au fond de sa poitrine. Craignant de pouvoir feindre, ne voulant pas se montrer ainsi, et perdant la tête, dès qu'il entendit marcher dans la galerie, il se précipita dans l'escalier par une autre porte, et, laissant la Floriani le chercher et l'appeler, il s'enfuit sur la grève du lac.

Mais bientôt, voyant sortir des bosquets voisins le nuage de tabac que Salvator promenait toujours comme une auréole autour de sa tête, il pensa que son ami allait le rejoindre, et, craignant ses regards encore plus que ceux de Lucrezia, il se jeta dans la cabane de roseaux du vieux Menapace, certain qu'on ne viendrait pas le chercher là où il ne pénétrait jamais. Il venait de voir le vieillard quitter le rivage sur sa barque, avec Biffi, et Karol se flattait de pouvoir rester seul encore le temps nécessaire pour retrouver l'empire de sa volonté et l'apparence du calme.

CHAPITRE III.

Il ne tarda pas à se tranquilliser, en effet, et à se reprocher d'avoir fait un rêve monstrueux. L'aspect de cette chaumière dans laquelle il n'était jamais entré encore depuis le jour de son arrivée, et qu'à ce moment-là il n'avait nullement examinée, le remplit d'une émotion étrange lorsqu'il s'y trouva seul et sous l'empire de la passion.

L'intérieur de cette maison rustique, entretenu avec la propreté dont Biffi était doué, n'avait subi aucun changement depuis l'enfance de la Floriani, et si le vieux pêcheur avait consenti, à grand' peine, à des réparations nécessaires concernant la solidité et l'assainissement, il n'avait pas voulu permettre qu'on renouvelât ses meubles et qu'on rajeunît l'étoffe grossière de ses rideaux. Le seul objet qui sentît la civilisation, c'était une grande gravure encadrée de palissandre et placée dans le fond du lit du vieillard. Karol se pencha pour la regarder; c'était la Floriani dans toute sa beauté, dans toute sa gloire, en costume de Melpomène, avec le diadème antique, l'épaule nue, le sceptre à la main. Une belle vignette encadrait cette noble figure, et portait dans ses ornemens les divers attributs de plusieurs Muses: le masque de Thalie, le brodequin à côté du cothurne, la trompette, les livres, les perles, les myrthes de Calliope, d'Erato et de Polymnie. Un distique en vers italiens d'un goût académique exprimait l'idée que, comme tragédienne, comédienne, poète héroïque et historique, *letterata*, etc., etc., Lucrezia Floriani réunissait en elle tous les talens et toutes les sciences qui font la gloire du théâtre et des lettres.

Cette gravure était un hommage des dilettanti de Rome, que la Floriani n'avait pas voulu placer dans sa villa, et dont son père s'était emparé, parce qu'il avait ouï dire à un domestique qu'une aussi belle épreuve valait 200 francs. Il l'avait placée au dessus d'un petit pastel qui intéressa Karol bien davantage et qui représentait une petite fille de dix à douze ans, en costume de paysanne, avec une rose sur l'oreille, une grande épingle d'argent dans les cheveux, une fine chemisette blanche et un corset rouge brique. Ce portrait, sans être d'une exécution habile, était d'une naïveté charmante. C'était bien là l'air franc et candide d'un enfant intelligent par la pensée, simple par le cœur et l'éducation. Au dessous on lisait: *Antonietta Menapace, dessinée d'après nature à l'âge de dix ans, par sa marraine Lucrezia Ranieri.*

En voyant ces deux portraits qui présentaient là, sous le chaume natal, un si étrange contraste, la petite fille des champs et la grande artiste, l'enfant obscur et heureux, et la femme célèbre et infortunée; la première si jolie, si paisible, avec son sourire d'innocence et d'abandon enjoué, sa forte poitrine de garçon chastement couverte d'une épaisse et rude chemise: la seconde si belle, si sévère, avec son regard expressif, son attitude superbe, son sein de déesse à peine voilé par la draperie classique, Karol eut un sentiment d'effroi et de douleur. Il ne pouvait nier que les deux portraits ne fussent ressemblans, et que Lucrezia n'eût conservé ou recouvré, dans le calme de sa vie actuelle, beaucoup de l'expression suave et touchante de l'innocente Antonietta Menapace. Mais ce qu'elle avait acquis de noblesse, de grâce et de séduction en devenant la Floriani avait laissé aussi une empreinte qui, pour la première fois, lui fit peur, lorsqu'il vit son image ainsi ornée et *révélée* par l'admiration des artistes. Cette auréole lui brûlait les yeux, et il avait besoin de les reporter sur la rose des champs qui parait le front de la petite fille. Il lui semblait que la Muse échappait, par le passé à sa jalouse possession, tandis que l'enfant, n'appartenant qu'à Dieu, ne lui était point disputée.

Il eut pourtant le courage d'examiner minutieusement la Muse; mais quel fut son trouble, lorsqu'il lut en petits caractères, au dessous de la vignette, que cet ornement avait été composé et dessiné par *Jacopo Boccaferri*?

Il l'avait oublié, et il le retrouvait là, ce nom maudit, qui, bien à tort sans doute, bouleversait son imagination depuis une heure. Boccaferri n'était pas l'auteur du portrait; c'était la signature d'un artiste plus célèbre, mais enfin il avait travaillé à cet ouvrage; il avait peut-être vu la Floriani poser devant le peintre, avec cette tunique transparente, et dans cet éclat de jeunesse, de force et de beauté, dont lui, Karol, ne possédait plus que le déclin. Enfin, il l'avait beaucoup connue, et bien intimement, ce Boccaferri, puisqu'il acceptait d'elle des secours, sans rougir! A quel point, à moins d'être un misérable, faut-il être lié avec une femme pour recevoir l'aumône de sa main? et si c'était, en effet, un artiste avili par le désordre et la débauche jusqu'à mendier, comment Lucrezia, cette sainte que Karol adorait, avait-elle de semblables amis?

« Quand on est la maîtresse du prince Karol, comment peut-on se rappeler de pareils camarades! »

L'orgueil insensé, qui naît de l'amour et engendre la jalousie, ne formule pas clairement de pareilles sottises dans la conscience de l'homme qu'il possède. Mais il les lui soufle si bas à l'oreille qu'il en est transporté de colère, sans pouvoir se rendre compte de ce qui produit en lui cette rage et cette douleur.

Karol prit sa tête à deux mains et fut tenté de se la frapper contre les murs. Si les actes de violence n'eussent été en dehors de ses habitudes et de ses principes d'éducation, il eût anéanti cette image fatale. Mais il se calma peu à peu en contemplant la fière sérénité de ce regard attaché sur lui. Le regard d'un portrait bien rendu a en soi quelque chose d'effrayant par cette fixité rêveuse qui semble vous interroger sur ce que vous pensez de lui. Karol en subit le prestige. La tragédienne semblait lui dire: « De quel droit m'interroges-tu? Est-ce que je t'appartiens? Est-ce toi qui m'as donné mon sceptre et ma couronne? Baisse tes yeux curieux et insolens, car je ne baisse jamais les miens, et ma fierté brisera la tienne.»

Le cerveau de Karol, affaibli déjà par cette lutte violente contre lui-même, passa par diverses hallucinations. Il détourna ses yeux avec un sentiment de terreur puérile, et les reporta sur le charmant pastel. Il y découvrit des grâces nouvelles, et, vaincu peu à peu par la pureté de son regard doux et profond, il fondit en larmes, croyant presser sur son cœur la tête brune de l'angélique Antonietta.

La Lucrezia, qui l'avait cherché partout et qui venait demander à son père ou à Biffi, s'ils ne l'avaient point rencontré, entra en cet instant, et, tout effrayée de le voir pleurer ainsi, elle s'élança vers lui et le serra dans ses bras avec anxiété, en lui prodiguant les plus doux noms et les questions les plus inquiètes.

Il ne pouvait ni ne voulait répondre. Comment lui eût-il avoué et fait comprendre tout ce qui venait de se passer en lui? Il en rougissait, et il faut dire à la gloire de l'amour, que si Karol avait eu la précipitation et l'injustice d'un enfant gâté, il eut aussitôt l'effusion de reconnaissance et d'amour d'un enfant qu'on a bien sujet d'adorer. A peine eut-il senti l'étreinte de ces bras puissans, qui lui avaient servi de refuge contre les terreurs de la mort, à peine son cœur, paralysé par la souffrance, se fut-il ranimé au contact de ce cœur maternel, qu'il oublia sa folie et se sentit encore le plus heureux, le plus soumis, le plus confiant des mortels.

Il eût mieux aimé mourir en cet instant que d'outrager sa chère maîtresse par l'aveu d'un soupçon. Il avait sous la main un prétexte bien touchant et bien simple pour lui expliquer son émotion et ses larmes; ce fut de lui montrer le petit pastel, et la Floriani, attendrie de cette délicatesse de cœur, pressa contre ses lèvres avec enthousiasme les belles mains et les beaux cheveux de son jeune amant. Jamais elle ne s'était sentie si heureuse et si fière d'inspirer un grand amour. Elle ne se doutait guère, la pauvre femme, que, peu de minutes auparavant, elle lui était presque un objet d'horreur.

— Cher ange, lui dit-elle, je n'aurais jamais osé vaincre la répugnance que tu éprouvais à entrer ici. J'avais bien deviné, quoique tu ne m'en eusses jamais parlé, que les bizarreries de mon vieux père ne pouvaient te sembler aimables: mais puisque le hasard, ou je ne sais quel instinct de cœur, t'a amené dans ma chaumière natale, et puisque nous sommes seuls, je veux te la montrer en détail. Viens!

Elle le prit par la main, et le conduisit au fond de la pièce où ils se trouvaient, et qui, avec celle où ils entrèrent et une sorte de cellier encombré de vieux meubles brisés et hors de service, dont Menapace ne voulait pas perdre les morceaux, composait tout ce local rustique.

La chambre que la Lucrezia ouvrait au prince était celle qu'elle avait habitée durant son enfance; c'était une espèce de soupente, éclairée d'une seule lucarne étroite, toute tapissée à l'extérieur de vignes sauvages et de folles clématites. Un grabat, avec une paillasse de roseaux, couverte d'indienne raccommodée en mille endroits, des figurines de saints en plâtre grossièrement coloriées, quelques dessins collés à la muraille et tellement noircis par le temps et l'humidité, qu'on n'y distinguait plus rien, un pavé raboteux et inégal, une chaise, un coffre et une petite table en bois de sapin, tel était l'intérieur misérable où la fille du pêcheur avait passé ses premières années et senti couver en elle les dons de la force et du génie.

— C'est là que mon enfance s'est écoulée, dit-elle au prince, et mon père, soit par esprit de conservation, soit par un reste de tendresse mal étouffée sous ses ressentimens austères, n'y a rien changé, rien dérangé pendant ma longue et dure pérégrination à travers le monde. Voilà mon lit de petite fille, où je me souviens d'avoir dormi, les jambes pliées et douloureuses, à mesure que je devenais trop grande pour l'occuper. Voilà, à mon chevet, une branche de buis bénit qui tombe en poussière, et que j'y ai attachée le jour des Rameaux, la veille de mon départ... de ma fuite avec Ranieri! Voilà le portrait de Joachim Murat, cette grossière statuette de plâtre, qu'un colporteur m'avait vendue pour l'effigie de mon patron saint Antoine, et devant laquelle j'ai fait si longtemps mes prières de la meilleure foi du monde. Tiens, voici encore un devidoir, des moules et des navettes qui m'ont servi à faire des filets pour le poisson. Ah! que de mailles j'ai sautées ou rompues, quand ma tête m'emportait loin de ce travail monotone, le seul que mon père me permît, en dehors des soins du ménage! Comme j'ai souffert du froid, du chaud, des cousins, des scorpions, de la solitude et de l'ennui, dans cette chère petite prison! comme je l'ai quittée avec joie, et sans même songer à lui dire un adieu, le jour où ma chère marraine me dit: « Tu deviendrais malade ou contrefaite si tu restais dans cette chambre et dans ce lit. Viens demeurer chez moi. Tu n'y seras pas aussi bien que je le voudrais et que tu pourrais l'être, car mon mari, pour être plus riche que ton père, n'est pas moins économe. Mais je veillerai à tes besoins en cachette, je t'apprendrai tout ce que tu as soif d'apprendre, tu me soigneras dans mes souffrances, tu me tiendras compagnie. Tu passeras pour ma servante, car M. Ranieri ne me permettrait pas de te prendre pour amie. Mais nous ne le serons pas moins dans cet échange de services. » Admirable et excellente femme, qui devina mes facultés et me les fit découvrir à moi-même! Hélas! c'est elle aussi qui m'a fait cueillir le fruit du bien et du mal à l'arbre de la science!

« Et puis, quand son fils m'aima et que le vieux Ranieri me chassa de sa maison, je revins habiter encore une fois ma petite chambre misérable; j'avais alors quinze ans. Mon père voulait me forcer à épouser un rustre de ses amis, trop vieux pour moi, dur, laborieux, avide de gain, violent, et bien surnommé *Mangiafoco*. J'en avais peur. Je me cachais dans les buissons du rivage pour l'éviter; et quand mon père allait pêcher, la nuit, aux flambeaux, je me barricadais dans cette pauvre soupente, dans la crainte de ce Mangiafoco que je voyais rôder autour de la maison. Mon jeune amant voulait le tuer. Je vivais dans des transes affreuses, car Mangiafoco était capable de l'assassiner le premier.

» Cette existence n'était pas supportable. Quand je suppliais mon père de me protéger contre ce bandit, il me répondait: « Il ne te veut pas de mal, il t'aime à la folie. Epouse-le, il est riche; ce sera ton bonheur. » Et, quand j'essayais de me révolter, il me reprochait mon amour insensé pour le fils de mes maîtres et me menaçait de me livrer à la passion brutale de Mangiafoco, qui saurait bien ainsi me forcer à devenir sa femme. Mon père ne l'eût pas fait, je le savais bien, car je l'avais entendu dire à cet homme qu'il le tuerait s'il cherchait seulement à m'effrayer. Mais si mon père était capable de venger ainsi l'honneur de sa famille, il n'avait pas assez de délicatesse pour ne pas essayer de violenter mon penchant par la terreur. En outre, l'ennui me dévorait. Je m'étais fait, auprès de ma bienfaitrice, une douce habitude des occupations de l'intelligence. Le travail fastidieux du filet laissait trop libre carrière à mon imagination. J'étais dévorée du rêve et du désir d'une existence toute contraire à celle qu'on m'imposait. J'acceptai donc les offres longtemps repoussées de Ranieri. Notre amour était chaste encore: il me jura qu'il le serait toujours et qu'en le voyant fuir, son père consentirait à notre mariage. Enfin, il m'enleva, et c'est par cette petite fenêtre, qu'à l'aide d'une planche jetée sur l'eau qui en baigne le pied, je me sauvai au milieu de la nuit.

« Eh bien! cette fois, je ne quittai pas ma chaumière avec joie. Outre l'effroi et le remords de la faute que je commettais, j'éprouvais, à me séparer de tous ces vieux meubles, témoins paisibles et muets des jeux de mon enfance et des agitations de ma puberté, un regret incroyable, comme si j'avais la révélation soudaine des chagrins et des malheurs que j'allais chercher, ou bien plutôt par suite de cet attachement que nous contractons pour les lieux mêmes où nous avons le plus souffert. »

La Floriani avait tort de raconter ainsi une partie de sa vie au prince Karol. Elle se plaisait à lui ouvrir son cœur, et, comme il l'écoutait avec émotion, elle croyait accomplir un devoir envers lui et le trouver reconnaissant. Mais il n'avait pas assez de force en ce moment pour recevoir des confidences de ce genre et, pour entendre seulement prononcer le nom d'un ancien amant. Il était trop oppressé pour l'interrompre par la moindre réflexion, mais une sueur froide lui venait au front, et son cerveau, s'emparant des images qu'elle lui présentait, en était assiégé de la manière la plus pénible.

Cependant ce récit était une justification véridique de la Floriani et de cette première faute, source fatale de toutes les autres. Karol sentait qu'il n'avait pas le droit de se refuser à l'écouter, et qu'il y avait, dans ce lieu et dans ce moment, une sorte de solennité qu'il ne pouvait fuir.

— Je n'avais pas besoin d'entendre tout cela, lui dit-il enfin avec effort, pour savoir que vous n'avez jamais obéi à de mauvais instincts. Je vous l'ai dit une fois: ce qui serait mal de la part des autres est légitime pour vous. Une fille qui délaisse son vieux père est coupable, mais toi, Lucrezia, tu étais peut-être autorisée à te soustraire à sa loi brutale et impie! Mon Dieu! j'avais bien raison ne ne pouvoir regarder ce vieillard sans un mortel déplaisir!

— Ne te hâte pas de le condamner pour atténuer mes torts, reprit la Floriani. Tu ne le juges pas bien et tu ne le connais pas. Laisse-moi, après l'avoir accusé devant toi, te montrer le beau côté de son caractère. C'est un devoir pour moi, n'est-il pas vrai?

Karol soupira en faisant un signe d'assentiment, ses principes lui commandant de respecter la piété filiale de Lucrezia; mais son instinct ne pouvait accepter l'avarice et le despotisme étroit d'un pareil père. Il était pourtant lui-même bien plus avare de Lucrezia, dans ses instincts de jalousie, que Menapace ne l'avait jamais été de son autorité paternelle et de son argent.

CHAPITRE IV.

« Les hommes ne sont jamais logiques et complets dans leurs meilleures ni dans leurs plus mauvaises qualités, dit la Floriani, et, pour ne point passer, envers eux, d'un excès d'estime à un excès de blâme, pour conserver de l'affection et de la confiance à ceux que le devoir nous prescrit d'aimer, il faut se faire d'eux une juste idee, voir avec un certain calme le bien et le mal, et ne pas oublier surtout que chez la plupart des hommes un vice est parfois l'excès d'une vertu.

» Le vice de mon père, c'est la parcimonie; je veux le dire bien vite, puisqu'il le faut, pour reconnaître que sa vertu, c'est l'esprit d'équité et le respect fanatique de la règle établie. Aimant l'argent avec passion, comme tous les paysans, il se distingue d'eux en ce que le vol d'un fêtu lui paraît un crime. Sa petitesse, c'est l'éternelle crainte du gaspillage qui amène la misère. Sa grandeur, c'est ce même instinct d'avarice mis au service de ceux qu'il aime, au détriment de son bien-être, de sa santé, et presque de sa vie.

» Ainsi, il amasse mesquinement et vilainement, je l'avoue, je ne sais quel misérable trésor enfoui, je gage, dans quelque recoin de cette chaumière. De temps en temps il achète de petits morceaux de terrain, croyant placer là l'honneur et la dignité future de ses petits enfans. Essayer de lui persuader qu'une bonne éducation, un noble caractère et des talens sont un meilleur fonds à leur assurer, c'est chose fort inutile. Resté paysan de corps et d'âme, il ne comprend que ce qu'il voit. Il sait comment l'herbe croît, et comment le blé germe, et, ne se doutant pas qu'il y a là un plus grand miracle que dans toutes les œuvres humaines, il dit tranquillement que c'est un *fait naturel*. Parlez-lui de ces choses qui peuvent se démontrer et s'expliquer, d'un bateau à vapeur, par exemple, ou d'un chemin de fer, il sourit et ne répond pas. Il ne croit pas à l'existence de ce qu'il n'a pas vu, et si on lui disait d'aller à l'autre rive du lac pour s'en convaincre par ses yeux, il n'irait pas, dans la crainte d'une mystification.

» Ma vie ne lui a rien appris du monde, des arts, de la puissance des dons intellectuels, de l'échange des idées. Il n'a jamais fait de questions là dessus, et n'entendrait pas parler sans déplaisir, de ce qui lui est absolument étranger. Il pense que si j'ai fait fortune dans la carrière de l'art, c'est grâce à des circonstances fortuites qu'il ne me conseillerait pas de tenter une seconde fois. Et puis, il fait ce raisonnement très spécieux et très naïf à la fois: « Vous autres artistes, vous gagnez beaucoup d'argent, mais vous avez besoin d'en dépenser encore plus. Ce goût-là vous vient en vous fréquentant les uns les autres et en courant le monde. De sorte que vous travaillez à outrance pour arriver à vous amuser un peu. Moi, qui ne dépense rien, qui n'ai pas le goût du plaisir, je gagne moins, mais ce que j'ai acquis, je le conserve. Ma profession est donc plus agréable et plus lucrative que la vôtre; vous êtes pauvres et je suis riche, vous êtes esclaves et je suis libre. »

» De là son peu d'estime et d'admiration pour la gloire que j'ai acquise. Il n'en est point flatté, et, si vous voulez que je vous le dise, cette sorte de dédain pour la fumée de mes triomphes, me paraît un des côtés les plus intéressans et les plus respectables de son caractère. La carrière que j'ai fournie a trop contrarié ses idées d'ordre élémentaire pour qu'il m'ait conservé une grande tendresse; d'ailleurs, la tendresse proprement dite, n'a jamais habité son cœur. Tout se traduit chez lui en principes d'équité rigide et froide. Quand ma mère mourut en me donnant le jour, il fit serment de ne jamais se remarier si je vivais, persuadé qu'une belle-mère ne pouvait aimer les enfans d'un premier lit. Et il tint son serment, non par amour pour la mémoire de sa femme, mais par sentiment de son devoir envers moi. Il m'a élevée avec toutes sortes de soins et une surveillance dont peu d'hommes sont capables envers un petit enfant : mais je ne crois pas qu'il m'ait jamais donné un baiser. Il n'y a jamais pensé. Il n'a jamais senti le besoin de me presser contre son cœur, et il trouve que je gâte mes enfans parce que je les caresse. Il demande quel bien cela leur fait et quels avantages ils en retirent. Quand, après quinze ans d'absence, je suis venue me jeter à ses pieds, en me confessant à lui avec ferveur et en tâchant de justifier ma conduite : « Tout cela ne me regarde pas, m'a-t-il répondu, je n'entends rien à ce qui est permis ou défendu dans le monde dont tu me parles. Tu as refusé le mari que je te destinais, tu m'as désobéi. Voilà ce que j'ai à te reprocher. Tu as aimé le fils de ton maître et tu l'as détourné de l'obéissance qu'il devait à son père, cela est mal et pouvait me faire du tort. Ces gens-là n'y sont plus, tu reviens, et tu m'as fait beaucoup de cadeaux. Je sais comment je dois me conduire avec toi. Ne parlons jamais du passé, il y a une fin à tout, et je te pardonne, à condition que tu élèveras tes enfans dans des idées d'ordre et de sagesse. » Là-dessus il me donna une poignée de main et tout fut dit.

» Eh bien, mon ami, j'ai vu, dans ma vie de théâtre, l'intérieur de bien des familles d'artistes, et je vais vous dire ce qui s'y passe dix fois sur douze. L'artiste, surtout l'artiste dramatique, est toujours sorti des rangs les plus pauvres et les plus obscurs de la société. Soit que ses parens l'aient destiné à leur servir de gagne-pain, soit que le hasard et des protections étrangères aient révélé et utilisé ses aptitudes, dès son premier succès, fût-il encore enfant, le voilà chargé de soutenir, de transporter, de vêtir, de nourrir et même d'amuser sa famille. C'est lui qui paiera les dettes de ses frères, c'est lui qui établira ses sœurs, c'est lui qui placera en rentes tout le fruit de son travail pour assurer une belle pension à ses père et mère, le jour où il voudra leur acheter sa liberté.

» Ce sont les femmes surtout qui subissent ces dures nécessités, et ce serait juste et bien si on n'abusait pas indignement de leurs forces, de leur santé, et pis encore, hélas ! de leur honneur, pour rendre le gain plus rapide, et les mettre, par la prostitution, à l'abri d'une chute devant le public. Le théâtre, dans ces cas-là, sert encore d'étalage de vente, et telle fille stupide et belle paie pour se montrer, ne fût-ce qu'un instant, sur les tréteaux, dans un costume équivoque, afin de se faire connaître et de trouver des chalands.

» Quand, par hasard, cette fille, cette dupe, cette victime a du caractère et de la fierté, soit qu'elle ait su préserver son innocence, soit qu'elle ait le juste ressentiment d'avoir cédé à d'infâmes suggestions, dès qu'elle menace de rompre avec sa famille, la famille plie, tremble, adule et rampe. Je les ai vus, ces pères éhontés, ces mères odieuses, tenir le cachemire et le vitchoura dans la coulisse, baiser presque les pieds qui avaient dansé à mille francs par soirée, remplir, à la maison, l'office de laquais, faire un nid d'ouate à la poule aux œufs d'or, enfin descendre à une servilité sans exemple, aux plus lâches complaisances, aux flatteries les plus viles, pour conserver l'honneur et le profit d'être attachés à la grande coquette, à la prima-donna, ou seulement à la courtisane à la mode.

» Ces familles-là m'auraient fait pleurer de honte, et, quand je songeais à mon vieux père, le paysan, qui n'avait pas voulu quitter ses filets pour venir partager mon luxe, qui refusait de répondre à mes lettres, qui recevait mes envois d'argent pour faire une dot à mes filles, mais qui persistait à se lever avant le jour, à dormir sous le chaume et à vivre avec deux sous de riz par jour, il me semblait que j'étais d'une naissance illustre, et je me sentais encore fière du sang plébéien qui coulait dans mes veines.

» Il est bien vrai que, comme dans toutes les choses humaines, il y a des misères et des ridicules mêlés à tout cela. Il est vrai que mon père refusait mes lettres quand j'oubliais de les affranchir : il est vrai qu'aujourd'hui il déplore ce qu'il appelle ma prodigalité, et que, quand il a vendu son poisson, il montre une pièce d'argent à Celio d'un air de triomphe, en lui disant : « A ton âge, je gagnais déjà cela, et à l'âge » que j'ai maintenant, je le gagne encore. Je te donnerai cela pour » t'aider, quand tu commenceras à avoir un état et à vouloir gagner » aussi. » Il est vrai encore que, s'il me voyait donner cent francs à un malheureux camarade sans ressources, il m'accablerait presque de sa malédiction. Je suis forcée de tolérer souvent ses travers, mais je suis toujours forcée aussi de respecter son orgueil et sa rustique opiniâtreté. S'il est dur aux autres, c'est qu'il l'est à lui-même encore plus. Il travaille avec l'ardeur d'un jeune homme, il n'est jamais indiscret ni importun, il vit dans son stoïcisme sans jamais contrôler ce qu'il ne comprend pas. Combien d'autres à sa place eussent rempli mon existence de tracasseries, tout en s'enivrant à ma table et en me faisant rougir de leur grossièreté ou de leur bassesse ! La situation de mon père vis-à-vis de moi était bien délicate, et, sans rien raisonner ni calculer à cet égard, il l'a conservée digne, indépendante et généreuse à son sens. Comblé de mes dons, il peut encore se considérer comme chef de famille et protecteur, puisqu'il travaille et amasse pour faire le bonheur de ses enfans. Je souris de ses moyens, mais non de ses intentions. Et, maintenant, Karol, ne comprends-tu pas que j'aime et bénisse encore mon vieux père ? N'as-tu pas remarqué que je lui ressemble de figure, et crois-tu que je n'aie rien de son caractère ? »

— Vous ? s'écria Karol ; oh ciel ! rien.

— Oui, moi. Je dois quelque chose à la fierté du sang qu'il m'a transmis, reprit Lucrezia. Je me suis trouvée dans des situations difficiles ; j'ai été aimée par des hommes riches ; j'ai eu des amis dont j'aurais pu accepter l'aide sans manquer à l'honneur ; mais l'idée d'imposer aux autres des privations ou un surcroît de travail, lorsque je me sentais jeune, forte et laborieuse, m'eût été insupportable. On m'a accusée de bien des fautes, on a exagéré cruellement celles que j'ai commises ; mais jamais l'ombre d'un soupçon sur mon indépendance et ma probité n'a pu se présenter à l'esprit des gens les plus malveillans pour moi. J'ai été directrice de théâtre, j'ai manié des intérêts matériels, et fait ce qu'on appelle des affaires. Elles étaient même compliquées, difficiles et délicates. Aux prises avec tant de prétentions, de vanités et d'exigences, j'ai toujours eu pour principe de donner plutôt le double de ce que je devais, que de contester dans un cas douteux ; sans être économe j'ai eu de l'ordre, et, en faisant beaucoup de bien, je ne me suis pas ruinée et compromise. C'est que je n'ai point fait de folies par complaisance pour moi-même. Elle est plus rangée et plus sage, la femme qui donne aux malheureux ce qu'elle a, que celle qui engage ce qu'elle n'a pas pour se procurer des bijoux et des équipages. Je n'ai jamais eu le goût d'un vain luxe. La possession d'un petit objet sans valeur, où se révèlent l'intelligence et le goût de l'ouvrier, m'est plus chère que celle d'une parure de diamans. J'aime ce qui est bon et vrai plus que ce qui est éclatant et envié. Sans m'astreindre à vivre aussi frugalement que mon père, j'ai porté de la sobriété dans tous mes instincts. Il n'y a que l'affection que je ne gouverne pas par la tempérance de l'esprit, et, en cela seulement, je diffère de lui : mais si je n'ai pas été une fille entretenue, si les présens de la corruption ne m'ont pas tentée, lorsqu'à seize ans je me suis trouvée aux prises avec les difficultés de l'existence, si je peux commander encore le respect à ceux qui me blâment, c'est, sois-en bien sûr, parce que je suis la fille du vieux Menapace. Conviens donc que l'apparence trompe et que la nature établit des liens solides et des rapports profonds entre les êtres qui diffèrent le plus au premier coup d'œil.

— Tout ce que vous dites est admirable, répondit le prince accablé de tristesse, et vous devez avoir raison en tout. Mais allons rejoindre Salvator qui nous cherche sans doute.

— Non, non ! dit la Floriani ; il était fatigué de son voyage, il s'est endormi à l'ombre des myrthes du jardin. Allons rejoindre les enfans que je n'ai pas vus depuis une heure. »

Elle avait beaucoup parlé à Karol de choses réelles pour la première fois, et elle se flattait d'avoir profité d'une bonne occasion pour réhabiliter dans son esprit ce père qu'elle aimait sincèrement. Mais il est des thèses que l'esprit accepte sans qu'elles s'emparent du cœur. Karol sentait que la Floriani venait de faire un sage plaidoyer en faveur de la tolérance et en vue de la réhabilitation de la nature humaine. Il n'en était pas moins révolté de la réalité, et incapable d'accepter les travers humains avec un autre sentiment que celui de la politesse, cette générosité perfide qui laisse le cœur froid et les répugnances victorieuses.

Il eût fallu à la Floriani, selon lui, un milieu plus digne d'elle, c'est-à-dire un milieu tel qu'il n'en existe pour personne : un lac plus vaste sans cesser d'être aussi paisible, une demeure plus pittoresque sans cesser d'être aussi commode et aussi saine, une gloire moins chèrement acquise sans cesser d'être aussi brillante, et surtout un père plus distingué, plus poétique, sans cesser d'être un pêcheur de truites. Il n'avait point le sens aristocratique étroit : il aimait cette origine rustique, cette chaumière natale, ces filets suspendus aux saules du rivage : mais un paysan de poëme ou de théâtre, un montagnard de Schiller ou de Byron, lui eût été nécessaire pour mettre à cet égard son esprit à l'aise. Il n'aimait pas Shakespeare sans de fortes restrictions : il trouvait ses caractères trop étudiés sur le vif, et parlant un langage trop vrai. Il aimait mieux les synthèses épiques et lyriques, qui laissent dans l'ombre les pauvres détails de l'humanité : c'est pourquoi il parlait peu et n'écoutait guère, ne voulant formuler ses pensées ou recueillir celles des autres que quand elles étaient arrivées à une certaine élévation. Fouiller le sein de la terre pour analyser les sucs généreux et malfaisans qu'elle contient, afin de planter à propos et de tirer parti de ce qu'elle peut produire, eût été pour lui œuvre vile et révoltante. Mais cueillir de belles fleurs, admirer leur éclat et leur parfum, sans se soucier de la peine et de la science du jardinier, tel était le doux emploi qu'il se réservait dans la vie.

La Floriani avait donc parlé dans le désert en croyant le convaincre. Il l'avait écoutée avec recueillement, et, dans tout ce qu'elle avait dit, il avait admiré la rédaction, la partie ingénieuse de son système de tolérance, la bonté de son instinct. Mais il ne trouvait pas qu'elle eût raison d'accepter le mal pour ne pas méconnaître le bien. C'était l'antipode de sa manière de sentir les rapports humains. Il avait pourtant une haute idée du devoir filial ; mais il savait faire, entre le devoir et le sentiment, entre les actions et les sympathies, une distinction qui était tout à fait inconnue à la Floriani. Ainsi, à sa place, il n'eût pas cherché à justifier l'avarice de Menapace, parce que, pour trouver à ce vice un côté estimable, il fallait commencer par avouer qu'il existait en lui. Il l'eût nié, au contraire, ou il eût gardé un profond silence, ce qui est bien plus facile, il faut en convenir.

Et puis, la Floriani, en parlant d'elle-même, lui avait fait encore beaucoup de mal. Elle avait prononcé des mots qui l'avaient brûlé comme un fer rouge. Elle avait dit qu'elle n'avait jamais été une *fille entretenue*, elle avait peint les mœurs de ses pareilles avec une terrible vérité. Elle avait raconté ses premières amours et nommé elle-même son premier amant. Karol aurait voulu qu'elle n'en eût pas seulement l'idée, qu'elle ignorât que le mal existe ici-bas, ou qu'elle ne s'en souvînt pas en lui parlant. Enfin, il aurait voulu, pour compléter la somme de ses exigences fantastiques, que, sans cesser d'être la bonne, la tendre, la dévouée, la voluptueuse et la maternelle Lucrezia, elle fût la pâle, l'innocente, la sévère et la virginale Lucie. Il n'eût demandé que cela, ce pauvre amant de l'impossible!

CHAPITRE V.

Salvator, endormi sous l'ombrage, venait de se réveiller plein de bien-être et de gaîté. Quand nous nous sentons dispos et pleins d'exubérance, nous n'avons pas le sens aussi délicat que de coutume pour observer ou deviner les peines d'autrui. La pâleur et l'abattement de Karol échappèrent donc aux regard de son ami, et la Floriani, les attribuant à la fatigue des larmes que l'amour et l'attendrissement lui avaient fait verser à la vue de son portrait, ne songea pas à s'en inquiéter.

Lorsque dans l'enfance nous souffrons d'une secrète douleur, nous voudrions que tout ce que nous faisons pour la cacher devînt inutile devant la pénétration subtile et bienfaisante des êtres qui nous aiment, et comme, en même temps, nous nous taisons avec fierté, nous avons l'injustice de croire qu'ils sont indifférens parce qu'ils ne sont pas importuns. Beaucoup d'hommes restent enfans en ce point, et Karol l'était resté particulièrement. La gaîté active et bruyante de Salvator le rendit donc de plus en plus chagrin, et la sérénité de la Lucrezia qui, jusque là, s'était communiquée à lui par attraction, perdit pour la première fois sa bénigne influence.

Pour la première fois aussi, le bruit et le mouvement perpétuel des enfans le fatiguèrent. Ils étaient habituellement calmes sous l'œil de leur mère : mais, pendant le dîner, ils furent tellement excités et ravis par les taquineries amicales, les caresses et les rires de Salvator, qu'ils menèrent grand tapage, répandirent leurs verres sur la nappe et chantèrent à tue-tête, répétant toujours le même refrain, comme ces pinçons que les Hollandais font lutter, et pour lesquels ils engagent des paris. Celio cassa son assiette, et son chien se mit à aboyer si fort qu'on ne s'entendait plus. La Floriani ne s'interposait pas bien sévèrement; elle riait malgré elle des enfantillages de Salvator et des plaisantes reparties de ses marmots ivres de plaisir, et hors d'eux-mêmes, comme le deviennent si aisément ces petits êtres nerveux quand on les excite.

Karol admirait chaque jour, depuis deux mois, les grâces et les gentillesses de cette couvée d'anges, et il les aimait tendrement à cause de celle qui leur avait donné le jour. Il ne se rappelait pas qu'ils avaient eu des pères, et quels pères, peut-être! Il les croyait nés du Saint-Esprit, tant ils lui semblaient parés des dons célestes de leur mère. La Floriani lui savait un gré infini de cette tendresse qu'il exprimait avec tant d'effusion, et qui se traduisait en observations si fines et si poétiques sur leurs divers genres de beauté et d'aptitude. Pourtant, les enfans ne l'aimaient point. Ils avaient comme peur de lui, et il était difficile de s'expliquer pourquoi ses doux sourires et ses délicates complaisances les trouvaient irrésolus et timides. Le chien de Celio lui-même couchait les oreilles et ne remuait point la queue quand le prince le nommait en le regardant. Cet animal savait bien qu'il parlait de lui avec bienveillance, mais qu'il ne le touchait jamais, et qu'une secrète aversion physique lui faisait craindre d'effleurer seulement un animal quelconque.

Si les chiens ont un merveilleux instinct pour se méfier des gens qui se méfient d'eux, il ne faut pas s'étonner que les enfans aient le même avertissement intérieur à l'approche de ceux qui ne les aiment pas. Karol n'aimait pas les enfans en général, quoiqu'il ne l'eût jamais dit, quoiqu'il ne se le dît pas à lui-même. Au contraire, il croyait les aimer beaucoup, parce que la vue d'un bel enfant le jetait dans un attendrissement de poète et dans un ravissement d'artiste. Mais il avait peur d'un enfant laid ou contrefait. La pitié qu'il ressentait à son approche était si douloureuse, qu'il en était réellement malade. Il ne pouvait accepter, dans l'instant, le moindre défaut physique, pas plus que, chez l'homme, il ne pouvait tolérer une difformité morale. Les enfans de la Floriani, étant parfaitement beaux et sains, charmaient ses regards. Mais si l'un d'eux fût devenu estropié, outre la douleur qu'il en eût ressenti dans son âme, il eut été saisi d'un malaise insurmontable. Il n'eût jamais osé le toucher, le porter dans ses bras, le caresser. Un enfant stupide ou méchant sous ses yeux lui eût été un fléau à le dégoûter de la vie, et loin d'entreprendre de l'amender, il se fût enfermé dans sa chambre pour ne pas le voir ou l'entendre. Enfin, il aimait les enfans avec son imagination et non avec ses entrailles; et, tandis que Salvator disait qu'il subirait l'ennui du mariage rien que pour avoir les joies de la paternité, Karol ne pensait pas, sans frissonner, aux conséquences possibles de sa liaison avec la Floriani.

Au dessert, la gaîté de Célio étant arrivée à son paroxysme, il se blessa assez profondément en coupant un fruit. En voyant son sang jaillir avec abondance, l'enfant eut peur et grande envie de pleurer. Mais sa mère, avec beaucoup de présence d'esprit et de sang froid, lui prit la main, l'enveloppa de sa serviette, et lui dit en souriant : Eh bien, ce n'est rien du tout; ce n'est pas la première ni la dernière de tes blessures; continue la belle histoire que tu nous racontais. Je te panserai, quand tu auras fini.

Une si bonne leçon de fermeté ne fut pas perdue pour Célio, qui se prit à rire; mais Karol qui, à la vue du sang, avait failli s'évanouir, ne comprit pas que la mère eût le courage de ne point vouloir s'en inquiéter. Ce fut bien pis quand, au sortir de table, la Floriani lava les chairs, rapprocha les lèvres de la blessure, et fit une ligature solide, le tout d'une main qui ne tremblait pas. Il ne concevait pas qu'une femme pût être le chirurgien de son enfant, et il fut effrayé d'une énergie dont il ne se sentait pas capable. Tandis que Salvator aidait Lucrezia dans cette petite opération, Karol s'était éloigné et se tenait sur le perron, ne voulant pas regarder, et voyant, malgré lui, cette scène si simple et si vulgaire, qui prenait à ses yeux les proportions d'un drame.

C'est que là, comme partout, dans les petites choses comme dans les grandes, il ne voulait point prendre la vie corps à corps, et tandis que la Floriani, prompte et vaillante, étreignait le monstre sans terreur et sans dégoût, il ne pouvait se résoudre, lui, à le toucher du bout des doigts.

Celio était fort calmé par cette petite saignée fortuite, mais les autres enfans ne l'étaient guère. Les petites filles, Béatrice surtout, étaient encore comme folles, et le petit Salvator passant rapidement de la joie à la colère, puis à la douleur, se montra si volontaire, et jeta de tels cris de domination et de désespoir, que Lucrezia fut forcée d'intervenir, de le menacer, et enfin de le prendre dans ses bras pour le mener coucher malgré lui. C'était la première fois qu'il criait de la sorte aux oreilles de Karol, ou plutôt c'était la première fois que Karol se trouvait disposé à s'apercevoir qu'un marmot, quelque charmant qu'il soit, a toujours des instincts tyranniques, d'âpres volontés, des obstinations insensées, et pour ressource ou manifestation des cris aigus. La rage et le chagrin de Salvator, ses sanglots, ses larmes véritables qui ruisselaient comme une pluie d'orage sur les roses de ses joues, ses beaux petits bras qui se débattaient et s'en prenaient aux cheveux de sa mère, la lutte de Lucrezia avec lui, sa voix forte qui le gourmandait, ses mains souples et nerveuses qui le contenaient avec la puissance d'un étau sans perdre ce moëlleux qu'ont toujours les mains d'une mère pour ne pas froisser des membres délicats, c'était là un tableau qui avait sa couleur pour le comte Albani, et qu'il regardait avec un sourire, mais que Karol vit avec autant d'effroi et de souffrance que la blessure et le pansement de Celio.

— Mon Dieu! s'écria-t-il involontairement, que l'enfance est malheureuse et qu'il est cruel d'avoir à réprimer les appétits violens de la faiblesse!

— Bah! répondit Salvator Albani en riant, dans cinq minutes il sera profondément endormi, et, après lui avoir donné le fouet pour amener le réaction, sa mère le couvrira de baiser durant son sommeil.

— Tu crois qu'elle le frappera? reprit Karol épouvanté.

— Oh! je n'en sais rien, je dis cela par induction, parce que ce serait le meilleur calmant.

— Ma mère ne m'a jamais frappé, ni menacé, j'en suis certain.

— Tu ne t'en souviens pas, Karol. D'ailleurs, ce ne serait pas une raison pour prouver qu'il n'est pas nécessaire parfois d'employer les grands moyens. Je n'ai pas de théories sur l'éducation, moi, et dans celle qui convient au premier âge, tu vois que j'ai plutôt l'art de rendre les enfans terribles que de les réprimer. Je ne sais pas comment la Floriani s'y prend pour se faire craindre, mais je crois que la meilleure méthode doit être celle qui réussit. J'ignore s'il y a parfois nécessité de battre un peu les marmots, je saurai cela quand j'en aurai, mais je ne m'en chargerai pas. J'ai la main trop lourde, ce sera la fonction de leur mère.

— Et moi, si j'avais le malheur d'être père, reprit Karol avec une sorte de raideur douloureuse, je ne pourrais souffrir ce bruit discordant de révoltes et de menaces, ce combat avec l'enfance, ces larmes amères d'un pauvre être qui ne comprend pas la loi de l'impossible, ces emportemens à froid de la pédagogie paternelle, ce bouleversement subit et affreux de la paix intérieure, ces tempêtes dans un verre d'eau, qui ne sont rien, je le sais, mais qui troubleraient mon âme comme des événemens sérieux.

— En ce cas, cher ami, il ne faut pas perpétuer ta noble race, car ces orages-là sont inévitables. Crois-tu donc sérieusement que tu n'as jamais demandé la lune avec des rugisssemens de fureur, avant de comprendre que ta mère ne pouvait pas te la donner?

— Non, je ne le crois pas, je n'ai aucune idée de cela.

— C'est une métaphore que j'emploie, mais je serais fort étonné que quelque chose d'équivalent ne te fût jamais arrivé, car il me semble que tu as conservé, plus qu'un autre, de ces prétentions à l'impossible, et que tu demandes encore à Dieu quelquefois de mettre les astres dans le creux de ta main.

Karol ne répondit rien, et la Floriani ayant réussi à apaiser son marmot, revint proposer une promenade en nacelle sur le lac. Le petit Salvator n'avait point subi la loi antique, la peine consacrée du fouet. Sa mère savait bien que la fraîcheur de sa chambre, l'obscurité et le moëlleux de sa couchette, le tête-à-tête avec elle, et le son de sa voix, lorsqu'elle lui chanterait l'air destiné à l'endormir, le calmeraient presque instantanément; elle devinait aussi, sans savoir quelle gravité ces misères prenaient aux yeux de Karol, que ce bruit avaient dû le contrarier un peu. Pour faire diversion, elle l'emmena sur le lac avec Salvator Albani, Célio, Stella et Beatrice. Mais à quelques brasses de la rive, on rencontra le vieux Menapace qui partait pour aller tendre ses filets. Les enfans voulurent sauter dans sa barque, et leur mère voyant que le vieux pêcheur désirait leur démontrer *ex professo* un art qui était, à ses yeux, le premier de tous, consentit à les lui confier.

Karol fut effrayé de voir ces trois enfans encore excités et fébriles, s'en aller avec un vieillard si égoïste, si froid, et qu'il jugeait si peu capable de les retirer de l'eau ou de les empêcher d'y tomber. Il en fit l'observation à Lucrezia, qui ne partagea pas son inquiétude. — « Les enfans élevés au milieu d'un danger le connaissent fort bien, répondit-elle, et quand il est tombé quelqu'un dans notre lac, c'est toujours un enfant étranger, qui y est venu en promenade, et qui ne sait pas se préserver. Celio nage comme un poisson, et Stella, toute folle qu'elle est ce soir, veillera comme une mère sur sa petite sœur. D'ailleurs, nous les suivrons et ne les perdrons pas de vue. »

Karol ne put venir à bout de se tranquilliser. Il ressentait l'angoisse des sollicitudes paternelles malgré lui, et depuis qu'il avait vu Celio se faire une blessure, il avait la tête remplie de catastrophes imprévues. Enfin sa paix était troublée au moral et au physique, à partir de ce jour néfaste, où il ne s'était pourtant rien passé de marquant pour les autres, mais où l'habitude et le besoin de souffrir s'étaient réveillés en lui.

La promenade fut pourtant très paisible. Le lac était superbe aux reflets du couchant; les enfans s'étaient calmés et prenaient un plaisir sérieux à voir tendre les filets du grand-père dans une petite anse fleurie et embaumée. Salvator ne parlait plus de Venise, et, par un heureux hasard, le nom de Boccaferri ne venait plus sur ses lèvres. La Floriani cueillit des nénuphars, et, sautant d'une barque dans l'autre avec une légèreté et une adresse qu'on n'eût pas attendues d'une personne un peu lourde en apparence dans ses formes, mais qui rappelaient ses habitudes de jeunesse, elle orna de ces belles fleurs la tête de ses filles.

Karol commençait à se radoucir intérieurement. Le vieux Menapace guidait la barque avec un aplomb et une expérience consommés à travers les rochers et les troncs d'arbres entassés au rivage. Aucun enfant ne se noyait, et Karol s'habituait à les voir courir d'un bord à l'autre, diriger le gouvernail et se pencher sur l'eau, sans tressaillir à chacun de leurs mouvemens. La brise du soir s'élevait suave et charmante, apportant le parfum de la vigne en fleurs et de la fève à odeur de vanille.

Mais il était écrit que cette journée finirait l'extase tranquille de Karol et marquerait pour lui le commencement d'une série de petites souffrances inexprimables. Salvator trouva que les nénuphars étaient si beaux que la Floriani devait en mettre aussi dans ses cheveux noirs. Elle s'y refusa, disant qu'elle avait assez subi au théâtre le poids des coiffures et des ornemens, et qu'elle était heureuse de ne plus sentir sur sa tête la gêne d'une seule épingle. Mais Karol partageait le désir de son ami, et elle consentit à ce qu'il passât quelques fleurs dans ses tresses splendides.

Tout allait bien, excepté la coiffure que Karol arrangeait sans art et sans adresse, tant il craignait de faire tomber un seul cheveu de cette tête chérie. Salvator eut la malheureuse idée de s'en mêler. Il défit l'ouvrage du prince, et, prenant des deux mains la riche chevelure de la Floriani, il la roula sans façon et l'entremêla de roseaux et de fleurs, selon son goût. Il réussit fort bien, car il avait de l'habileté pour ce qu'on appelle trivialement le *tripotage*, expression trop familière, mais difficile à remplacer. Il entendait bien la statuaire au point de vue de l'ornementation. Il fit à la Floriani une coiffure digne d'une naïade antique, en lui disant : « Est-ce que tu ne te souviens pas qu'à Milan, quand je me trouvais dans ta loge pendant ta toilette, j'y mettais toujours la dernière main ? »

— C'est vrai, répondit-elle, je l'avais oublié ; tu avais un don particulier pour donner du caractère aux ornemens, pour trouver l'assortiment heureux des couleurs, et je t'ai souvent consulté pour mes costumes.

— Tu n'y crois pas, Karol? reprit Salvator en s'adressant à son ami, qui avait fait le mouvement d'un homme qui reçoit un coup d'épingle; regarde-la, comme elle est belle! Tu n'aurais jamais trouvé comme moi ce qui convenait à la ligne de son front, au volume de sa tête et à la puissance de sa nuque. Tu ne la dégageais pas assez. Elle avait l'air d'une madone avec ta coiffure, et ce n'est point là le caractère de sa beauté. Elle est déesse maintenant. Prosternons-nous, faibles mortels, et adorons la nymphe du lac ! »

En parlant ainsi, Salvator pressa d'un lourd baiser les genoux de la Floriani, et Karol tressaillit comme un homme qui reçoit un coup de poignard.

CHAPITRE VI.

Le pauvre enfant avait oublié que Salvator était aussi amoureux que lui, dans un sens, de la Floriani; qu'il lui avait sacrifié de grand cœur ses prétentions, mais non sans effort et sans regret. Comme Karol ne comprenait rien à ce genre d'amour, il ne s'était pas rendu compte de ce que son ami avait pu souffrir en le voyant devenir maître des biens qu'il convoitait. Il s'était dit que la première belle femme que Salvator rencontrerait lui ferait oublier ce désir insensé.

Ou plutôt, il ne s'était rien dit du tout. Il n'aurait pas eu le courage d'examiner le côté scabreux d'une telle situation. Il avait écarté le souvenir de la première nuit passée à la villa Floriani, des tentations et des tentatives de Salvator, et même des embrassades du lendemain matin, lorsqu'il avait cru dire à Lucrezia un long adieu. La crise de la maladie et le miracle du bonheur avaient tout effacé de l'esprit du prince. Il s'était habitué en un jour, en un instant, à ne plus rien juger, à ne plus rien comprendre; et de même, en un jour, en un instant, il recommençait à trop juger, à trop comprendre, c'est-à-dire à tout commenter avec excès et à souffrir de tout.

Certes, Salvator Albani avait renoncé de bonne foi à voir la Floriani avec d'autres yeux que ceux d'un frère. Mais il y avait en lui un fonds de sensualité italienne qui l'empêchait d'arriver jusqu'à la chasteté d'un moine. S'il eût eu deux sœurs, une belle et une laide, il eût sans nul doute, et sans se rendre compte de son propre instinct, préféré la belle, eût-elle été moins aimable et moins bonne que l'autre. Enfin, entre deux sœurs également belles, mais dont l'une aurait connu l'amour, et l'autre la vertu seulement, il aurait été bien plus l'ami de celle qui eût compris le mieux ses faiblesses et ses passions.

L'amour était son Dieu, et toute belle femme au cœur tendre en était la prêtresse. Il pouvait l'aimer avec désintéressement, mais non la voir sans émotion. L'amour de la Floriani pour son ami ne le dérangeait donc point dans son admiration et dans son plaisir, lorsqu'il la contemplait et respirait son haleine. Il aimait tout autant qu'auparavant à toucher ses bras, ses cheveux et jusqu'à son vêtement, et l'on comprend bien que Karol était jaloux de ces choses-là, presque autant que du cœur de sa maîtresse.

La Floriani, qui le croirait? était d'une nature aussi chaste que l'âme d'un petit enfant. C'est fort étrange, j'en conviens, de la part d'une femme qui avait beaucoup aimé, et dont la spontanéité n'avait pas su faire plusieurs parts de son être pour les objets de sa passion. C'était probablement une organisation très puissante par les sens, quoiqu'elle parût glacée aux regards des hommes qui ne lui plaisaient point. C'est qu'en dehors de son amour, où elle se plongeait tout entière, elle ne voyait pas, n'imaginait pas et ne sentait pas. Dans les rares intervalles où son cœur avait été calme, son cerveau avait été oisif, et si on l'eût séparée éternellement de la vue de l'autre sexe, elle eût été une excellente religieuse, tranquille et fraîche. C'est dire qu'il n'y avait rien de plus pur que ses pensées dans la solitude, et, quand elle aimait, tout ce qui n'était pas son amant était pour elle, sous le rapport des sens, la solitude, le vide, le néant.

Salvator pouvait bien l'embrasser, lui dire qu'elle était belle, et frémir un peu en pressant son bras contre le sien, elle s'en apercevait encore moins que le jour où, ne prévoyant pas que Karol l'aimait déjà, il avait été forcée de lui parler clairement et hardiment pour lui faire comprendre ses désirs.

Toute femme comprend pourtant bien le regard et l'inflexion de voix qui lui parlent d'amour d'une manière détournée. Les femmes du monde ont, à cet égard, une pénétration qui va souvent au delà de la vérité, et souvent aussi, leur empressement à se défendre, avant qu'on les attaque sérieusement, est une provocation de leur part et un encouragement à l'audace. La Floriani, au contraire, dans son expressive bienveillance, mettait tout sur le compte de la sympathie qu'elle avait excitée comme artiste, ou de l'amitié qu'elle inspirait comme femme. Elle était brusque et ennuyée avec les hommes qui lui inspiraient de la défiance et de l'éloignement, mais avec ceux qu'elle estimait, elle avait le cœur sur la main; elle eût cru manquer à la sainteté de l'amitié en se tenant trop sur ses gardes. Elle savait bien que quelque mauvaise pensée pouvait leur passer par la tête; mais elle avait pour règle de ne pas paraître s'en apercevoir, et tant qu'on ne la forçait point à se montrer sévère, elle était douce et abandonnée. Elle pensait que les hommes sont comme les enfans, avec lesquels il faut plus souvent détourner la conversation et distraire l'imagination, que répondre et discuter sur des sujets délicats et dangereux.

Karol, qui aurait dû comprendre la solidité de ce caractère simple et droit, ne le connaissait pourtant pas. Sa folie avait commis l'erreur gigantesque de se figurer qu'elle devait avoir l'austérité de manières et le maintien glacial d'une vierge, avec tout autre qu'avec lui. Il n'en voulut pas démordre, comprendre la réalité de cette nature, et l'aimer pour ce qu'elle était. Pour l'avoir placé trop haut dans les fantaisies de son cerveau, voilà qu'il était tout prêt à la placer trop bas, et à croire qu'entre le sensualisme invincible de Salvator et les instincts secrets de la Floriani, il y avait de funestes rapprochemens à craindre.

Ils revenaient à la villa avec le lever de Vesper, qui montait blanc comme un gros diamant dans le ciel encore rose. Ils glissaient sur la surface limpide de ce lac que la Floriani aimait tant, et que Karol recommençait à détester. Il gardait le silence; Béatrice s'était endormie dans les bras de sa mère; Célio gouvernait la barque de Menapace, qui s'était assis dans une muette contemplation; Stella, svelte et blanche, rêvait aux étoiles, ses patrones, et Salvator Albani chantait d'une belle voix fraîche que la sonorité de l'onde portait au loin. Personne autre que Karol, le plus pur et le plus irréprochable de tous peut-être, ne songeait à mal. Il leur tournait le dos, à tous, pour ne point voir ce qui n'existait pas, ce à quoi personne ne songeait, et, au lieu des Ondines du lac, il se sentait poussé par les Euménides.

Ne l'avait-on pas trompé? Salvator ne s'était-il pas grossièrement joué de lui en lui disant que jamais il n'avait été l'amant de la Floriani? Avec tous les beaux raisonnemens spécieux qu'il lui avait mainte fois entendu faire sur l'amitié qu'on peut avoir pour les femmes et dans laquelle il entrait toujours, selon Salvator, un peu d'amour, étouffé ou déguisé, avec les ménagemens dont il le supposait capable pour lui laisser goûter le bonheur sans se faire conscience d'un mensonge, il pouvait bien avoir été heureux la nuit de leur arrivée, et l'avoir nié avec aplomb l'instant d'après. La Floriani ne lui devait rien alors, et Karol s'imaginait être bien généreux en prenant la résolution de ne jamais l'interroger à cet égard.

Et puis, en supposant qu'elle eût résisté cette fois-là, était-il probable que, dans cette vie abandonnée à toutes les émotions, lorsque Salvator assistait à sa toilette dans sa loge, et portait même les mains sur sa parure, lorsque toute palpitante des fatigues ou des triomphes de la scène elle venait se jeter près de lui sur un sofa, seule avec lui peut-être... était-il possible qu'il n'eût pas cherché à profiter d'un instant de désordre dans son esprit et d'excitation dans ses nerfs? Salvator était si ardent et si audacieux avec les femmes! N'avait-il pas encouru la disgrace de la princesse Lucie pour avoir osé lui dire qu'elle avait une belle main? Et de quoi n'était pas capable, avec la Lucrezia, un homme qui n'était pas demeuré tremblant et muet auprès de Lucie?

Alors le terrible parallèle, si longtemps écarté, commença à s'établir dans l'esprit du prince: Une princesse, une vierge, un ange! — Une comédienne, une femme sans mœurs, une mère qui pouvait compter trois pères à ses quatre enfans, sans avoir jamais été mariée, et sans savoir où étaient maintenant ces hommes-là!

L'horrible réalité se levait devant ses yeux effarés, comme une Gorgone prête à les dévorer. Un tremblement convulsif agitait ses membres, sa tête éclatait. Il croyait voir des serpens venimeux ramper à ses pieds, sur le plancher de la barque, et sa mère remonter vers les étoiles, en se détournant de lui avec horreur.

La Floriani sommeillait dans son rêve d'éternel bonheur, et quand elle lui prit la main pour descendre sur le rivage, sans réveiller sa fille, elle remarqua seulement qu'il avait froid, quoique la soirée fût tiède.

Elle s'inquiéta un peu de sa physionomie lorsqu'elle le revit aux lumières; mais il fit de grands efforts pour paraître gai. La Floriani ne l'avait jamais vu gai, elle ne savait même pas si, avec cette haute et poétique intelligence, il avait de l'esprit. Elle s'aperçut qu'il en avait prodigieusement; c'était une finesse subtile, moqueuse, point enjouée au fond; mais, comme il n'y avait place en elle que pour l'engoûment, elle s'émerveilla de lui découvrir un charme de plus. Salvator savait bien que cette petite gaîté mignarde et persiffleuse de son ami n'était pas le signe d'un grand contentement. Mais, dans cette circonstance, il ne savait que penser. Peut-être l'amour avait-il renouvelé entièrement le caractère du prince; peut-être prenait-il désormais la vie sous un aspect moins austère et moins sombre. Salvator profita de l'occasion pour être gai tout à son aise avec lui, et crut pourtant apercevoir de temps en temps quelque chose d'amer et de sec au fond de ses heureuses reparties.

Karol ne dormit pas; cependant il ne fut point malade. Il reconnut dans cette longue et cruelle insomnie qu'il avait plus de forces pour souffrir qu'il ne s'en était jamais attribué. L'engourdissement d'une fièvre lente ne vint pas, comme autrefois, amortit l'inquiétude de ses pensées. Il se leva comme il s'était couché, en proie à une lucidité affreuse, sans éprouver aucun malaise physique, et obsédé de l'idée fixe que Salvator le trahissait, l'avait trahi ou songeait à le trahir.

« Il faut pourtant prendre un parti, se dit-il. Il faut rompre ou dominer, abandonner la partie ou chasser l'ennemi. Serai-je assez fort pour la lutte? Non, non, c'est horrible! Il vaut mieux fuir. »

Il sortit avec le jour, ne sachant où il allait, mais ne pouvant résister au besoin de marcher d'un pas rapide. Le sentier du parc le plus direct et le mieux battu, celui qu'il suivit machinalement, conduisait à la chaumière du pêcheur.

Il allait s'en détourner lorsqu'il entendit prononcer son nom. Il s'arrêta: on répéta le mot *prince* à plusieurs reprises. Karol s'approcha, perdu sous les branches éplorées des vieux saules, et il écouta.

— Bah! un prince! un prince! disait le vieux Menapace dans un dialecte que le prince était arrivé à très bien comprendre. Il n'en a pas la mine! J'ai vu le prince Murat dans ma jeunesse, il était gros, fort, de bonne mine, et portait des habits superbes, de l'or, des plumes. C'était là un prince! Mais celui-ci, il n'a l'air de rien du tout, et je n'en voudrais pas pour tenir mes avirons.

— Je vous assure que c'est un vrai prince, père Menapade, répondait Biffi. J'ai entendu son domestique qui l'appelait *mon prince*, sans voir que j'étais là tout auprès.

— Je te dis que c'est un prince comme ma fille était une princesse là-bas. Ils s'appellent tous comme cela au théâtre. L'autre, l'Albani, est celui qui faisait les comtes dans la comédie; mais c'est un chanteur, voilà tout!

— C'est vrai qu'il chante toute la journée, dit Biffi. Alors, ce sont d'anciens camarades à la signora. Est-ce qu'ils vont rester long-temps ici?

— Voilà ce que je me demande. Il me semble que le prince, comme ils l'appellent, se trouve bien de la *locanda gratis*. Et si l'autre reste aussi deux mois à ne rien faire que manger, dormir et marcher tout doucement au bord de l'eau, nous ne sommes pas au bout!

— Bah, cela ne nous gêne pas. Qu'est-ce que cela nous fait?

— Cela me gêne, moi! dit Menapace en élevant la voix. Je n'aime pas à voir des paresseux et des indiscrets manger le bien de mes petits-enfans. Tu vois bien que ce sont des histrions sans cœur et sans ouvrage, qui sont venus là se refaire. Ma fille qui est bonne, en a pitié: mais si elle recueille comme cela tous ses anciens amis, nous verrons de belles affaires! Ah! pauvre petit Célio! pauvres enfans! si je ne songeais pas à eux, ils auraient un jour le même sort que ces prétendus seigneurs-là! Allons, Biffi, es-tu prêt? Partons, va détacher la barque. »

Si Salvator avait entendu cette ridicule conversation, il en eût ri aux éclats pendant huit jours. Il eût même imaginé quelque folle mystification pour aggraver les soupçons charitables du vieux pêcheur. Mais Karol fut navré. L'idée de rien de semblable ne lui eût paru possible dans sa vie. Être pris pour un histrion, pour un mendiant, et méprisé par ce vieil avare! C'était marcher dans la boue, lui qui ne trouvait que les nuages assez moelleux et assez purs pour le porter. Il faut être très fort ou très insouciant pour ne pas se trouver accablé d'un rôle absurde et pour n'en voir que le côté risible. D'ailleurs, on ne rit peut-être jamais de bien bon cœur de soi-même, et Karol fut si outré, qu'il sortit du parc, n'emportant pas même de l'argent sur lui, et fuyant au hasard dans la campagne, résolu, du moins il le croyait, à ne jamais remettre les pieds chez la Floriani.

Quoique sa santé eût pris, depuis sa maladie, un développement qu'elle n'avait jamais eu, il n'était pas encore très bon marcheur, et, au bout d'une demi-lieue, il fut forcé de ralentir le pas. Alors le poids de ses pensées l'accabla, et il ne se traîna plus qu'avec effort dans la direction sans but qu'il avait prise.

Si j'entendais le roman suivant les règles modernes, en coupant ici ce chapitre, je te laisserais jusqu'à demain, cher lecteur, dans l'incertitude, présumant que tu te demanderais toute la nuit prochaine, au lieu de dormir: « Le prince » Karol, partira-t-il ou ne ne partira-t-il pas? » Mais la haute idée que j'ai toujours de la pénétration m'interdit cette ruse savante, et t'épargnera ces tourmens. Tu sais fort bien que mon roman n'est pas assez avancé pour que mon héros se tranche ici brusquement et malgré moi. D'ailleurs, sa fuite serait fort invraisemblable, et tu ne croirais point qu'on puisse rompre, du premier coup, les chaînes d'un violent amour.

Sois donc tranquille, vaque à tes occupations, et que le sommeil te verse ses pavots blancs et rouges. Nous ne sommes point encore au dénouement.

CHAPITRE VII.

Karol en était déjà à s'adresser la même question: « Partirai-je? Est-ce que je pourrai partir? Dans un quart-d'heure, ne serai-je pas forcé de revenir sur mes pas? S'il en doit être ainsi, pourquoi me fatiguer à faire un chemin inutile?

— Je partirai, s'écria-t-il en se jetant sur le gazon encore humide de rosée. Là, son indignation se ralluma et ses forces revinrent. Il se remit en route, mais bientôt la fatigue ramena encore le doute et le découragement.

Des regrets amers remplissaient de larmes ses yeux fatigués de l'éclat du soleil levant qui semblait venir à sa rencontre, et lui dire: « Nous marchons en sens inverse; tu vas donc me fuir et entrer dans la nuit éternelle? » Il se rappelait son bonheur de la veille, lorsqu'à pareille heure, il avait vu la Floriani entrer dans sa chambre, ouvrir elle-même sa fenêtre pour lui faire entendre le chant des oiseaux et respirer le parfum des chèvrefeuilles, s'arrêter près de son lit pour lui sourire, et, avant de lui donner le premier baiser, l'envelopper de cet ineffable regard d'amour et d'adoration plus éloquent que toutes les paroles, plus ardent que toutes les caresses. Oh! qu'il était heureux encore, ce moment-là! Rien que le trajet du soleil autour des horizons, et tout était détruit! Il ne verrait plus jamais cette femme si tendre l'enivrer de son regard profond et mettre, à la place des visions de la nuit, son image tranquille et radieuse devant lui! Cette main qui, en passant doucement à travers ses cheveux, semblait lui donner une vie nouvelle, ce cœur dont le feu ne s'était jamais épuisé en fécondant le sien, ce souffle dont la puissance entretenait en lui une sérénité jusque-là inconnue, ces douces attentions de tous les instans, cette constante sollicitude, plus assidue et plus ingénieuse encore que ne l'avait été celle de sa mère; cette maison claire et riante, où l'atmosphère semblait assouplie et réchauffée par une influence magnétique, ce silence du parc, ces fleurs du jardin, ces enfans à la voix mélodieuse qui chantaient avec les oiseaux, tout, jusqu'au chien de Célio, qui courait si gracieusement dans les herbes, poursuivant les papillons pour imiter son jeune ami; enfin cet ensemble de choses, qu'il se représentait et se détaillait pour la première fois, au moment de s'en séparer, tout cela était donc fini pour lui!

Et justement, comme il pensait au chien de Célio, ce bel animal s'élança vers lui, et, pour la première fois, le caressa avec tendresse. Il n'avait pourtant pas suivi Karol, et celui-ci crut d'abord que Célio n'était pas loin. Mais, ne le voyant pas paraître, il se rappela que la veille, *Laërtes* (c'était le nom du chien) avait fait une pointe sur la rive où les barques s'étaient arrêtées; qu'on l'avait rappelé en vain, et qu'en rentrant à la maison, Célio s'était inquiété de ne pas l'y trouver. On l'avait sifflé et appelé encore, pensant qu'i aurait côtoyé le lac et serait revenu par les prés; mais on s'était couché sans le retrouver; Lucrezia avait consolé son fils en lui disant que le chien avait déjà passé plusieurs fois la nuit dehors, et qu'il était trop intelligent pour ne pas retrouver, dès qu'il le voudrait, le chemin de sa demeure.

Le jeune et beau Laërtes, entraîné par l'ardeur de la chasse, avait donc guetté et poursuivi quelque lièvre pour son propre compte, jusqu'au point du jour, et soit qu'il eût perdu sa piste, ou qu'il eût réussi à l'atteindre et à le dévorer, il songeait en ce moment à Célio, qui le faisait jouer, à la Floriani qui lui donnait elle-même sa nourriture, au petit Salvator qui lui tirait les oreilles, à son frais coussin et à son déjeuner. Il se rendait très bien compte de l'heure et se disait qu'il fallait rentrer pour n'être pas grondé de sa trop longue absence. Il est bien possible même qu'il poussât la finesse jusqu'à se flatter qu'on ne s'en serait pas aperçu.

En voyant Karol, il s'imagina que celui-ci n'était venu aussi loin que pour le chercher, et, se sentant coupable, ne voulant pas aggraver ses torts, il vint à sa rencontre d'un air affectueux et modeste, balayant la terre de sa longue queue soyeuse, et se donnant toutes sortes de grâces, pour se faire pardonner son escapade.

Le prince ne pût résister à ces avances et se décida le toucher un peu sur la tête. » Et toi aussi, pensait-il, tu as voulu rompre ta chaîne et essayer de ta liberté ! Et voilà que tu hésites entre la servitude d'hier et l'effroi d'aujourd'hui !

Karol ne pouvait plus envisager qu'avec terreur la solitude de son passé. Il se disait qu'il valait mieux souffrir les tortures d'un amour troublé par le doute et la honte, que de ne vivre d'aucune façon. Qu'allait-il retrouver, en se replongeant dans l'isolement? L'image de sa mère et celle de Lucie ne viendraient plus le visiter que pour lui faire d'amers reproches. Il essaya de les évoquer, elles n'obéissaient plus à son appel. Il n'avait jamais pu se persuader que sa mère fût morte, il la sentait à présent, la tombe ne rendait plus sa proie. Les traits de Lucie étaient tellement effacés de sa mémoire, qu'il s'efforçait en vain de se les représenter. Ils étaient couverts d'un épais nuage. Maintenant que Karol avait bu à la coupe de la vie, la société de ces ombres l'épouvantait au lieu de le charmer. — Vivre ! il faut donc vivre malgré soi, il faut donc aimer la vie en la méprisant, et s'y plonger en dépit de la peur et du dégoût qu'elle inspire, pensait-il en se débattant contre lui-même? Es-tu la volonté de Dieu? Es-tu la tentation d'un esprit de vertige et de ténèbres?

Mais trouverai-je la vie désormais auprès de Lucrezia? Ne sera-ce point la mort, que cet attachement dont les circonstances me font rougir, et que le doute va empoisonner? Néant pour néant, ne vaudrait-il pas mieux languir et dépérir, avec le sentiment de son propre courage, que dans celui de son indignité ?

Il ne trouvait point d'issue à ses incertitudes. Il se levait, faisait un pas vers l'exil, et regardait derrière lui. Son cœur se déchirait et se brisait à la pensée de ne plus voir sa maîtresse, et il le sentait physiquement s'éteindre comme si cette femme en était le moteur unique.

Il était presque vaincu déjà, et cherchait dans quelque augure, dans quelque hasard providentiel, dernière ressource de la faiblesse, l'indice du chemin qu'il devait suivre. Laërtes vint à son secours. Laërtes était décidé à rentrer. Lorsque Karol tournait le dos à la villa, le chien s'arrêtait et le regardait d'un air étonné; puis, lorsque le prince revenait vers lui, il bondissait d'un air joyeux et lui disait avec ses yeux brillans d'expression et d'intelligence : « C'est par ici, en effet, vous vous trompiez ; suivez-moi donc ! »

Karol trouva un faux-fuyant digne d'un enfant. Il se dit que la Floriani tenait beaucoup à ce chien, que Célio était capable de pleurer un jour entier, s'il ne le retrouvait point; que l'animal était bien jeune, bien fou, et se laisserait peut-être tenter par quelque nouvelle proie avant de rentrer; qu'enfin il pouvait se perdre ou se laisser emmener par quelque chasseur, et que son devoir, à lui, était de le ramener à la maison.

Il appela donc Laërtes, veilla puérilement sur lui, et regagna la villa Floriani sans le perdre de vue. Pourtant, l'on peut dire que jamais aveugle ne fut plus littéralement conduit par un chien.

En voyant la porte du parc ouverte, Laërtes prit sa course, et, enchanté de rentrer, il devança Karol, et gagna la maison, la chambre de Célio, où il se blottit sous son lit, en attendant son réveil. Le prétexte du chien manquait dès lors à Karol, il n'était pas obligé de franchir la grille du parc, et il allait néanmoins la franchir, lorsque ses yeux rencontrèrent une inscription tracée au pinceau sur une pierre latérale. C'étaient les fameux vers de Dante :

> Per me si va nelle città dolente,
> Per me si va nelli eterno dolore,
> Per me si va tra la perduta gente....
> .... Lasciate ogni speranza, voi, ch'entrate!

Et plus bas :

« *Avis aux voyageurs!* »

Célio Floriani.

Karol se souvint que peu de jours auparavant, Célio, qui venait d'apprendre par cœur ce passage classique de la *Divine Comédie*, et qui le répétait à tout propos avec ce mélange d'admiration et de parodie qui est propre aux enfans, s'était amusé à l'écrire sur le montant de la porte du parc, en l'accompagnant d'un avertissement facétieux aux passans. Comme la villa n'était située sur aucune route de passage, il y avait peu d'inconvéniens à laisser subsister l'inscription de Célio jusqu'à la première pluie; la Floriani n'avait fait qu'en rire, et Karol, à qui ces vers lugubres n'offraient aucun sens, à ce moment-là, ne s'en était point alarmé. Il était repassé plusieurs fois par cette porte sans y prendre garde; il n'y aurait plus jamais songé, sans la révolution qui s'était opérée en lui. Au premier abord, les mots de *perduta gente* lui parurent offrir une allusion affreuse et peut-être quelque peu vraie, car il se hâta de l'effacer. Puis, en relisant, malgré lui, le dernier vers, il fut saisi d'une terreur superstitieuse, en songeant que les enfans prophétisent souvent sans le savoir, et disent en riant d'effroyables vérités. Il cueillit une poignée d'herbe et en frotta la muraille, mais, par un hasard fort simple, le dernier vers, portant sur une pierre moins polie que les autres, ne s'effaça pas entièrement et resta visible malgré tous les efforts de Karol.

— Eh bien ! dit-il en s'élançant dans le parc, cela est écrit ainsi au livre de ma destinée. Pourquoi mes yeux en seraient-ils offensés ? O Lucrezia, tu ne m'avais donné que du bonheur ; à présent que je vais souffrir par toi et pour toi, je vois à quel point je t'aime !

La Floriani était déjà très inquiète, elle avait cherché Karol dans tout le parc, ne concevant pas que, contrairement à ses habitudes, il se fût levé avant elle et qu'il eût été se promener sans elle. Elle était dans la chaumière du pêcheur lorsqu'elle vit le prince effacer l'inscription et rentrer précipitamment, comme si, de même que Laërtes, il eût craint d'être grondé. Elle courut après lui, et l'enlaçant dans ses bras : « Vous trouvez donc, lui dit-elle, que ce serait un grave mensonge ? »

Karol n'avait guère l'esprit présent; il ne songeait pas qu'elle eût pu le voir effacer les vers du Dante ; il ne pensait déjà plus à ces vers, mais bien à la trahison possible de Salvator. Il crut qu'elle répondait à ses secrètes pensées, qu'elle avait deviné ses angoisses, épié son essai de fuite; que sais-je? tout ce qu'il y avait de plus invraisemblable lui vint à l'esprit, et il répondit d'un air effaré : « Soyez-en juge vous-même, il ne m'appartient pas de répondre pour vous. »

Lucrezia fut un peu étonnée et commença à redouter quelques accès d'excentricité. Salvator l'en avait prévenue à diverses reprises avant qu'elle donnât son cœur au prince. Mais elle n'avait pu y croire, parce que, depuis sa maladie, Karol avait toujours été ravi au septième ciel et ne lui avait jamais causé un instant d'effroi. Elle se demanda s'il était bien guéri, s'il n'était pas menacé d'une rechute imminente, ou bien si, réellement, son cerveau était faible et tourmenté d'idées fantasques. Elle l'interrogea. Il ne voulut point répondre, et lui baisa la main à plusieurs reprises, en lui demandant pardon. Mais pardon de quoi? Voilà ce qu'elle ne put jamais savoir, malgré les investigations de sa tendresse. Ses manières étaient aussi changées que sa figure et son langage. Il s'était dit que, s'il se décidait à rentrer chez elle, il devait prendre avec lui-même l'engagement de ne lui faire aucune question, aucun reproche, de ne point avilir son propre amour par des paroles blessantes de part ou d'autre; enfin il se raidissait pour ainsi dire dans une sorte de religion chevaleresque et dans un redoublement de respect extérieur, comme s'il eût cru réparer par là le tort qu'il lui avait fait dans son âme en la soupçonnant.

La Floriani avait toujours été vivement touchée de ce respect qu'il lui témoignait devant ses enfans et ses serviteurs. Rien, chez lui, ne lui rappelait le sans-gêne blessant et l'espèce d'abandon impertinent des amans heureux. Mais, dans le tête-à-tête, elle n'était pas habituée à lui voir détourner son front de ses lèvres et se rejeter sur ses mains en saluant comme un abbé qui rend hommage à une douairière. Elle essaya de rompre cette glace, elle lui fit de tendres reproches, elle le railla amicalement : tout fut inutile. Il se hâtait de retourner vers la maison, car il sentait que sa souffrance n'était pas assez calmée pour lui permettre de paraître heureux.

Salvator ne fut point étonné de voir, ce jour-là, son ami silencieux et sombre; il l'avait vu si souvent ainsi! « Je suis inquiète ce matin, lui dit tout bas Lucrezia; Karol est pâle et triste. — Tu devrais être habitué à le voir s'éveiller tout différent de ce qu'il était en s'endormant, répondit Salvator. N'est-il pas mobile et changeant comme les nuages?

— Non, Salvator, il n'est point ainsi. Depuis deux mois, c'est un ciel pur et brûlant, sans un seul nuage, sans la moindre vapeur.

— En vérité! quelle merveille tu me contes-là! Je peux à peine te croire.

— Je te le jure. Que peut-il donc avoir aujourd'hui?

— Mais rien! il aura fait un mauvais rêve.

— Il n'en faisait plus que de beaux!

— C'était un grand hasard ou un grand prodige; moi je ne l'ai jamais vu une semaine... que dis-je? un jour entier, sans tomber dans quelque accès de mélancolie.

— Et à propos de quoi y tombait-il si souvent?

— Tu me demandes là ce que je n'ai jamais pu lui faire dire. Karol n'est-il pas un hiéroglyphe ambulant, un mythe personnifié?

— Il ne l'a pas été pour moi jusqu'à cette heure; et puisque j'avais trouvé, à mon insu, le moyen de le rendre heureux et confiant, il faut bien que je lui aie déplu en quelque chose depuis hier.

— Vous êtes-vous querellés cette nuit?

— Querellés? quel mot?

— Oh! tu es devenue *sublime* comme lui, je le vois bien, et il faut se faire un vocabulaire choisi exprès pour vous deux. Eh bien! voyons, n'avez-vous pas touché à quelque point douloureux de votre existence à l'un ou à l'autre, en causant ensemble la nuit dernière?

— La nuit dernière, comme toutes les autres nuits, je n'ai pas quitté mes enfans. Nous nous retirons de bonne heure, je me lève avec le jour, et tandis que les petits sommeillent encore ou babillent avec leur bonne en se levant, je vais éveiller doucement Karol, et nous causons ensemble; le plus souvent, nous nous regardons et nous nous adorons sans nous rien dire. Ce sont deux heures de délices où jamais un mot pénible, une réflexion positive, un souvenir quelconque des ennuis et des maux de la vie réelle, n'ont trouvé place. Ce matin, j'ai été ouvrir ses fenêtres comme à l'ordinaire, comme j'en ai pris l'habitude durant sa maladie. Il était déjà sorti, ce qui ne lui était encore jamais arrivé. Il est resté deux heures absent. Il avait l'air égaré en rentrant, il disait des paroles que je ne comprends pas, ses manières étaient bizarres. Il m'a fait presque peur, et maintenant, son abattement, le soin qu'il prend de ne pas rester avec nous me font mal. Toi, qui le connais, tâche de lui faire dire ce qu'il a!

— Moi, qui le connais, je ne puis rien te dire, sinon qu'il a été gai hier soir, ce qui était un signe certain qu'il serait triste ce matin. Il n'a jamais eu une heure d'expansion dans sa vie, sans la racheter par plusieurs heures de réserve et de taciturnité. Il y a certainement à cela des causes morales, mais trop légères ou trop subtiles pour être appréciables à l'œil nu. Il faudrait un miscroscope pour lire dans une âme où pénètre si peu de la lumière que consomment les vivans.

— Salvator, tu ne connais pas ton ami, dit la Lucrezia : ce n'est point là son organisation. Un soleil plus pur et plus éclatant que le nôtre rayonne dans son âme ardente et généreuse.

— Comme tu voudras! répondit Salvator en souriant; alors, tâche d'y voir clair et ne m'appelle pas pour tenir le flambeau.

— Tu railles, mon ami! reprit la Floriani avec tristesse, et pourtant je souffre! Je m'interroge en vain, je ne vois pas en quoi j'ai pu contrister le cœur de mon bien-aimé. Mais la froideur de son regard me glace jusqu'à la moelle des os, et, quand je le vois ainsi, il me semble que je vais mourir.

CHAPITRE VIII.

Quelques mots de franche explication eussent guéri les souffrances de la Floriani et de son amant, mais il eût fallu qu'en demandant à connaître la vérité, Karol pût avoir confiance dans la loyauté de la réponse; et, quand on s'est laissé dominer par un soupçon injuste, on perd trop de sa propre franchise pour se reposer sur celle d'autrui. D'ailleurs, ce malheureux enfant n'avait pas sa raison, et il n'en conservait que juste assez pour savoir que la raison ne le persuaderait pas.

Heureusement ces natures promptes à se troubler et folles dans leurs alarmes se relèvent vite et oublient. Elles sentent elles-mêmes que leur angoisse échappe aux secours de l'affection et qu'elle ne peut cesser qu'en s'épuisant d'elle-même. C'est ce qui arriva à Karol. Le soir de cette sombre journée, il était déjà fatigué de souffrir, il s'ennuyait de la solitude; la nuit, comme il y avait longtemps qu'il n'avait dormi, il subit un accablement qui lui procura du repos; le lendemain, il retrouva le bonheur dans les bras de la Floriani, mais il ne s'expliqua pas sur ce qui l'avait rendu si différent de lui-même la veille, et elle fut forcée de se contenter de réponses évasives. Cela resta en lui comme une plaie qui se ferme, mais qui doit se rouvrir, parce que le germe du mal n'a pas été détruit.

Lucrezia n'oublia pas aussi vite ce que son amant avait souffert. Quoiqu'elle fût loin d'en pénétrer le motif, elle en ressentit le contre-coup. Ce ne fut pas chez elle une douleur soudaine, violente et passagère. Ce fut une inquiétude sourde, profonde et continuelle. Elle persista, en dépit de Salvator, à croire qu'il n'y a pas de souffrance sans cause; mais elle eut beau chercher, sa conscience ne lui reprochant rien, elle fut réduite à croire que Karol avait senti se réveiller en lui, ou le souvenir de sa mère, ou le regret d'avoir été infidèle à la mémoire de Lucie.

Karol était donc redevenu calme et confiant, avant que la Floriani se fût consolée de l'avoir vu malheureux; mais aumoment où elle se rassurait enfin et commençait à oublier l'effroi que lui avait causé ce nuage, une circonstance réveilla la souffrance de Karol. Et quelle circonstance? Nous osons à peine la rapporter, tant elle est absurde et puérile. En jouant avec Laërtes, la Floriani, touchée de sa grâce et de son regard tendre, lui donna un baiser sur la tête. Karol trouva que c'était une profanation, et que la bouche de Lucrezia ne devait pas effleurer la tête d'un chien. Il ne put s'empêcher d'en faire la remarque, avec une certaine vivacité qui trahit sa répugnance pour les animaux. La Floriani, étonnée de le voir prendre au sérieux une pareille chose, ne put se défendre d'en rire, et Karol fut profondément blessé.

— Mais quoi, mon enfant, lui dit-elle, aimeriez-vous mieux une discussion en règle à propos d'un baiser donné à mon chien? Pour moi, je n'aimerais pas à me mettre en désaccord avec vous sur quoi que ce soit, et, ne trouvant pas le sujet digne d'être commenté et pesé, je n'éprouve que le besoin de m'égayer un peu sur la bizarrerie de ce sujet même.

— Ah! je suis ridicule, je le sais, dit Karol; et c'est une chose funeste pour moi, que vous commenciez à vous en apercevoir! Ne pouviez-vous me répondre autrement que par un éclat de rire?

— Je ne trouvais rien à répondre là dessus, vous dis-je, reprit Lucrezia un peu impatientée. Faut-il donc, quand vous me faites une observation, que je baisse la tête en silence, quand même je ne suis point persuadée qu'elle vaille la peine d'être faite?

— Il faut donc devenir étranger l'un à l'autre sur tout ce qui touche au monde réel, dit Karol avec un soupir. Nous nous entendrions si peu sur ce point, que je dois apparemment me taire ou n'ouvrir la bouche que pour faire rire!

Il bouda deux heures pour ce fait, après quoi il n'y songea plus et redevint aussi aimable que de coutume; mais la Floriani fut triste pendant quatre heures, sans bouder et sans montrer sa tristesse.

Le lendemain, ce fut autre chose, je ne sais quoi, moins encore; et le surlendemain, on fut triste de part et d'autre sans aucune cause appparente.

Salvator n'avait pas vu la pureté éclatante du bonheur de ces deux amans en son absence. A peine arrivé, il ne voyait, au contraire, que le retour de Karol à ses anciennes susceptibilités. Il le trouvait tantôt plein d'affection, tantôt plein de froideur pour lui. Il ne s'en étonnait pas, l'ayant toujours vu ainsi; mais il se disait avec chagrin que la cure n'était point radicale, et il revenait à la conviction que ces deux êtres n'étaient point faits l'un pour l'autre.

Après plusieurs jours d'observations et de réflexions sur ce sujet, il résolut de s'en expliquer avec son ami et de l'amener malgré lui à se révéler. Il savait que ce n'était point facile, mais il savait aussi comment il devait s'y prendre.

— Cher enfant, lui dit-il, environ une semaine après son retour à la villa Floriani, je voudrais, s'il est possible, obtenir de toi une réponse à la question suivante: Sommes-nous encore pour long-temps ici?

— Je ne sais pas, je ne sais pas! répondit Karol d'un ton sec et comme si cette demande l'eût fort importuné; mais un instant après, ses yeux se remplirent de larmes, et il parut prévoir, par la manière dont il regarda Salvator, que leur séparation lui semblait inévitable.

— Je t'en prie, Karol, reprit le comte Albani en lui prenant la main, une fois dans ta vie, essaie de te faire une idée de l'avenir par complaisance pour moi, qui ne puis rester dans une éternelle attente des événemens. *Autrefois*, c'est-à-dire avant de venir ici, tu te retranchais toujours sur l'état de ta santé, qui ne te permettait de faire aucun projet. « Fais de moi ce que tu voudras, disais-tu; je n'ai aucune volonté, aucun désir. » A présent, les rôles sont changés, et ta santé ne peut plus servir de prétexte; tu te portes fort bien, tu as pris de la force... Ne secoue pas la tête: je ne sais où en est ton moral, mais je vois fort bien que ton physique va au mieux. Tu ne te ressembles plus, ta figure a changé de ton et d'expression, tu marches, tu manges, tu dors comme tout le monde. L'amour et Lucrezia ont fait ce miracle; tu ne t'ennuies plus de la vie, tu te sens fixé apparemment. C'est à mon tour d'être incertain et de ne plus voir clair devant moi. Voyons, tu veux rester ici, n'est-ce pas?

— Je ne sais pas si je pourrais partir, quand même je le voudrais, répondit Karol extrêmement malheureux d'avoir à répondre clairement: je crois que je n'en aurais pas la force, et pourtant je le devrais.

— Tu le devrais parce que?...

— Ne me le demande pas. Tu peux bien le deviner toi-même.

— Tu es donc toujours aussi paresseux d'esprit quand il faut arriver à traiter l'insipide chapitre de la vie réelle?

— Oui, d'autant plus paresseux que j'en suis sorti davantage depuis quelque temps.

— Alors, tu veux que je fasse comme à l'ordinaire; que je pense à ta place, que je discute avec moi-même comme si c'était avec toi, et que je te prouve par de bonnes raisons ce que tu as envie de faire.

— Eh bien! oui, répondit le prince avec le sérieux d'un enfant gâté. Ce n'est pas qu'en cette circonstance, il eût besoin de l'avis d'un autre pour connaître la force de son amour; mais il était bien aise d'entendre juger sa situation par Salvator, pour tâcher de lire dans les sentimens secrets de celui-ci.

— Voyons! reprit gaîment Salvator qui redoutait d'autant moins un piége qu'il n'avait pas d'arrière-pensée, je vais essayer. Ce n'est pas facile maintenant. Tout est changé en toi, et il ne s'agit plus de savoir si l'air de ce pays est bon, si le séjour est agréable, si l'auberge est bien tenue, et si la chaleur ou le froid ne doivent point nous chasser. L'été de la passion le réchaufferait quand même le soleil de juin ne darderait pas ses rayons sur ta tête. Cette maison de campagne est belle et l'hôtesse n'est point désagréable... Allons! Tu ne veux pas même sourire de mon esprit?

— Non, ami, je ne puis. Parle sérieusement.

— Volontiers. Alors je serai bref. Tu es heureux ici, et tu te sens ivre d'amour. Tu ne peux prévoir combien de temps cela durera sans se troubler et s'obscurcir. Tu veux jouir de ton bonheur tant que Dieu le permettra, et après... Voyons, après? Réponds. Jusqu'ici j'ai constaté ce qui est, c'est ce qui sera ensuite que je tiens à savoir.

— Après? après, Salvator? Après la lumière, il n'y a que les ténèbres.

— Pardon! il y a le crépuscule. Tu me diras que c'est encore la lumière, et que tu en jouiras jusqu'à extinction finale. Mais quand viendra la nuit, il faudra pourtant bien se tourner vers un autre soleil? Que ce soit l'art, la politique, les voyages ou l'hymenée, nous verrons! Mais dis-moi, quand nous en serons-là, où nous retrouverons-nous? Dans quelle île de l'Océan de la vie faut-il que j'aille t'attendre?

— Salvator! s'écria le prince effrayé et oubliant les tristes soupçons qui l'obsédaient, ne me parle pas d'avenir. Tiens, moins que jamais je puis prévoir quelque chose. Tu me prédis la fin de mon amour ou *du sien*, n'est-ce pas? Eh bien! parle-moi de la mort, c'est la seule pensée que je puisse associer à celle que tu me suggères.

— Oui, oui, je comprends! Eh bien! n'en parlons plus, puisque tu es encore dans ce paroxysme où l'on ne peut songer ni à faire cesser, ni à faire durer le bonheur. Il est fâcheux peut-être qu'un peu d'attention et de prévoyance ne soient pas admissibles dans ces momens-là; car tout idéal s'appuie sur des bases terrestres, et un peu d'arrangement dans les choses de la vie pourrait contribuer à la stabilité ou du moins à la prolongation du bonheur!

— Tu as raison, ami, aide-moi donc! que dois-je faire? Y a-t-il quelque chose de possible dans la situation étrange où je me vois placé? J'ai cru que cette femme m'aimerait toujours!

— Et tu ne le crois plus?

— Je ne sais plus rien, je ne vois plus clair.

— Il faut donc que je voie à ta place. La Floriani t'aimera toujours, si vous pouvez parvenir à aller demeurer dans Jupiter ou dans Saturne.

— Oh ciel! tu railles?

— Non, je parle raison. Je ne connais pas de cœur plus ardent, plus fidèle, plus dévoué que celui de Lucrezia; mais je ne connais pas d'amour qui puisse conserver son intensité et son exaltation au delà d'un certain temps, sur la terre où nous vivons.

— Laisse-moi, laisse-moi! dit Karol avec amertume, tu ne me fais que du mal!

— Ce n'est pas le procès de l'amour que je viens faire, reprit Salvator avec calme. Je ne prétends pas prouver, non plus que votre amour soit vulgaire, et qu'il ne puisse résister, plus que tout autre, aux lois de sa propre destruction. Sur ce chapitre, tu en sais plus que moi, et tu connais la Floriani sous un aspect que je n'ai jamais pu que pressentir et deviner. Mais ce que je connais mieux que vous deux peut-être, malgré toute l'expérience de cette adorable folle de Lucrezia, c'est que le milieu où se trouve placée la vie positive des amans agit, malgré eux et malgré tout, sur leur passion. Vous aurez en vain le ciel dans le cœur, si un arbre vous tombe sur la tête, je vous défie de ne pas vous en ressentir. Eh bien! si les circonstances extérieures vous aident et vous protègent, vous pouvez vous aimer longtemps, toujours peut-être! jusqu'à ce que la vieillesse vienne vous apprendre que le *toujours* des amans n'est pas le sien. Si, au contraire, en ne prévoyant et n'examinant rien, vous laissez de mauvaises influences pénétrer jusqu'à vous, il vous arrivera de subir le sort commun, c'est à dire de voir des misères vous troubler et vous anéantir.

— Je t'écoute, ami, continue, dit Karol, que faut-il craindre et prévoir? Que puis-je empêcher?

— La Floriani est libre comme l'air, j'en conviens; elle est riche, indépendante de toute ancienne relation, et il semble qu'elle ait eu la révélation de ce qui convenait à votre bonheur, en rompant d'avance avec le monde et en venant s'enfermer dans cette solitude. Voilà d'excellentes conditions pour le présent; mais sont-elles à jamais durables?

—Crois-tu qu'elle éprouve le besoin de retourner dans le monde? Mon Dieu! si cela peut arriver!.... Malheureux, malheureux que je suis!

— Non, non, cher enfant, dit Salvator frappé du désespoir et de l'épouvante de son ami. Je ne dis point cela. Je n'y crois pas. Mais le monde peut venir la chercher ici, et l'y obséder malgré elle. Si je n'avais pas été muet comme la tombe, à Venise, avec tous ceux qui m'ont parlé d'elle, si je n'avais pas répondu d'une manière évasive à ceux qui savaient bien qu'elle était ici: « Elle a le projet de s'y installer peut-être, mais elle n'est pas fixée, elle va faire un voyage, elle ira peut-être en France.... » que sais-je? tout ce que Lucrezia elle-même m'avait suggéré de répondre aux questions indiscrètes...... déjà, sois-en sûr, vous seriez inondés de visites. Mais ce qui est différé n'est peut-être pas perdu. Un jour peut venir où vous ne serez plus seuls ici; quelle sera ton attitude vis-à-vis des anciens amis de ta maîtresse?

— Horrible! horrible! répondit Karol en frappant sa poitrine.

— Tu prends tout d'une manière trop tragique, mon cher prince! Il n'est pas question de se désespérer pour cela, mais de s'y attendre et d'être prêt à lever sa tente dans l'occasion. Ainsi ce mal ne serait pas sans remède. Vous pourriez partir et aller chercher quelqu'autre solitude temporaire. Il y a un certain art à dégoûter les visiteurs, c'est de ne jamais les rendre certains de vous rencontrer. La Floriani entend cela fort bien. Elle t'aiderait à sortir d'embarras. Calme-toi donc!

— Eh bien! alors, n'y a-t-il pas d'autres dangers? dit Karol qui passait, avec sa mobilité ordinaire, de l'épouvante exagérée à la confiance paresseuse.

— Oui, mon enfant! il y a d'autres dangers, répondit Salvator; mais tu vas t'émouvoir encore plus que je ne veux, et peut-être m'envoyer au diable.

— Parle toujours.

— Il y a, quand vous aurez fait la solitude autour de vous, le danger de la satiété.

— Il est vrai, dit Karol accablé de cette pensée, peut-être déjà le pressens-tu avec raison, de sa part. Oh! oui, j'ai été souffrant et morose ces jours-ci. Elle a dû être lasse et ennuyée de moi. Elle te l'a dit?

— Non, elle ne me l'a pas dit, elle ne l'a point pensé, et je ne crois pas qu'elle se lasse la première. C'est pour toi, bien plus que pour elle, que je crains la fatigue de l'âme.

— Pour moi, pour moi, dis-tu?

— Oui, je sais que tu es un être d'exception, je sais ta persévérance à aimer une femme que tu n'avais point connue!... (qu'il me soit permis de le dire à présent). Je sais aussi de quelle manière exclusive et admirable tu as aimé ta mère. Mais tout cela n'était pas de l'amour. L'amour s'use, et le tien, sachant moins que tout autre supporter les atteintes de la réalité, s'usera vite.

— Tu mens! s'écria Karol avec un sourire d'exaltation à la fois superbe et naïve.

— Mon enfant, je t'admire, mais je te plains, reprit Salvator. Le présent est radieux, mais l'avenir est voilé.

— Fais-moi grâce de lieux communs!

— Fais-moi la grâce d'en écouter un seul. Ta noble famille, tes anciens amis, ce grand monde très restreint, mais d'autant plus choisi et sévère, que tu as eu jusqu'ici pour milieu, pour air vital, si je puis parler ainsi, quel rôle vas-tu y jouer?

— J'y renonce pour jamais! J'y ai songé, à cela, Salvator! Et cette considération a pesé moins qu'une paille dans la balance de mon amour.

— Très bien; quand tu retourneras à tes grands parens, ils t'absoudront, à coup sûr; mais il ne diront pas moins qu'il est indigne de toi d'avoir été l'amant d'une comédienne, si longtemps et si sérieusement. Ils te pardonneraient plus aisément, ces vertueux amis, d'avoir eu cent caprices de ce genre qu'une passion.

— Je ne te crois point; mais s'il en était ainsi, raison de plus pour que je rompe sans regret avec ma famille et toutes nos anciennes relations!

— A la bonne heure, ce sont gens admirables mais fort ennuyeux que les grands parens, et il y a long-temps que je laisse gronder les miens sans les interrompre. Si tu veux être mauvaise tête, aussi.... c'est fort inattendu, fort plaisant, mais, vive Dieu! je m'en réjouis! Cependant, cher Karol, il y a une autre famille à laquelle tu ne penses pas, c'est celle de la Floriani, et tu l'as pour témoin de vos amours.

— Ah! tu touches enfin le point douloureux, s'écria le prince frissonnant comme à la morsure d'un serpent. Son père, oui! ce misérable, qui nous prend pour des histrions mourant de faim et recevant ici l'aumône du logement et de la nourriture! C'est hideux, et j'ai failli partir en entendant cela!

— Le père Menapace nous fait cet honneur? répondit Salvator en éclatant de rire... Mais, voyant combien Karol prenait au sérieux ce ridicule incident, il essaya de le calmer.

— Si tu avais raconté à la Lucrezia cette bouffonne aventure, lui dit-il, elle t'eût répondu de manière à t'en consoler, et voici ce que cette brave femme t'aurait dit : « Mon enfant, je n'ai jamais eu que des amans dans la détresse, tant j'avais frayeur de passer pour une fille entretenue. Vous avez des millions, on peut croire que vous me rendez de grands services, et je vous aime tant que je n'y ai pas songé ou que je m'en moque; oubliez donc les billevesées de mon père et de Biffi, comme j'oublie pour vous le monde entier. » Tu vois donc bien, Karol, que tu lui dois de n'être pas si chatouilleux à l'endroit de l'opinion. Mais parlons de ses enfans, mon ami, y as-tu songé ?

— Est-ce que je ne les aime pas? s'écria le prince. Est-ce que je voudrais les éloigner d'elle un seul instant?

— Mais est-ce qu'ils ne grandiront pas? Est-ce qu'ils ne comprendront jamais? Je sais bien qu'ils sont tous enfans naturels, qu'ils ne se souviennent pas de leurs pères et qu'ils sont encore dans cet âge heureux où ils peuvent se persuader qu'une mère suffit pour qu'on vienne au monde. Comment elle sortira un jour de cet embarras vis-à-vis d'eux, et ce qui se passera de sublime ou de déplorable dans le sein de cette famille, cela ne nous regarde ni l'un ni l'autre. J'ai foi aux merveilleux instincts de la Floriani pour s'en tirer avec honneur. Mais ce n'est pas une raison pour que tu compliques sa situation par ta présence continuelle. Tu ne sauras ou tu ne voudras jamais mentir. Comment cela pourra-t-il s'arranger? »

Karol, qui ne connaissait pas l'expression des paroles lorsqu'il était au comble du chagrin, cacha son visage dans ses mains et ne répondit pas. Il avait déjà pressenti cet affreux problème, depuis le jour où les enfans de la Floriani, le faisant souffrir de leurs rires et de leurs cris, la vision de l'avenir avait passé vaguement devant ses yeux. L'idée de devenir un jour l'ennemi naturel et le fléau involontaire de ces enfans adorés, s'était liée naturellement au premier instant d'ennui et de déplaisir qu'ils lui avaient causé.

— Tu déchires les entrailles de la vérité, dit-il enfin à son ami, et tu me les jettes toutes sanglantes à la figure. Tu veux donc que je renonce à mon amour, et que je meure? Tue-moi donc tout de suite. Partons!

CHAPITRE IX.

Salvator fut étonné de la violence du sentiment qui dominait encore Karol. Il était loin de prévoir que cette violence, au lieu de diminuer, irait toujours en grandissant avec la souffrance; Salvator cherchait le bonheur dans l'amour, et quand il ne l'y trouvait plus, son amour s'en allait tout doucement. En cela, il était comme tout le monde. Mais Karol aimait pour aimer; aucune souffrance ne pouvait le rebuter. Il entrait dans une nouvelle phase, dans celle de la douleur, après avoir épuisé celle de l'ivresse. Mais la phase du refroidissement ne devait jamais arriver pour lui. C'eût été celle de l'agonie physique, car son amour était devenu sa vie, et, délicieuse ou amère, il ne dépendait pas de lui de s'y soustraire un seul instant.

Salvator, qui connaissait si bien son caractère, mais qui n'en comprenait pas le fond, se persuada que la réalisation de sa prophétie ne serait qu'une affaire de temps.

— Mon ami, lui dit-il, tu ne me comprends pas, ou plutôt tu penses à autre chose qu'à ce dont nous parlons. A Dieu ne plaise que je veuille t'arracher aux premiers moment d'une ivresse qui n'est point à la veille de s'épuiser! Mon avis, au contraire, c'est que tu ne te défendes pas d'être heureux et que tu te laisses aller entièrement, pour la première fois, aux doux caprices de la destinée. Mais ce que j'ai à te dire, ensuite, c'est qu'il ne faut pas s'obstiner à violer le bonheur quand il se retire. Un jour viendra, tôt ou tard, où quelque défaillance de lumière se fera remarquer dans l'astre qui te verse aujourd'hui ses feux. C'est alors qu'il ne faudra pas attendre le dégoût et l'ennui pour quitter ton amie. Il faudra fuir résolument... pour revenir, entends-moi bien, quand tu sentiras de nouveau le besoin de rallumer le flambeau de ta vie à la sienne. J'admets, tu le vois, que ta constance doive être éternelle. Raison de plus pour rendre léger le joug qui vous lie, en évitant l'accablement d'un tête-à-tête perpétuel et absolu. Tout ce qui te choque déjà ici disparaîtra à distance, et quand tu reviendras l'affronter, tu verras que les montagnes sont des grains de sable. Tous les dangers réels d'une situation dont tu viens de te rendre compte, s'évanouiront quand tu ne seras plus l'hôte unique et exclusif de la famille. Les enfans n'auront pas de reproche à te faire, car si l'entourage soupçonne une préférence de leur mère pour toi, il ne pourra la constater. Vous n'aurez plus l'air de braver l'opinion, mais d'entretenir une noble et durable amitié par de fréquentes relations. Tu pourrais n'être que l'ami et le frère de la Floriani, comme moi, par exemple, qu'il serait encore coupable et dangereux de fixer sans retour ta vie auprès d'elle. A plus juste raison, étant réellement son amant, dois-tu à sa dignité et à la tienne de voiler un peu cette passion aux yeux d'autrui. Tu trouves peut-être que je prends grand soin de la réputation d'une femme qui n'en a pris aucun jusqu'à présent. Mais ce n'est pas toi qui douterais de la sincérité avec laquelle elle avait résolu de se réhabiliter d'avance pour l'honneur futur de ses filles, en quittant le monde et en rompant tous les liens antérieurs. Ce n'est pas toi qui voudrais lui faire perdre le prix du sacrifice qu'elle venait de consommer, des bonnes résolutions dont elle se trouvait déjà si heureuse, et l'empêcher d'être, avant tout, une vertueuse mère de famille, comme elle s'en piquait très sérieusement, le jour où nous avons frappé à sa porte. Cette porte était fermée, souviens-toi! J'aurais éternellement sur la conscience d'avoir forcé la consigne et de t'avoir presque jeté ensuite dans les bras de cette pauvre femme confiante et généreuse, si, un jour, elle venait à maudire l'heure fatale où j'ai détruit son repos et fait échouer ses rêves de calme et de sagesse!

— Tu as raison! s'écria le prince en se jetant dans les bras de son ami, et voilà le langage qu'il aurait fallu me parler tout d'abord. De toutes les choses réelles, il n'en est qu'une seule que je puisse comprendre : c'est le respect que je dois à l'objet de mon amour, c'est le soin que je dois prendre de son honneur, de son repos, de son bonheur domestique. Ah! si pour lui prouver mon dévoûment aveugle et mon idolatrie, il faut que je la quitte dès à présent, me voilà prêt. Sans doute, c'est elle qui t'a chargé de me suggérer ces réflexions que tu viens de me faire faire. Voyant que je ne songeais à rien, que je m'endormais dans les délices, elle s'est dit qu'il fallait me réveiller. Elle a bien fait. Va lui demander pardon pour mon imprévoyant égoïsme, qu'elle fixe elle-même la durée de mon absence, le jour de mon départ... et ne lui laisse pas oublier de fixer aussi celui de mon retour.

— Cher enfant, reprit Salvator en souriant, ce serait faire injure à la Floriani que de la croire plus raisonnable et plus prudente que toi. C'est de moi-même et à son insu que je t'ai parlé comme je viens de le faire, au risque de te briser le cœur. Si j'en avais demandé la permission à Lucrezia, elle me l'aurait refusée, car une amante comme elle a toutes les faiblesses d'une mère, et quand nous parlerons de départ, bien loin qu'elle nous approuve, nous aurons une lutte à soutenir. Mais nous lui parlerons de ses enfans, et elle cédera à son tour. Elle comprendra qu'un amant ne doit pas se conduire comme un mari, et s'installer chez elle comme le gardien d'une forteresse!

— Un mari! dit Karol en se rasseyant et en regardant fixement Salvator... Si elle se mariait!

— Oh ! pour cela, sois tranquille, il n'y a pas de danger qu'elle te fasse ce genre d'infidélité, répondit Salvator étonné de l'effet que ce mot, prononcé au hasard, avait produit sur le prince.

— Tu as dit un mari! reprit Karol s'acharnant à cette pensée soudaine : un mari serait la réhabilitation de sa vie entière. Au lieu d'être l'ennemi et le fléau de ses enfans, s'il était riche et digne, il deviendrait leur appui naturel, leur meilleur ami, leur père adoptif. Il accepterait là un noble devoir ; et comme il en serait récompensé ! Il ne la quitterait jamais, cette femme adorée ; il serait un rempart entre elle et le monde, il repousserait la calomnie comme la diffamation, il pourrait veiller sur son trésor, et ne pas distraire un seul jour de son bonheur pour de cruelles et importunes convenances de position. Etre son mari ! oui, tu as raison ! Sans toi, je n'y aurais jamais songé. Vois si je ne suis pas frappé d'une sorte d'idiotisme en tout ce qui tient à la conduite de la vie sociale ! Mais j'ouvre les yeux : l'amour et l'amitié m'auront rendu le service de faire de moi un homme, au lieu d'un enfant et d'un fou que j'étais. Oui, oui, Salvator, être son mari, voilà la solution du problème ! Avec ce titre sacré, je ne la quitterai plus, et je la servirai au lieu de lui nuire.

— Eh bien ! voilà une heureuse idée ! s'écria Salvator ; j'en suis étourdi, je tombe des nues ! Songes-tu à ce que tu dis, Karol ? toi, épouser la Floriani !

— Ce doute m'offense, fais-moi grâce de tes étonnemens. J'y suis résolu ; viens avec moi plaider ma cause et obtenir son consentement.

— Jamais ! répondit Salvator ; à moins que dans dix ans d'ici, jour pour jour, tu ne viennes me faire la même demande. O Karol ! je ne te connaissais pas encore, malgré tant de jours passés dans ton intimité ! Toi qui te défendais de vivre par excès d'austérité, de méfiance et de fierté, voilà que tu te jettes dans un excès contraire et que tu prends la vie corps à corps comme un forcené ! Moi, qui ai subi tant de sermons et de remontrances de ta part, voilà qu'il me faut jouer le rôle de Mentor pour te préserver de toi-même !

Salvator énuméra alors à son ami toutes les impossibilités d'une semblable union. Il lui parla fortement et naïvement. Il confessa que la Floriani était digne par elle-même de tant d'amour et de dévoûment, et que, quant à lui, s'il avait dix ans de plus et qu'il pût se résoudre à l'enchaînement du mariage, il la préférerait à toutes les duchesses de la terre. Mais il démontra au jeune prince que cet accord des goûts, des opinions, des caractères et des tendances, qui sont le fonds du calme conjugal, ne pouvait jamais s'établir entre un homme de son âge, de son rang et de sa nature, et la fille d'un paysan, devenue comédienne, plus âgée que lui de six ans, mère de famille, démocrate dans ses instincts et ses souvenirs, etc., etc. Il n'est pas même nécessaire de rappeler au lecteur tout ce que Salvator dut dire sur ce sujet. Mais l'influence qu'il avait prise sur son ami durant la première partie de cet entretien, échoua complètement devant son obstination. Karol avait compris de la vie tout ce qu'il en pouvait comprendre, le dévoûment absolu. Tout ce qui était d'intérêt personnel et de prudence bien entendue pour sa propre existence, était lettre close pour lui.

Pardonne-lui, lecteur, ses puérilités, ses jalousies et ses caprices. Ceci n'en était plus un de sa part, et c'est dans de telles occasions que la grandeur et la force de son âme rachetaient le détail. Plus Salvator lui démontrait les inconvéniens de son projet, plus il le lui faisait aimer. S'il eût pu assimiler ce mariage à un martyre incessant, où Karol devait subir tous les genres de torture au profit de la Floriani et de ses enfans, Karol l'eût remercié de lui faire le tableau d'une vie si conforme à son ambition et à son besoin de sacrifice. Il l'eût accompli avec transport, ce sacrifice. Il eût pu encore faire un crime à Lucrezia de prononcer devant lui un nom qui sonnait mal à son oreille, de laisser Salvator lui embrasser les genoux, de menacer son enfant du fouet, ou de trop caresser son chien, mais il n'eût jamais songé à lui reprocher d'avoir accepté l'immolation de toute sa vie.

Heureusement... ai-je raison de dire heureusement ?... n'importe ! la Floriani, en recevant cette offre inattendue, fit triompher par son refus tous les argumens du comte Albani. Elle fut attendrie jusqu'aux larmes de l'amour du prince, mais elle n'en fut pas étonnée, et Karol lui sut gré d'y avoir compté. Quant à son consentement, elle lui répondit que, quand même il irait de la vie de ses enfans, elle ne le donnerait point.

Telle fut la conclusion d'un combat de délicatesse et de générosité qui dura plus de huit jours à la villa Floriani. L'idée de ce mariage blessait l'invincible fierté de Lucrezia ; peut-être, dans l'intérêt même de ses enfans, avait-elle tort. Mais cette résistance était conforme au genre d'orgueil qui l'avait faite si grande, si bonne et si malheureuse. Une seule fois dans sa vie, à quinze ans, elle avait jugé tout naturel d'accepter l'offre naïve d'un mariage disproportionné en apparence. Ranieri n'était pourtant ni noble ni très riche, et la fille de Menapace, dans ce temps-là, apportait en dot son innocence et sa beauté dans toute leur splendeur. Mais il n'avait pu lui tenir parole, et la Floriani elle-même l'en avait vite dégagé, en prenant une idée juste de la société, et en voyant combien son amant eût été condamné à souffrir pour elle de la malédiction d'un père et des persécutions d'une famille. Depuis, elle avait fait le serment, non de renoncer au mariage, mais de ne jamais épouser qu'un homme de sa condition et pour qui cette union serait un honneur et non une honte.

Elle sentait cela si profondément, que rien ne put l'ébranler, et que la persistance du prince l'affligea beaucoup. Ce que toute autre femme à sa place eût pris pour un hommage enivrant, lui semblait presque une prétention humiliante, et si elle n'eût connu l'ignorance de Karol sur tous les calculs vrais de l'existence sociale, elle lui eût su mauvais gré d'espérer la fléchir.

Depuis qu'elle était mère de quatre enfans et qu'elle avait expérimenté les accès de jalousie rétroactive que la vue de cette famille causait à ses amans, elle avait résolu de ne jamais se marier. Elle ne craignait encore rien de semblable de la part de Karol, elle ne prévoyait pas sitôt qu'il subirait, à cet égard, les mêmes tortures que les autres ; mais elle se disait qu'elle serait forcée de faire à la position et aux intérêts d'un époux quelconque des sacrifices qui retomberaient sur son intimité avec ses enfans ; que cet époux aurait infailliblement à rougir devant le monde de les produire et de les patroner ; qu'enfin Karol perdrait sa considération et son titre d'homme sérieux dans l'opinion cruelle et froide des hommes, en acceptant toutes les conséquences de son dévoûment romanesque.

Elle n'eut donc aucun besoin de s'appuyer sur le sentiment du comte Albani, pour rester inébranlable. Karol eut une patience enchanteresse tant qu'il espéra la persuader. Mais la Floriani voyant qu'en invoquant toujours la considération du prince et les sentimens de sa noble famille, elle risquait d'agir, en apparence, comme ces femmes qui opposent une résistance hypocrite pour mieux enlacer leur proie, coupa court à ses instances par un refus net et un peu brusque. Elle avait aussi une peur affreuse de se laisser attendrir ; car, en n'écoutant que son dévoûment maternel du moment, elle eût cédé à ses prières et à ses larmes. Elle fut donc forcée de feindre un peu et de proclamer une sorte de haine systématique pour le mariage, quoiqu'elle n'eût jamais songé à faire le procès de l'hyménée en général.

Lorsque le prince se fut en vain convaincu de l'inutilité de ses instances, il tomba dans une affliction profonde. Aux larmes tendrement essuyées par la Floriani, succéda un besoin de rêver, d'être seul, de se perdre en conjectures sur cette vie réelle dans laquelle il avait voulu entrer, et où il ne pouvait réussir à voir clair. Alors revinrent les fantômes de l'imagination, les soupçons d'un esprit qui ne pouvait apprécier aucun fait matériel à sa juste valeur, la jalousie, tourment inévitable d'un amour dominateur trompé dans ses espérances de possession absolue.

Il s'imagina que Salvator avait concerté avec Lucrezia tout ce qu'il lui avait dit d'inspiration et tout ce qui s'était passé naturellement et spontanément entre eux dans ces longs entretiens où son âme s'était épuisée. Il crut que Salvator n'avait pas renoncé à être à son tour l'amant de Lucrezia, et que, le traitant comme un enfant gâté, il lui avait permis de passer avant lui, pour réclamer ses droits en secret aussitôt qu'il le verrait rassasié. C'était pour cela, pensait-il, qu'il l'avait tant exhorté à s'éloigner de temps en temps, afin de ne pas laisser devenir trop sérieux l'amour de Lucrezia et de pouvoir se faire écouter d'elle dans quelque intervalle.

Ou bien, supposition plus gratuite et plus folle encore! Karol se disait que Salvator avait eu avant lui la pensée d'épouser Lucrezia et que, d'un commun accord, elle et lui, liés d'une amitié conforme à leur caractère, s'étaient promis de s'unir quelque jour, quand ils auraient joui encore un certain temps de leur mutuelle liberté. Karol reconnaissait bien que l'amour de Lucrezia pour lui avait été naïf et spontané, mais il redoutait de le voir cesser aussi vite qu'il s'était allumé, et, comme tous les hommes en pareil cas, il s'alarmait de cet entraînement qu'il avait tant admiré et tant béni.

Et puis, quand la conscience intime de ce malheureux amant justifiait sa maîtresse auprès des chimères de son cerveau malade, il se disait que la Floriani avait en lui, pour la première fois de sa vie, un amant digne d'elle et qu'elle s'y attacherait naturellement pour toujours, si des artifices étrangers et des suggestions funestes ne venaient pas l'en détourner. Alors il songeait au comte Albani et il l'accusait de vouloir séduire Lucrezia par les raisonnemens d'une philosophie épicurienne et par la fascination impudique de ses désirs mal étouffés. Il incriminait le moindre mot, le moindre regard. Salvator était infâme, Lucrezia était faible et abandonnée.

Puis il pleurait, quand ces deux amis, qui ne parlaient ensemble que de lui et ne vivaient que de sollicitude et de tendresse pour lui, venaient l'arracher à ses méditations solitaires et l'accabler de caresses franches et de doux reproches. Il pleurait dans les bras de Salvator, il pleurait aux pieds de Lucrezia. Il n'avouait pas sa folie et, l'instant d'après, il en était plus que jamais possédé.

CHAPITRE X.

— Elle ne m'aime pas, elle ne m'a jamais aimé, disait-il à Salvator dans les momens où son amitié pour lui redevenait lucide. Elle ne comprend même pas l'amour, cette âme si forte et si froide, quand elle invoque, pour me dégoûter de l'épouser, des considérations à moi personnelles! Elle ne sait donc pas que rien n'atteint la joie d'un cœur rempli d'amour, quand il a tout sacrifié à la possession de ce qu'il aime? Que parle-t-elle de me conserver ma liberté? Je comprends bien que c'est elle qui craint de perdre la sienne. Mais que signifie le mot de liberté dans l'amour? Peut-on en concevoir une autre que celle de s'appartenir l'un à l'autre sans aucun obstacle? Si c'est, au contraire, une porte laissée ouverte au refroidissement et aux distractions, c'est à dire à l'infidélité, il n'y a pas, il n'y a jamais eu d'amour dans le cœur qui se défend ainsi!

Salvator essayait de justifier la Floriani de ces cruels soupçons, mais c'était en vain, Karol était trop malheureux pour être juste. Tantôt il venait demander à son ami des consolations et des secours contre sa propre faiblesse, tantôt il le fuyait, persuadé qu'il était le principal ennemi de son bonheur.

Cette situation devenait chaque jour plus sombre et plus douloureuse, et le comte Albani, portant de bons conseils et de bonnes paroles d'affection à ces deux amans, tour à tour, voyait pourtant la plaie s'envenimer et leur bonheur devenir un supplice. Il eût voulu couper court en enlevant Karol. C'était impossible. Sa vie, à lui, n'était point agréable dans ce conflit perpétuel, et il eût souhaité partir. Il n'osait abandonner son ami au milieu d'une pareille crise.

Lucrezia avait espéré que Karol se calmerait et s'habituerait à l'idée de n'être que son amant. En voyant sa souffrance se prolonger et s'exalter, elle fut tout à coup saisie d'une profonde lassitude. Quand une mère voit son enfant condamné à la diète par le médecin, se tourmenter, pleurer, demander des alimens avec une insistance désespérée, elle se trouble, elle hésite, elle se demande s'il faut écouter la rigueur de la science ou se confier aux instincts de la nature. Il advint que la Lucrezia procéda un peu de même à l'égard de son amant. Elle se demanda s'il ne valait pas mieux lui administrer le secours dangereux, mais souverain peut-être, de céder à sa volonté, que de le condamner, par sa prudence, à une lente agonie. Elle appela Salvator, elle lui parla, elle s'avoua presque vaincue. Elle avoua aussi que ce mariage lui paraissait sa propre perte, mais qu'elle ne pouvait tenir plus longtemps au spectacle d'une douleur comme celle de Karol, et qu'elle ne voulait point lui refuser cette preuve d'amour et de dévoûment.

Salvator se sentait presqu'aussi ébranlé qu'elle. Néanmoins il se raidit contre la compassion et lutta encore pour préserver ces deux amans de la tentation d'une irréparable folie.

Karol, qui épiait tous leurs mouvemens plus qu'ils ne pensaient, et qui devinait sans l'entendre tout ce qui se disait autour de lui, vit l'irrésolution de la Floriani et la persistance du comte. Ce dernier lui sembla jouer un rôle odieux. Il y eut des momens où il lui voua une haine profonde.

Les choses en étaient là, et Karol l'eût emporté, sans un événement qui réveilla toute la force des argumens de la Lucrezia.

Karol se promenait sur le sable du rivage au bas du parc et dans l'enceinte même de la propriété, fermée nuit et jour aux curieux. Cependant, comme l'eau était basse, par suite de la sécheresse, il y avait une langue de côte sablonneuse, mise à sec, qui permettait aux gens du dehors de pénétrer dans l'enclos, pour peu qu'ils en eussent la fantaisie. La jalousie instinctive du prince lui avait fait remarquer cette circonstance, et il avait hasardé plusieurs fois, tout haut, l'observation que quelques pieux entrelacés de branches, feraient une barrière bien vite établie, pour fermer quelques toises de grève découverte. La Floriani lui avait promis de le faire faire, mais, préoccupée de pensées bien autrement importantes, elle n'y avait pas songé. Retirée dans son boudoir avec Salvator, elle lui disait, en ce moment, qu'elle était à bout de son courage, et que voir souffrir si obstinément par sa faute l'être pour lequel elle aurait voulu donner sa vie, devenait une entreprise au dessus de ses forces.

Pendant ce temps, Karol marchait sur la grève, en proie à ses agitations accoutumées, et ne voyant des objets extérieurs que ce qui pouvait irriter son mal et aggraver ses inquiétudes. Ce passage si mal gardé l'impatientait particulièrement chaque fois qu'il approchait de la limite insuffisante.

Il ne voyait que cela, et pourtant la nature était splendide; les rayons du couchant empourpraient l'atmosphère, les rossignols chantaient, et, dans une nacelle amarrée à quelques pas du prince, la charmante Stella berçait le petit

Salvator qui jouait avec des coquillages. C'était un groupe adorable que ces deux enfans, l'un absorbé par cette mystérieuse tension de l'esprit que les enfans portent dans leurs jeux, l'autre perdu dans une rêverie non moins mystérieuse, en balançant la barque légère avec ses petits pieds et en chantant d'une voix frêle comme le bruissement de l'eau un refrain monotone et lent. Stella, en chantant ainsi sur la barque attachée à un saule, croyait faire une longue navigation sur le lac. Elle était lancée dans un poème sans fin, tout peuplé des plus riantes fictions. Salvator, en examinant, en rangeant et en dérangeant ses coquilles et ses cailloux sur la banquette qui lui servait d'appui, avait l'air sérieux et profond d'un savant qui résout une équation.

Antonia, la belle paysanne qui les surveillait, était assise à quelque distance et filait avec grâce. Karol ne voyait rien de tout cela. Il ne se doutait pas de la présence des deux enfans. Il ne voyait que Biffi, occupé à tailler des pieux, et bien lent à son gré, car la nuit allait venir, et il n'aurait pas seulement commencé à les planter dans une heure.

Tout à coup, Biffi prit ses pieux, les chargea sur son épaule, et parut vouloir les emporter vers la chaumière du pêcheur.

Le prince se fût fait un crime de jamais donner un ordre dans la maison de la Floriani, car une indiscrétion sans importance, la plus légère infraction au savoir-vivre, est un véritable crime aux yeux des gens de sa classe. Mais, en ce moment, dominé par une impatience insurmontable, il demanda à Biffi d'un ton d'autorité, pourquoi il abandonnait son ouvrage en emportant les matériaux.

Biffi était d'un naturel doux et moqueur comme ceux de son pays. Il fit d'abord la sourde oreille, pensant probablement que l'histrion jouait au prince pour le tâter. Puis, observant avec surprise l'emportement de Karol, il s'arrêta et daigna répondre que ces pieux étaient destinés au jardinet du père Menapace et qu'il allait les y installer.

— La signora ne vous a-t-elle pas ordonné, au contraire, dit Karol tout tremblant d'une inexplicable colère, de les placer ici pour fermer cette grève?

— Elle ne m'en a rien dit, répondit Biffi, et je ne vois rien à fermer ici, puisqu'à la première pluie l'eau remontera jusqu'au mur de clôture.

— Cela ne vous regarde pas, reprit Karol; ce que la signora commande, il me semble qu'il faut le faire.

— Soit! répondit Biffi, je ne demande pas mieux; mais si le père Menapace me voit employer à ceci, les pieux qu'il voulait prendre pour soutenir sa vigne, il se fâchera.

— N'importe! dit Karol tout hors de lui, vous devez obéir à la signora.

— J'en conviens, dit encore Biffi irrésolu et déchargeant à demi son fardeau; c'est bien elle qui me paie, mais c'est son père qui me gronde.

Karol insista, il voyait ou croyait voir errer au loin un homme qui côtoyait le lac, et s'arrêtait de temps en temps comme s'il eût cherché à s'orienter vers la villa Floriani. La lenteur indocile de Biffi exaspérait le prince. Il porta la main sur son épaule d'un air de commandement, et avec un regard d'indignation qui était si étranger à la douceur habituelle de sa physionomie, que Biffi eut peur et se hâta d'obéir.

— Ah! ça, seigneur prince, dit-il avec une câlinerie un peu railleuse que le prince trouva plus outrageante qu'elle ne l'était, montrez-moi la place, et commandez-moi, puisque vous savez ce qu'il faut faire; moi je n'en sais rien, on ne m'a averti de rien, je vous le jure!

Karol fit ce que de sa vie il ne s'était cru capable de faire. Il descendit à l'exécution d'une chose matérielle, au point de dessiner avec sa canne sur le sable la ligne de clôture que Biffi devait suivre, de lui indiquer la place où il fallait planter les piquets, et il le fit avec d'autant plus de justesse et d'ardeur, que, cette fois, il ne se trompait point: l'étranger qu'il avait aperçu dans le lointain, s'approchait visiblement et, marchant toujours sur la grève, se dirigeait vers lui sans hésitation.

— Hâtez-vous, dit le prince à Biffi, si vous n'avez pas le temps d'entrelacer ce soir les branches de la palissade, que vos pieux soient du moins plantés, afin que les promeneurs respectent cette indication.

— Je ferai ce que voudra Votre Excellence, répondit Biffi avec son humilité narquoise. Mais qu'elle ne s'inquiète pas, il n'y a pas de voleurs dans le pays, et jamais il n'en est entré par là.

— Allez toujours, dépêchez-vous! dit le prince en proie à une anxiété dévorante et tout à fait maladive; et il roulait dans sa main une pièce d'or, pour faire voir à Biffi qu'il serait largement récompensé.

— Votre excellence va perdre un beau sequin, dit le malin paysan en jetant un regard de convoitise sur la main tremblante et distraite de Karol.

— Maître Biffi, répondit le prince, je connais l'usage, j'ai touché par mégarde à votre serpe, je vous dois un pourboire. Il est tout prêt pour quand vous aurez fini.

— Votre excellence a trop de bontés! s'écria Biffi électrisé tout d'un coup. Oh! pardieu! pensa-t-il, c'est bien un vrai prince, je le vois maintenant; mais je n'en dirai rien au père Menapace, car il me garderait mon sequin pour m'empêcher, soi-disant, de le dépenser mal à propos!

Et il se mit à travailler avec une rapidité et une vigueur athlétique; bien résolu, si le pêcheur venait l'interrompre, de lui dire avec aplomb qu'il agissait d'après l'ordre direct de la signora.

Tous les pieux étaient plantés, lorsque l'obstiné personnage dont l'approche causait une sueur froide au prince, arriva jusqu'à cette démarcation, et s'y arrêta, les bras croisés sur sa poitrine, les yeux fixés devant lui, dans la direction du prolongement de la grève, et sans paraître cependant faire aucune attention au prince ni à Biffi.

Cette préoccupation était au moins bizarre, car il n'était séparé d'eux que par quelques piquets. Il ne semblait pourtant pas songer à franchir cette limite fraîchement marquée. C'était un homme jeune, d'une taille médiocre et d'une mise assez recherchée, sans être de trop bon goût; sa figure était admirablement belle, mais son regard fixe et son œil distrait annonçaient une espèce de fou, ou tout au moins de maniaque, à moins que ce ne fût un genre qu'il jugeait à propos de se donner.

Le prince, révolté d'abord de son audace, commençait à prendre de cet homme l'opinion qu'il ne savait réellement ni où il était, ni où il voulait aller, lorsque l'étranger, s'adressant à Biffi, lui dit d'une voix ronflante: « Mon ami, n'est-point là la villa Floriani? »

— Oui, Monsieur, répondit le jeune homme sans se distraire de son travail.

Le prince dardait sur l'étranger le regard du lion qui défend sa proie. L'étranger jeta sur lui un regard de curiosité à peu près indifférente et, sans s'inquiéter le moins du monde de l'expression de cette physionomie bouleversée, il se remit à contempler la grève à laquelle Karol tournait le dos.

Karol se retourna vivement, en pensant que Lucrezia s'avançait peut-être de ce côté, et que c'était son approche qui fascinait ainsi le voyageur; mais il ne vit sur la grève que les enfans et leur bonne.

En ce moment, Stella sortait de la barque, et, soulevant son petit frère dans ses bras, elle lui disait: « Allons, Salvator, laissez-vous aider, Monsieur! ou bien vous tomberez dans l'eau. »

A l'idée que l'enfant pouvait tomber dans l'eau avant que la bonne l'eût rejoint, Karol, dont l'esprit douloureux était toujours aux aguets de quelque malheur, oublia l'étranger et courut vers la barque pour aider Stella; mais les deux enfans étaient déjà en sûreté sur le sable, et Karol, entendant marcher sur ses talons, se retourna et vit l'étranger derrière lui.

Il avait, sans façon, franchi la ligne fatale, et, sans daigner regarder le prince, il passa près de lui, fit un bond rapide vers les enfans et prit le petit Salvator dans ses bras comme s'il eût voulu l'enlever.

Par un mouvement spontané, le prince Karol et Antonia s'élancèrent sur l'étranger. Karol le saisit par le bras avec une vigueur dont l'indignation décuplait la portée naturelle, et Biffi, armé de sa serpe, approcha de manière à prêter main-forte au besoin contre l'étranger.

Celui-ci ne leur répondit que par un sourire de dédain; mais Stella fut la seule qui ne montra aucune terreur :

— Vous êtes fous ! s'écria-t-elle en riant. Je connais fort bien ce monsieur, il ne veut faire aucun mal à Salvator, car il l'aime beaucoup. Je vais avertir maman que vous êtes là, ajouta-t-elle en s'adressant au voyageur.

— Non, mon enfant, répondit ce dernier, c'est fort inutile. Salvator ne me reconnaît pas, et je fais peur ici à tout le monde. On croit que je veux l'enlever. Tiens, ajouta-t-il en lui rendant son jeune frère, ne te dérange pas. Je ne désire qu'une chose, c'est de vous regarder encore un instant, et puis je m'en irai.

— Maman ne vous laissera pas partir sans vous dire bonjour, reprit la petite.

— Non, non, je n'ai pas le temps de m'arrêter, dit l'étranger visiblement troublé ; tu diras à ta mère que je la salue... Elle se porte bien, ta mère ?

— Très bien, elle est à la maison. N'est-ce pas que Salvator a beaucoup grandi ?

— Et embelli ! répondit l'étranger. C'est un ange ! Ah ! s'il voulait me laisser l'embrasser !... Mais il a peur de moi, et je ne veux pas le faire pleurer.

— Salvator, dit la petite, embrassez donc monsieur. C'est votre bon ami, que vous avez oublié ! allons, mettez vos petits bras à son cou. Vous aurez du bonheur, et je dirai à maman que vous avez été très aimable.

L'enfant céda, et après avoir embrassé l'étranger, il redemanda ses coquillages et ses cailloux et se remit à jouer sur le sable.

L'étranger s'était appuyé contre la nacelle; il regardait l'enfant avec des yeux pleins de larmes. Le prince, la bonne et Biffi, qui le surveillaient attentivement, semblaient invisibles pour lui.

Cependant, au bout de quelques instans, il parut remarquer leur présence et sourit de l'anxiété qui se peignait encore sur leurs figures. Celle de Karol attira surtout son attention, et il fit un mouvement pour se rapprocher de lui.

—Monsieur, lui dit-il, n'est-ce point au prince de Roswald que j'ai l'honneur de parler?

Et, sur un signe affirmatif du prince, il ajouta : « Vous commandez ici, et moi, je ne connais dans cette maison, probablement que les enfans et leur mère, ayez l'obligeance de dire à ces braves serviteurs de s'éloigner un peu afin que j'aie l'honneur de vous dire quelques mots. »

— Monsieur, répondit le prince en l'emmenant à quelques pas de là, il me paraît plus simple de nous éloigner nous-mêmes ; car je ne commande point ici, comme vous le prétendez, et je n'ai que les droits d'un ami. Mais ils suffisent pour que je regarde comme un devoir de vous faire une observation. Vous n'êtes pas entré ici régulièrement, et vous n'y pouvez rester davantage sans l'autorisation de la maîtresse du logis. Vous avez franchi une palissade, non achevée, il est vrai, mais que la bienséance vous commandait de respecter. Veuillez vous retirer par où vous êtes venu et vous présenter sous votre nom à la grille du parc. Si la signora Floriani juge à propos de vous recevoir, vous ne risquerez plus de rencontrer chez elle des personnes disposées à vous en faire sortir.

— Epargnez-vous le rôle que vous jouez, Monsieur, répondit l'étranger avec hauteur ; il est ridicule : et, voyant étinceler les yeux du prince, il ajouta avec une douceur railleuse : « Ce rôle serait indigne d'un homme généreux comme vous, si vous saviez qui je suis; écoutez-moi, vous allez vous en convaincre par vous-même. »

CHAPITRE XI.

— Je m'appelle, poursuivit l'étranger en baissant la voix, Onorio Vandoni, et je suis le père de ce bel enfant dont vous voilà désormais constitué le gardien. Mais vous n'avez pas le droit de m'empêcher d'embrasser mon fils, et vous le réclameriez en vain, ce droit que je vous refuserais par la force, si la persuasion ne suffisait point. Vous pensez bien que, lorsque la signora Floriani a cru devoir rompre les liens qui nous unissaient, il m'eût été facile de réclamer, ou du moins de lui contester la possession de mon enfant. Mais à Dieu ne plaise que j'aie voulu le priver, dans un âge aussi tendre, des soins d'une femme dont le dévoûment maternel est incomparable ! Je me suis soumis en silence à l'arrêt qui me séparait de lui, je n'ai consulté que son intérêt et le soin de son bonheur. Mais ne pensez pas que j'aie consenti à le perdre à jamais de vue. De loin comme de près je l'ai toujours surveillé, je le surveillerai toujours. Tant qu'il vivra avec sa mère, je sais qu'il sera heureux. Mais s'il la perdait, ou si quelque circonstance imprévue engageait la signora à se séparer de lui, je reparaîtrais avec le zèle et l'autorité de mon rôle de père ; nous n'en sommes point là. Je sais ce qui se passe ici. Le hasard et un peu d'adresse de ma part m'ont appris que vous étiez l'heureux amant de la Lucrezia. Je vous plains de votre bonheur, Monsieur ! car elle n'est point une femme qu'on puisse aimer à demi, et qu'on puisse se consoler de perdre !... Mais ce n'est point de cela qu'il s'agit. Il ne s'agit que de l'enfant.... Je sais que je n'ai plus le droit de parler de la mère. Je me suis donc assuré de vos bons sentimens pour lui, de la douceur et de la dignité de votre caractère. Je sais..... ceci va vous étonner, car vous croyez vos secrets bien enfermés dans cette retraite, que vous gardez avec jalousie, et que vous étiez en train de palissader vous-même, quand j'ai osé enjamber vos fortifications ! Eh bien ! apprenez qu'il n'est point de secrets de famille qui échappent à l'observation des valets.... Je sais que vous voulez épouser Lucrezia Floriani, et que Lucrezia Floriani n'accepte pas encore votre dévoûment. Je sais que vous auriez servi volontiers de père à ses enfans. Je vous en remercie pour mon compte, mais je vous aurais délivré de ce soin en ce qui concerne mon fils, et si la signora venait à se laisser fléchir par vos instances, vous pouvez compter toujours sur trois enfans et non sur quatre.

Ce que je vous dis ici, Monsieur, ce n'est point pour que vous le répétiez à Lucrezia. Cela ressemblerait à une menace de ma part, à une lâche tentative pour m'opposer au succès de votre entreprise. Mais si j'évite ses regards, si je ne vais pas chercher le douloureux et dangereux plaisir de la voir, je ne veux pas que vous vous mépreniez sur les motifs de ma prudence. Il est bon, au contraire, que vous les connaissiez. Vous voyez qu'en dépit de vos retranchemens il m'était bien facile de pénétrer ici, de voir mon fils et même de l'enlever. Si j'y étais venu avec une pareille résolution, j'y aurais mis plus d'audace ou plus d'habileté. Je ne comptais pas avoir le plaisir de causer avec vous en approchant de cette maison et en me laissant fasciner par la vue de mon enfant... que j'ai reconnu... ah ! presque d'une lieue de distance, et lorqu'il ne m'apparaissait que comme un point noir sur la grève ! Cher enfant !.. Je ne dirai pas « *Pauvre enfant* ! il est heureux, il est aimé... Mais je m'en vais en me disant : Pauvre père ! pourquoi n'as-tu pas pu être aimé aussi ?... Adieu, Monsieur ! je suis charmé d'avoir fait connaissance avec vous et je vous laisse le soin de raconter comme il vous conviendra cette bizarre entrevue. Je ne l'ai point provoquée, je ne la regrette pas. Je ne sens point de haine contre vous; j'aime à croire que vous méritez mieux votre félicité que je n'ai mérité, mon infortune. La destinée est une femme capricieuse qu'on maudit parfois, mais qu'on invoque toujours! »

Vandoni parla encore quelque temps avec plus de facilité que de suite et avec plus de franchise que de chaleur. Cependant, lorsqu'il eut embrassé son fils une dernière fois, sans rien dire, il parut profondément ému.

Mais, tout aussitôt, il salua le prince avec l'aplomb obséquieux et railleur du comédien, et il s'éloigna, sans se retourner, jusqu'à la palissade où Biffi s'était remis à travailler. Là il s'arrêta encore assez long-temps pour regarder l'enfant, puis enfin il salua de nouveau le prince et se remit en marche.

Outre l'émotion fâcheuse et le désagrément insupportable d'une pareille rencontre, la figure, la voix, la tournure et le discours de cet homme, quoiqu'annonçant une grande bonté et une grande loyauté naturelles, n'excitèrent chez Karol qu'une antipathie prononcée. Vandoni était beau, assez instruit, et d'une honnêteté à toute épreuve: mais tout, en lui, sentait le théâtre, et il fallait l'habitude que la Floriani avait de fréquenter des comédiens beaucoup plus affectés et plus ampoulés, pour qu'elle ne se fût jamais aperçue de ce qui choquait tant le prince à la première vue, à savoir cette affectation de solennité, qui trahissait l'étude à chaque pas, à chaque mot. Vandoni était un mélange d'emphase et de naïveté assez difficile à définir. La nature l'avait fait ce qu'il voulait paraître; mais, ainsi qu'il arrive aux artistes secondaires, l'art lui était devenu une seconde nature. Il était sincèrement généreux et délicat, mais il ne pouvait plus se contenter de l'être par le fait; il avait besoin de le dire et de confier ses sentimens comme il récitait un monologue sur la scène. Tandis que les comédiens de premier ordre portent leur âme dans leur rôle, ceux qui n'ont qu'une médiocre inspiration ramènent leur rôle dans la vie privée et le jouent sans en avoir conscience, à tous les instans du jour.

En raison de cette infirmité, le bon Vandoni avait l'extérieur moins sérieux que ses sentimens, et il ôtait à ses paroles le poids qu'elles eussent eu par elles-mêmes, s'il ne les eût débitées avec un soin trop consciencieux. Tandis que les inflexions justes et la prononciation nette de la Floriani partaient d'elle-même et d'elle seule, la prononciation nette et les inflexions justes de Vandoni sentaient la leçon du professeur. Il en était de même de sa démarche, de son geste et de l'expression de sa physionomie. Tout cela sentait le miroir. Il est bien vrai que l'étude avait passé dans son être et dans son sang, et qu'il disait d'abondance ce qu'en d'autres temps il s'était péniblement étudié à bien dire. Mais la convention première de son débit et de son attitude reparaissait toujours, et tandis que le bon goût de la causerie est d'atténuer dans la forme ce qu'on peut apporter de force dans le fond, son bon goût, à lui, consistait à tout faire ressortir et à ne rien laisser dans l'ombre.

Ainsi, en parlant de son amour paternel, il fit sentir trop l'attendrissement; en revendiquant ses droits de père, et en parlant avec générosité à son rival, il se posa trop en héros de drame; en voulant paraître résigné à l'infidélité de sa maîtresse, il força trop l'intention et prit presque un air de roué qui était bien au dessus de son courage. Joignez à tout cela une gêne secrète dont les artistes médiocres ne se débarrassent jamais moins que lorsqu'ils cherchent l'aisance, et vous vous expliquerez ce sourire incertain que Karol prit pour le comble de l'impertinence, ce regard parfois troublé qu'il attribua à l'hébêtement de la débauche, enfin, ces gestes arrondis qu'il fut tenté de souffleter.

Pourtant, cette impression personnelle du prince Karol en contact avec le comédien Vandoni, était toute relative. Leurs défauts à tous deux étaient si opposés, qu'à les voir ensemble, il eût fallu condamner tour à tour deux caractères qu'on eût acceptés isolément. Le prince péchait par excès de réserve, et, à force de haïr tout ce qui, dans la forme, pouvait être taxé de la plus légère exagération, il avait, par moment, une raideur glaciale, un peu désobligeante. Vandoni, au contraire, ne voulait passer devant personne sans lui laisser une certaine opinion de son mérite. Ses yeux ne cherchaient pas comme ceux du prince à éviter l'insulte d'un regard curieux, ils cherchaient ce regard et l'interrogeaient pour juger de l'effet produit. Quand l'effet lui paraissait manqué, il s'obstinait, afin d'en trouver un meilleur; mais comme il n'avait pas cette vivacité d'esprit qu'ont les grands comédiens, les grands avocats, et les grands causeurs pour faire naître l'occasion de se manifester et de se développer, il restait souvent à côté de son effet.

Il n'était pourtant rien de tout ce que le prince voulut supposer, d'après sa manière d'être. Il n'était ni borné, ni hâbleur, ni débauché, ni insolent. C'était plutôt une nature bienveillante, quoique assez personnelle, sincère quoique un peu vaine, sobre et douce, bien que portée, dans l'occasion, à se targuer du contraire. Il avait eu le malheur d'aspirer toujours à plus de célébrité qu'il n'en pouvait avoir. Sa passion était de jouer les premiers rôles, il n'y était jamais parvenu. Alors, voulant faire valoir les emplois effacés qui lui étaient confiés, il avait joué trop en conscience les rôles de père noble, de druide, de confident ou de capitaine des gardes. C'est un grand tort que de vouloir attirer trop l'attention sur les parties d'un ouvrage dramatique que l'auteur a placées au second plan. S'il y avait un endroit faible, voire une platitude dans son rôle, Vandoni la faisait impitoyablement ressortir, et il était tout étonné d'avoir fait siffler le poète qu'il avait cru servir de tout son zèle et de tous ses moyens.

En outre, il était petit et voulait paraître grand. Il avait une de ces belles voix de basse-taille qui ne peuvent varier leurs inflexions et que la nature a condamnées à une sonorité monotone. Il tirait vanité d'avoir un plus beau timbre que tel ou tel acteur en renom et ne se disait pas qu'une voix éraillée conduite par le génie, est plus sympathique et plus puissante qu'un vigoureux instrument obéissant à un souffle vulgaire. Ce bon Vandoni! il s'en allait, pensant avoir remis à sa place, avec beaucoup de finesse, de mesure et de dignité, l'orgueil jaloux du petit prince de Roswald; et le prince de Roswald haussait les épaules en le voyant partir, se demandant avec une profonde douleur comment la Floriani avait pu souffrir un seul jour l'intimité d'un homme si ridicule et si médiocre.

Hélas! Karol n'était pas à cet égard au bout de ses peines, car Vandoni ne se retirait pas pleinement satisfait de *son effet*. Il regrettait de n'avoir pas rencontré Lucrezia pour lui montrer un détachement philosophique ou une fierté magnanime qu'il n'avait pu feindre dans les premiers momens de leur rupture. Il regrettait d'avoir laissé à cette femme si forte l'idée qu'il ne l'était pas autant qu'elle, et tout ce qu'il y avait eu de naïf et de touchant dans ses larmes et dans sa colère, il voulait l'effacer par quelque scène de gloriole miséricordieuse qui lui paraissait d'un plus beau style.

Il ralentissait donc le pas, à mesure qu'il s'éloignait, sachant bien qu'il faut aider le hasard, et le hasard le plus aisé à prévoir aida sa petite ruse. Il était encore en vue, lorsque la Floriani descendit sur la grève.

Et que venait-elle faire sur cette grève, au lieu de rester dans son boudoir à causer avec le comte Albani? C'est qu'elle avait fini de causer, c'est qu'elle avait triomphé de la résistance de ce dernier, c'est qu'elle venait dire au prince: Vous l'emportez; je vous aime trop pour persister à vous faire souffrir. Soyez mon époux. J'expose mon amour maternel à de rudes combats, je brave l'avenir, j'étouffe le cri de ma conscience, mais je me damnerai pour vous, s'il le faut!

Mais, de même qu'on se brise les mains et la tête en courant avec transport vers une porte que l'on compte franchir et qui se trouve fermée, de même la Floriani se heurta et resta comme terrassée en rencontrant la figure froide et chagrine de son amant. Il la salua avec la courtoisie d'un respect passé à l'état de système, mais son regard semblait lui dire : « Femme, qu'y a-t-il de commun entre vous et moi? »

Jamais encore il ne s'était montré à elle aussi triste, et comme, chez les natures qui ne veulent pas se livrer, la tristesse prend l'apparence du dédain, elle fut épouvantée de l'expression de son visage. Elle regarda autour d'elle comme pour demander aux objets extérieurs la cause de cette révolution funeste. Elle vit Vandoni à distance. Elle pensait si peu à lui qu'elle ne le reconnut point; mais Stella accourut à elle pour le lui désigner. « M. Vandoni s'en va, il n'a pas voulu que je t'appelle (1); il dit qu'il n'a pas le temps de s'arrêter. Sans doute il reviendra; il a demandé comment tu te portais, il a embrassé Salvator, il a pleuré. On dirait qu'il a beaucoup de chagrin. Au reste, il a causé avec le prince, qui te racontera tout cela. Moi, je n'en sais pas davantage. »

Et l'enfant retourna jouer avec son frère.

La Lucrezia regarda alternativement le prince et Vandoni. Vandoni s'était retourné, il la voyait, mais il affectait d'être toujours absorbé par la vue de son fils. Le prince s'était détourné avec une sorte de dégoût, à l'idée que la Floriani allait rappeler son ancien amant et le lui présenter peut-être.

Elle comprit fort bien tout ce qui se passait, et ne s'étonna plus de l'angoisse de Karol. Mais elle savait, ou du moins elle croyait, que, d'un mot, elle pouvait la faire cesser, tandis que Vandoni s'en allait humilié et brisé, sans doute. Il s'en allait discrètement, sans avoir eu le temps de reconnaître et de caresser son fils. Elle imagina qu'il souffrait énormément, tandis qu'il ne souffrait réellement pas beaucoup dans ce moment-là. Il avait bien les entrailles paternelles, et quand il était seul et qu'il pensait à Salvator, il pleurait de bonne foi. Mais, en présence de son rival et de son infidèle, il avait un rôle à soutenir, et, comme il arrive aux acteurs sur la scène, le monde réel disparaissait devant l'émotion du monde fictif.

La Floriani était trop vraie, trop aimante, trop généreuse pour se rendre compte de ce qu'il éprouvait alors. Elle ne sentit qu'une immense compassion, l'horreur d'imposer le malheur et la honte à un homme qui l'avait beaucoup aimée et qu'elle s'était efforcée d'aimer aussi. Elle comprit bien que ce qu'elle allait faire irriterait profondément Karol; mais elle se dit qu'avec la réflexion, non seulement il lui pardonnerait, mais encore il approuverait son mouvement. Le cœur raisonne vite, et, quand il est poussé par la conscience, il sacrifie sans hésiter toute répugnance et tout intérêt personnel. Elle courut vers la palissade, appela Vandoni d'une voix assurée, et, quand il se fut retourné pour venir à elle, elle fit quelques pas au devant de lui, lui tendit la main et l'embrassa cordialement.

Certes, Vandoni fut touché d'un élan si généreux et si hardi. Il avait espéré trouver une petite vengeance dans la confusion de Lucrezia en présence de son nouvel amant. Il n'avait pas compté qu'elle le rappellerait; c'est pourquoi il avait été bien aise de se faire voir le plus long-temps possible pour prolonger la souffrance de son rival. Mais le cœur de la Floriani était bien au dessus de toutes ces petitesses, et l'on ne fait pas rougir une femme profondément sincère et vaillante. Vandoni oublia son rôle, et couvrit de baisers et de larmes les mains de son infidèle. Il ne jouait plus le drame, il était vaincu.

—Je ne te permets pas de nous quitter ainsi, lui dit la Lucrezia avec une fermeté calme et affectueuse. Je ne sais d'où tu viens; mais fatigué ou non, tu te reposeras ici, tu verras Salvator à ton aise. Nous causerons de lui ensemble, et nous nous quitterons cette fois plus tranquilles et meilleurs amis qu'auparavant. Tu le veux, n'est-ce pas, mon ami? Nous avons été frères. Voici le moment de le redevenir.

— Mais le prince de Roswald?... dit Vandoni en baissant la voix.

— Tu crois qu'il sera jaloux? Pas de fatuité, Vandoni! il ne le sera point. Mais tu verras qu'il n'a point entendu dire de mal de toi, ici, et que tu as droit à ses égards et à son estime.

— A sa place, je n'aurais jamais souffert qu'un ancien amant...

— Apparemment il vaut mieux que toi, mon ami! Il est plus confiant et plus généreux que tu ne l'étais à mon égard. Viens, je veux te présenter à lui.

— C'est inutile! dit Vandoni qui se sentait faible et attendri, et qui ne pouvait se résoudre à se montrer naturellement à son rival. Je me suis déjà présenté moi-même. Il a été fort poli. Mais tu veux donc absolument que j'entre chez toi? C'est insensé!

Lucrezia ne lui répondit qu'en lui montrant Salvator. Il céda, moitié par tendresse, moitié par malice.

CHAPITRE XII.

S'il n'est guère d'hommes qui puissent se résigner à voir face à face celui qui les remplace dans le cœur d'une maîtresse, sans désirer d'en tirer un peu de vengeance, il n'est guère de femmes non plus qui se hasardent sans un peu de trouble, à mettre ces deux hommes en présence.

Pourtant la Floriani n'éprouva pas le secret malaise qui accompagne de pareilles rencontres. Pourquoi l'eût-elle éprouvé, lorsque, toute sa vie, elle avait joué cartes sur table avec une franchise sans bornes? Il ne s'agissait point là de payer d'audace ou d'habileté pour ménager deux rivaux également trompés. Il y avait un amant avoué dans le présent, et un amant avoué dans le passé. Si la passion pouvait être un peu philosophe, l'amant heureux serait plein de courtoisie et de générosité pour l'amant délaissé, mais elle ne l'est pas du tout: elle voudrait accaparer le passé comme le présent et comme l'avenir. Elle s'alarme d'un souvenir, et en cela elle raisonne fort mal; car, en amour, rien n'est moins tentant que de retourner au passé, rien n'est moins dangereux que la vue d'un être qu'on a quitté volontairement et par lassitude.

Malheureusement personne ne connaissait moins le cœur humain que le prince Karol. Le sien était unique en son genre, et chaque fois qu'il voulait rapporter les pensées d'autrui aux siennes propres, il était certain qu'il devait se tromper. Il essaya de se représenter l'émotion qu'il éprouverait si la princesse Lucie venait à lui apparaître, et il s'imagina que si elle se présentait comme le spectre de Banco à la table de la Floriani, il tomberait foudroyé, non pas tant de frayeur que de remords et de regret. De là, il partit pour supposer que la Floriani ne pouvait pas revoir Vandoni en chair et en os, sans éprouver aussi le regret violent de l'avoir brisé, et le remords d'appartenir sous ses yeux à un autre.

Or, il n'y avait pas de supposition plus injuste et plus absurde que celle-là. Lucrezia revoyait tous les petits travers, tous les innocens ridicules de Vandoni, avec des yeux qu'elle ne se faisait plus conscience d'ouvrir tout grands. Elle comparait cet être dont elle n'avait jamais été très enthousiasmée, avec celui qui lui causait un enthousiasme

(1) L'auteur sait très bien que l'enfant aurait dû dire *appelasse*, mais l'enfant ne l'a point dit.

sans bornes. En réalité, d'ailleurs, la comparaison était tellement à l'avantage du prince, que, s'il eût pu lire dans l'âme de sa maîtresse, il aurait vu clairement que la présence de Vandoni redoublait la passion de Lucrezia pour lui-même.

Il ne sut pas comprendre le triomphe de sa position. Son inquiétude jalouse le rendit à cet égard trop modeste, tandis que, d'autre part, le peu de cas qu'il croyait devoir faire de Vandoni le rendait hautain, au point qu'il se sentait humilié de succéder à un pareil homme. Il ne sut pas cacher son dépit, son anxiété, son mortel déplaisir. Pendant que Vandoni soupait à côté de Lucrezia, il ne put tenir en place. Il sortit pour ne point le voir et l'entendre. Puis il rentra pour l'empêcher d'être entreprenant. Il ne fit qu'aller et venir, en proie à une fièvre terrible, évitant le regard tendre et rassurant de Lucrezia et dédaignant les avances de ce bon Vandoni, qui, grâce à lui, se croyait chargé du rôle de généreux.

Si c'est, comme je le crois, l'orgueil qui nous rend jaloux, il faut avouer que c'est un orgueil bien maladroit et bien inconséquent. Vandoni s'était promis d'abord d'inquiéter un peu son rival par un air de confiance et de familiarité avec Lucrezia. Mais il n'avait point réussi à se donner cet air-là. Il y avait dans la tranquille bonté de la Floriani quelque chose de si franc et de si digne, que tout l'art du comédien échouait devant cette absence d'art. Mais le prince prit si bien à tâche d'aider, par sa folie, à la démangeaison d'impertinence de Vandoni, que ce dernier se trouva vengé sans y avoir contribué le moins du monde. Il put se réjouir de voir les angoisses qu'il causait, et, à la fin du souper, il dit à Lucrezia en suivant des yeux Karol qui sortait pour la dixième fois : « Vous vous vantiez, ma belle amie, ou plutôt vous vantiez votre charmant prince, en me disant qu'il valait mieux que moi, qu'il n'était point jaloux du passé, et qu'il ne souffrirait pas en me voyant. Il souffre au contraire, il souffre trop pour que je reste davantage. Adieu donc! je m'en vais sur cette triste vérité qu'il n'y a point d'amant sublime, et que les ennuis que vous avez cru fuir en me quittant, vous les retrouvez avec un autre. Vous n'avez fait que mettre un beau visage brun à la place d'un visage blond qui n'était pas mal. Le changement est toujours un plaisir pour les femmes! Mais convenez, à présent, que pour être jaloux de vous, je n'étais point un monstre, puisque voici votre nouveau Dieu, votre idole, votre ange, tourmenté par le même démon qui me rongeait le cœur. »

— Vandoni, répondit Lucrezia, j'ignore si le prince est jaloux de toi. J'espère que tu te trompes, mais, comme je ne veux pas que tu m'accuses de feindre avec toi, supposons qu'il le soit en effet : qu'en veux-tu conclure? Que j'ai eu tort de te quitter? Ai-je fait ici un plaidoyer pour te prouver que j'avais eu raison? Non; je crois que le tort est toujours à celui qui veut se soustraire à la souffrance. J'ai eu ce tort; ne me l'as-tu point encore pardonné?

— Ah! qui pourrait garder du ressentiment contre toi? dit Vandoni en lui baisant la main avec une émotion sincère. Je t'aime toujours, je serais toujours prêt à te consacrer ma vie, si tu voulais revenir à moi, même en ne m'aimant pas plus que par le passé!... car je ne me fais point illusion, tu ne m'as jamais aimé que d'amitié!

— Je ne t'ai, du moins, jamais trompé à cet égard, et j'ai fait mon possible pour n'être pas trop ingrate. Peut-être avions-nous une trop ancienne amitié l'un pour l'autre; peut-être nous sentions-nous trop frères pour être amans!

— Parle pour toi, cruelle! moi...

— Toi, tu es un noble cœur, et si tu crois faire souffrir en effet le prince, tu vas te retirer. Mais je ne veux pour rien au monde renoncer à ton amitié, et je compte la retrouver plus tard, quand les feux de la jeunesse auront fait place chez le prince au calme d'une paisible affection. La mienne pour toi, Vandoni, est fondée sur l'estime, elle est à l'épreuve du temps et de l'absence. Il existe entre nous un lien indissoluble; ma tendresse pour ton fils est un garant pour toi de celle que je te conserve.

— Mon fils! Ah! oui, parlons de mon fils! s'écria Vandoni redevenu tout à fait sérieux. Eh bien! Lucrezia, êtes-vous contente de moi? Ai-je laissé voir à vos autres enfans que celui-là m'appartenait? Ah! quelle étrange position vous m'avez faite! ne jamais entendre le nom de père sortir pour moi de la bouche de mon fils!

— Vandoni, votre fils sait à peine parler, et ne sait encore que mon nom et celui de ses frères. Je ne savais pas si nous nous reverrions jamais... Maintenant, si vous êtes calme, si vous avez pris une décision importante, parlez! Sous quel nom et dans quelles idées dois-je l'élever?

— Ah! Lucrezia, vous savez ma faiblesse pour vous, mon dévoûment aveugle, ma lâche soumission, devrais-je dire! Si vous ne devez pas vous marier, que votre volonté soit faite, que mon fils porte votre nom, et qu'il me soit seulement permis de le voir et d'être son meilleur ami, après vous. Mais si vous devez devenir princesse de Roswald, j'exige que mon enfant me soit rendu. J'aime mieux lui voir partager ma vie errante et mon sort précaire, que d'abandonner mon autorité et mes devoirs à un étranger.

— Mon ami, reprit Lucrezia, il y a plus d'orgueil que de tendresse dans cette résolution, et je n'emploierai qu'un seul argument pour la combattre. En supposant que je me marie demain, Salvator est encore pour huit ou dix ans au moins un petit enfant, et les soins d'une femme lui sont nécessaires. A quelle femme le confierez-vous donc? Avez-vous une sœur, une mère? Non! Vous ne pourrez le confier qu'à une maîtresse ou à une servante! Croyez-vous qu'il soit aussi bien soigné, aussi bien élevé, aussi heureux qu'avec moi? Dormirez-vous tranquille, quand, forcé de vous rendre à la répétition tout le jour, et à la représentation tout le soir, vous laisserez ce pauvre enfant à la merci d'une servante infidèle ou d'une marâtre haineuse?

— Sans doute! dit Vandoni en soupirant, vous avez raison. De ce que vous êtes riche, indépendante et célèbre, vous avez tous les droits, tous les pouvoirs, même celui de chasser le père et de garder l'enfant.

— Vandoni! tu me fais mal, répondit Lucrezia, ne parle point ainsi. Veux-tu que j'assure, dès à présent, à notre enfant, une partie de ma fortune, dont tu auras la tutelle et la direction? Veux-tu surveiller son éducation, être consulté sur tous les détails, régler son avenir? J'y consens avec joie, pourvu que tu le laisses près de moi et que tu me charges d'être le pouvoir exécutif de tes volontés. Je suis bien sûre que nous nous entendrons sur tous les points, dans l'intérêt d'un être qui nous est plus cher que la vie.

— Non! non! Pas d'aumône! s'écria Vandoni, je ne suis point un lâche, et je mourrai à l'hôpital avant d'accepter de toi un secours déguisé sous un nom, sous une forme quelconque. Garde l'enfant! garde-le tout entier. Je sais bien qu'il ne connaîtra et n'aimera que toi! Ce serait bien vainement qu'un jour je viendrais le réclamer, lui dire qu'il m'appartient, qu'il est forcé de me suivre. Il ne se séparera jamais volontairement d'une mère telle que toi! Allons, le sort en est jeté, je vois que tu vas devenir princesse...

— Rien n'est décidé à cet égard, mon ami, je te le jure, et je te jure surtout par ce qu'il y a de plus sacré, par ton honneur et par ton fils, que si tu mets à mon mariage la condition que je me séparerai de cet enfant, je ne me marierai jamais!

— Tu es donc toujours la même, ô femme étrange et admirable! s'écria Vandoni exalté. Tu es donc toujours mère avant tout! Tu préfères donc toujours tes enfans à la gloire, à la richesse, à l'amour même!

— A la richesse et à la gloire, très certainement, répondit-elle avec un sourire calme. Quant à l'amour, dans ce moment-ci, je n'ose te répondre, mais ce qu'il y a de certain, c'est que je connais mon devoir, et que mon premier devoir c'est celui de tout sacrifier, même l'amour, à ces enfans de l'amour. Le plus épris, le plus fidèle des amans peut se consoler, mais des enfans ne retrouvent jamais une mère.

— Eh bien! je pars tranquille, dit Vandoni en lui serrant la main, et je n'exige plus de toi qu'une promesse. Jure-moi de ne point épouser ce prince si charmant, mais si jaloux, avant un an d'ici! Je ne puis me persuader qu'il soit meilleur que moi et qu'il voie toujours d'un œil calme ces gages de tes amours passées. Je connais ta clairvoyance, la fermeté et la promptitude de tes sacrifices quand le sort de tes enfans te semble compromis. Je sais fort bien pourquoi tu n'as pu me supporter longtemps! c'est que j'avais beau faire, je détestais la ressemblance de ta Béatrice avec le misérable Tealdo Soavi. Eh bien! d'ici à un an, le prince de Roswald détestera Salvator, si ce n'est déjà fait, si aujourd'hui, peut-être, la vue de cet enfant ne lui est pas déjà insupportable. Pas d'entraînement trop subit, pas de coups de tête, je t'en supplie, ma chère Lucrezia! et tu resteras toujours libre, car je m'en rends bien compte, maintenant que je suis sage et désintéressé dans la question : la liberté absolue est le seul état qui te convienne, et la tendre mère de quatre enfans de l'amour ne doit pas confier leur sort à la vertu d'un mari, quelqu'assurée qu'elle soit.

— Je crois que tu as raison, dit Lucrezia, et j'entends avec plaisir la voix calme de mon ancien ami. Sois tranquille, frère! ta vieille camarade, ta sœur fidèle n'exposera pas, dans un moment d'enthousiasme, l'avenir des enfans qu'elle adore.

— Maintenant, adieu! dit Vandoni en la pressant sur son cœur avec une tendresse chaste et profonde. Adieu, l'être que j'aime encore le mieux sur la terre! Je ne te reverrai pas de si tôt peut-être. Je ne chercherai pas à te revoir; je vois que je troublerais tes amours, et je t'avoue que je ne suis pas assez fort pour les voir sans souffrir. Quand tu auras un intervalle de repos et de liberté, à travers tes sublimes et folles passions, appelle-moi un instant à tes pieds, j'y resterai docile et soumis, heureux de te voir et d'embrasser mon fils, jusqu'à ce que tu me dises comme aujourd'hui : « Va-t-en, j'aime, et ce n'est pas toi! »

Si Vandoni était brusquement parti sur ce noble épanchement, il eût été ce que Dieu l'avait fait, un bon esprit et un bon cœur. Si, au lieu de courir le monde d'émotions factices que lui imposait son emploi, il eût pu demeurer quelque temps dans cette disposition chaleureuse et vraie, il eût reparu transformé sur la scène, et le public eût peut-être été fort surpris d'avoir à applaudir un excellent artiste, au lieu de sourire patiemment aux froides et correctes déclamation d'un comédien *utile*.

Mais on n'évite point sa destinée, et le prince Karol reparaissant tout-à-coup, Vandoni retrouva tout-à-coup son affectation. Il voulut lui faire un discours d'adieux, dans lequel il s'efforçait d'insinuer délicatement les idées et les sentimens sous l'empire desquels il venait de se trouver. Il échoua complètement, il ne dit que des choses embrouillées, sans goût, sans suite, et, passant du grave au doux, du plaisant au sévère, il fut tour à tour emphatique et trivial, pédant et ridicule.

Il est vrai que l'air hautain et impatient du prince, ses réponses sèches et ses saluts ironiques étaient faits pour démonter un acteur plus habile que Vandoni. Ce dernier vit bien qu'il manquait son effet, et, se rejetant sur l'aplomb maladroit du comédien sifflé, il se retourna vers la Floriani, en lui disant d'un air un peu débraillé : « Ma foi, je crois que je *patauge*, et que je ferai bien d'en rester là, si je ne veux m'*enfoncer* tout à fait, et te faire rougir de ton pauvre camarade. N'importe, tu parleras à ma place quand je serai parti, et tu diras que ton ami est un bon diable, qui ne veut faire de peine à personne. » Quelle chute!

Salvator Albani, qui avait occupé ces deux heures à tâcher de distraire Karol, s'empressa, avec sa bienveillance accoutumée, de passer sur toutes ces misères l'éponge de la politesse et de l'enjouement affectueux. Il prit Vandoni sous le bras en lui disant qu'il était charmé d'avoir fait connaissance avec lui, qu'il irait le voir dans la première ville d'Italie où ils se retrouveraient ensemble, enfin qu'il allait lui tenir compagnie en se promenant avec lui jusqu'à Iseo, où Vandoni avait laissé son voiturier.

— Et le petit Salvator? dit Vandoni, au moment de partir. Je ne le reverrai donc pas?

— Il est endormi, répondit Lucrezia. Viens lui dire bonsoir.

— Non, non! reprit-il à voix basse, mais de manière à être entendu du prince et du comte : cela m'ôterait le peu de courage que j'ai!

Il fut assez content de l'intonation de cette dernière parole et du mouvement qu'il fit en s'arrachant de la maison. C'était un petit effet, mais il était juste, et pour tous les enfans du monde, il n'eût pas voulu ne pas sortir brusquement sur cet effet-là.

— A moins que le prince ne soit un âne, pensa-t-il, il ne pourra douter que je n'aie dans le caractère un certain héroïsme naturel, qui me rend bien supérieur aux emplois secondaires où me réduisent l'injustice du public et la jalousie des concurrens.

La faiblesse secrète du pauvre Vandoni était de se croire né pour de plus hautes destinées, et quand il commençait à se lier avec quelqu'un, il ne manquait pas de lui raconter toutes les intrigues de coulisses dont il se regardait comme victime. Il n'en fit point grâce au comte Albani, durant le trajet à pied qu'ils parcoururent ensemble. Salvator l'encourageant par sa complaisance et se dévouant à cet ennui capital pour laisser à Karol et à Lucrezia le loisir de s'expliquer, Vandoni lui exposa toutes les traverses de sa vie de théâtre et ne put même résister au désir de réciter à pleine voix, sur la grève, des fragmens d'Alfieri et de Goldoni, pour lui montrer de quelle manière il eût pu s'acquitter des premiers rôles.

Pendant que Salvator subissait cette épreuve, Karol, assis dans un coin du salon, gardait un silence obstiné, et la Floriani cherchait à entamer une conversation qui les amènerait à de mutuels épanchemens. Elle n'avait pas encore pénétré le fond de son âme à l'endroit de la jalousie et, malgré les avertissemens de Vandoni, elle se refusait à y croire. Comme il n'entrait pas dans ses instincts de franchise de tourner longtemps autour du sujet qui l'intéressait, elle se leva, s'approcha du prince et lui prenant la main avec force : « Vous êtes mortellement triste ce soir, lui dit-elle, et j'en veux savoir la cause. Vous tremblez! Vous êtes malade ou vous souffrez d'un secret chagrin. Karol, votre silence me fait mal, parlez! Je vous l'ordonne au nom de l'amour, ou je vous le demande à genoux, répondez-moi. Est-ce ma persistance à refuser d'unir mon sort au vôtre qui vous affecte ainsi, et ne prendrez-vous jamais votre parti à cet égard?... Eh bien! Karol, s'il en est ainsi, je céderai; je ne vous demande qu'une année de réflexions de votre part...

— Vous avez été fort bien conseillée par votre ami, M. Vandoni, répondit le prince, et je dois lui savoir un gré infini de son intervention. Mais vous me permettrez de ne pas me soumettre aux conditions que vous daignez me faire de sa part. Je vous demande la permission de me retirer. Je suis un peu fatigué des déclamations que j'ai entendues ce soir. Peut-être m'y habituerai-je si vos amis redeviennent assidus chez vous. Mais ce n'est pas encore fait, et j'ai la tête brisée. Quant aux persécutions que je vous ai fait subir, et dont vous devez être bien lasse vous-même, je vous supplie de les oublier, et de croire que je respecterai assez votre repos désormais pour ne plus les renouveler. »

En parlant ainsi d'un ton glacial, Karol se leva, et, saluant très profondément la Floriani, il alla s'enfermer dans sa chambre.

CHAPITRE XIII.

De toutes les colères, de toutes les vengeances, la plus noire, la plus atroce, la plus poignante est celle qui reste froide et polie. Quand vous verrez un être se maîtriser à ce point, dites, si vous voulez, qu'il est grand et fort, mais ne dites point qu'il est tendre et bon. J'aime mieux la grossièreté du paysan jaloux qui bat sa femme, que la dignité glacée du prince qui déchire sans sourciller le cœur de sa maîtresse. J'aime mieux l'enfant qui égratigne et mord, que celui qui boude en silence. Soyons emportés, violens, mal appris, disons-nous des injures, cassons les glaces et les pendules, je le veux bien : ce sera absurde, mais cela ne prouvera point que nous nous haïssons. Au lieu que si nous nous tournons le dos fort poliment en nous séparant sur une parole amère et dédaigneuse, nous sommes perdus, et tout ce que nous ferons pour nous raccommoder nous brouillera davantage.

Voilà ce que pensait la Floriani restée seule et stupéfaite. Quoique fort douce à l'habitude, elle avait eu de grands accès d'indignation dans sa vie. Elle s'était alors abandonnée à la violence de son chagrin, elle avait maudit, elle avait cassé, elle avait peut-être juré, je n'en répondrais pas, elle était la fille d'un pêcheur, et d'un pays où les sermens par le corps de Bacchus et celui de la madone, par le sang de Diane, et par celui du Christ, font à tout propos intervenir le ciel chrétien et païen dans les agitations de la vie domestique. Mais, ce qu'il y a de certain, c'est qu'elle n'avait jamais cru repousser et chasser de son cœur, d'une manière absolue et subite, les êtres qu'elle aimait assez pour s'irriter contre eux. Elle ne comprenait donc absolument rien à ces colères froides et pâles, qui ressemblent à un détachement anti-humain, à un stoïcisme odieux, à un abandon éternel. Elle resta plus d'un quart d'heure, immobile, terrassée sous le coup des paroles inouïes de son amant.

Enfin elle se leva et marcha dans le salon, se demandant si elle venait de faire un rêve affreux, et si c'était bien Karol, cet homme qui le matin encore pleurait d'amour à ses pieds et semblait se consumer dans une extase divine, qui venait de lui parler ce langage d'un dépit guindé, digne des ruses puériles de la comédie, mais indigne, à coup sûr, d'une affection réelle, d'une passion sentie.

Incapable de supporter long-temps une angoisse de ce genre sans la comprendre, elle monta à la chambre du prince, frappa d'abord avec précaution, puis avec autorité, et enfin, voyant qu'on ne lui répondait pas et que la porte résistait, d'une main aussi forte que celle d'une mère qui va chercher son enfant au milieu des flammes, elle fit sauter le verrou et entra.

Karol était assis sur le bord de son lit, la figure tournée et enfoncée dans les coussins en lambeaux; ses manchettes, son mouchoir avaient été mis en pièces par ses ongles crispés et frémissans comme ceux d'un tigre; sa figure était effrayante de pâleur, ses yeux injectés de sang. Sa beauté avait disparu comme par un prestige infernal.

La souffrance extrême tournait chez lui à une rage d'autant plus difficile à contenir, qu'il ne se connaissait pas cette faculté déplorable, et que, n'ayant jamais été contrarié, il ne savait point lutter contre lui-même.

La Floriani avait posé son flambeau près de lui. Elle avait écarté ses mains brûlantes de son visage, elle le regardait avec stupeur. Elle n'était point étonnée de voir un homme jaloux en proie à un accès de furie. Ce n'était pas un spectacle nouveau pour elle, et elle savait bien qu'on n'en meurt point. Mais voir cet être angélique réduit aux mêmes excès de violence et de faiblesse que Tealdo Soavi, ou tout autre de même trempe, c'était un tel contresens, une telle invraisemblance, qu'elle ne pouvait en croire ses yeux.

— Vous voulez m'humilier ou m'avilir jusqu'au bout! s'écria Karol en la repoussant. Vous avez voulu voir jusqu'à quel point vous pouviez me faire descendre au dessous de moi-même! Etes-vous contente à présent? Auquel de vos amans allez-vous me comparer?

—Voilà des paroles bien amères, répondit la Floriani avec une douceur pleine de tristesse, je ne m'en offenserai point, parce que je vois qu'en effet vous n'êtes point vous-même dans ce moment-ci. Je m'attendais à vous trouver froid et méprisant comme tout-à-l'heure, et je venais au nom de l'amour et de la vérité, vous demander compte de vos dédains; je suis consternée de vous trouver exaspéré comme vous l'êtes, et je ne crois pas que le triomphe que vous m'attribuez soit bien doux pour mon orgueil. Quel langage entre nous, Karol! ô mon Dieu, que s'est-il donc passé, pour que vous doutiez de la douleur effroyable que j'éprouve à vous voir souffrir ainsi? mais, sans doute, si j'en suis la cause involontaire, je dois avoir en moi la puissance de la faire cesser. Dites-m'en le moyen, et s'il faut ma vie, ma raison, ma dignité, ma conscience, je les mettrai à vos pieds pour vous guérir et vous calmer. Parlez-moi, expliquez-vous, faites que je vous comprenne, voilà tout ce que je vous demande. Rester dans le doute et vous laisser subir ces tourmens sans chercher à les adoucir, voilà ce qui m'est impossible, ce que vous n'obtiendrez jamais de moi. Ouvrez-moi donc ce cœur meurtri et malade, et si, pour m'y faire lire, il faut que vous m'accabliez de reproches et d'outrages, ne vous retenez pas, j'aime mieux cela que le silence, je ne m'offenserai de rien, je me justifierai avec douceur, avec soumission. Je vous demanderai pardon même, s'il le faut, quoique j'ignore absolument mes torts. Mais il faut qu'ils soient bien graves pour vous faire tant de mal. Répondez-moi, je vous le demande à genoux.

Pour montrer tant de patience et de résignation, il fallait que la Floriani fût vaincue et terrassée par un amour immense, et tel qu'elle-même n'eût jamais cru pouvoir le ressentir après tant d'orages du même genre, après de si nombreuses déceptions, tant de fatigues de cœur et d'esprit, tant de dégoûts et de déboires. N'ayant jamais menti, s'étant dévouée et sacrifiée toujours, mais jamais avilie, ni même aventurée ou compromise pour un intérêt personnel quelconque, elle avait une fierté ombrageuse, un orgueil réel; descendre à se justifier lui avait toujours paru au dessus de ses forces, et le soupçon lui était une mortelle injure.

Pourtant elle s'humilia longtemps avec une mansuétude infinie devant ce malheureux enfant, qui ne voulait point parler parce qu'il ne le pouvait pas.

Qu'eût-il pu dire, en effet? Le désordre où sa raison était tombée était trop douloureux pour être volontaire. Suivre le conseil de Lucrezia, l'injurier, lui faire de sanglans reproches, l'eût soulagé sans doute; mais il n'avait pas la faculté de répandre ses tourmens au dehors, parce qu'il n'avait pas l'égoïsme de vouloir les faire partager. Et puis, injurier sa maîtresse! il eût préféré la tuer; il se fût tué avec elle emportant sa passion dans la tombe. Mais l'outrager en paroles, il lui semblait que s'il eût pu s'y résoudre, il l'aurait condamnée devant Dieu et que Dieu les eût séparés dans l'éternité. Pour en venir là, il eût fallu ne plus l'aimer, et plus il souffrait par elle, plus il se sentait l'esclave de la passion.

Elle ne put que deviner ce qui se passait en lui, car il ne se révéla que par des réponses détournées et des réticences douloureuses. Il se défendait faiblement en apparence, mais au fond sa retenue était invincible, et le nom de Vandoni ne pouvait venir sur ses lèvres.

— Voyons, lui dit la Floriani lorsqu'elle fut au bout de sa patience et qu'elle eut épuisé toutes les forces de son amour à lui arracher quelques paroles vagues, d'une profondeur ou d'une obscurité effrayantes : « Voyons, mon pauvre ange, vous êtes jaloux et vous n'en voulez pas convenir ? Vous, jaloux ! Ah ! qu'il m'est amer de le constater, moi, que vous avez habituée à planer sur les ailes d'un amour sublime au dessus de toutes les misères humaines ! Que vous me faites de mal, et que j'étais loin de croire cela possible de votre part ! Ah ! laissez-moi ne vous répondre que par des reproches courageux et francs. Vous ne voulez pas m'en faire, je le préférerais parce que je pourrais me disculper, au lieu que je suis réduite à chercher de quoi j'ai à me défendre. Mais avant de vous parler *raison*, puisqu'il le faut, laissez-moi me plaindre, laissez-moi pleurer ! C'est le dernier cri de l'amour heureux qui s'exale vers le ciel d'où il était descendu, et où il va retourner maintenant pour toujours ! Laissez-moi vous dire que vous avez commis aujourd'hui un grand crime contre moi, contre vous-même et contre Dieu, qui avait béni notre confiance infinie l'un pour l'autre. Hélas ! vous avez souillé par le soupçon la passion la plus pure, la plus complète, la plus délicieuse de ma vie. Je n'avais jamais aimé, je n'avais jamais été heureuse; pourquoi m'arrachez-vous sitôt ma joie et mes délices ? Vous m'avez entraînée dans le ciel, et vous me rejetez brutalement sur la terre ! Mon Dieu, mon Dieu ! je ne le méritais pas, je nageais avec toi dans l'empyrée. Je croyais à l'éternité de cette béatitude. Tout ce qui est de ce monde ne me paraissait plus que rêves et fantômes; excepté mes enfans que j'emportais dans mes bras vers ce monde supérieur, je n'avais plus souci de rien... Et à présent, il faut descendre, il faut marcher sur les sentiers humains, se déchirer aux épines, se froisser contre les rochers... Allons, vous l'avez voulu. Parlons donc de ces choses-là, de Vandoni, de mon passé, et de ce que l'avenir peut me réserver de devoirs, d'embarras et d'ennuis. J'espérais les traverser seule, vous laissant calme et indifférent à ces misères étrangères à notre passion. Le fardeau du travail et des devoirs d'ici-bas m'eût été léger si j'avais pu vous préserver d'y toucher. Vous ne vous en seriez pas seulement aperçu, si vous étiez resté vous-même, et si vous aviez conservé la suprême confiance qui nous faisait si forts et si purs !... Vous l'avez perdue, vous m'avez retiré le talisman qui m'eût rendue invulnérable à la douleur et à l'inquiétude. Je vais maintenant vous dire quelles obligations pèsent sur ma vie réelle, quels ménagemens je dois garder, quels devoirs ma conscience me trace. Mais, pour les comprendre il faut vous donner la peine de raisonner un peu, de connaître mon passé, de le juger et d'en tirer une conclusion sérieuse, une fois pour toutes !... Vandoni...

— Ah ! s'écria Karol tremblant comme un enfant, ne prononcez plus ce nom, et faites-moi grâce de tout ce que voulez me dire. Je n'ai pas encore, je n'aurai peut-être jamais la force de l'entendre. Je hais ce Vandoni, je hais tout ce qui dans votre vie n'est pas vous-même. Que vous importe ! Il n'entre pas dans vos devoirs de me réconcilier avec ce qui me froisse et me révolte autour de vous. Laissez-moi, puisque cela m'est possible et n'est possible qu'à moi, voir en vous deux êtres distincts. L'un que je n'ai pas connu et que je ne veux pas connaître ; l'autre que je connais, que je possède et que je ne veux pas voir mêlé aux choses que je déteste. Oui, oui, Lucrezia, tu l'as dit, ce serait descendre et retomber dans la fange des sentiers humains. Viens sur mon cœur, oublions les atroces souffrances de cette journée et retournons à Dieu. Que t'importe ce qui s'est passé en moi ? Cela me regarde et j'ai la force de le subir, puisque j'ai celle de t'aimer autant que si rien ne m'avait troublé ! Non, non, pas d'explications, pas de récits, pas de confidences, pas de raisonnemens. Prends-moi dans tes bras et emporte-moi loin de ce monde maudit où je ne vois pas clair, où je ne respire pas, où je suis condamné à ramper plus bas que les autres hommes, si j'y retombe sans ton amour et sans mon enthousiasme. »

La Floriani se contenta de cette fausse réparation, ou, de guerre lasse, elle feignit de s'en contenter ; mais, en cela, elle eut grand tort et se précipita d'elle-même dans un abîme de chagrins. Karol s'habitua, dès ce jour, à croire que la jalousie n'est point une insulte et qu'une femme aimée peut et doit la pardonner toujours.

Elle retrouva au salon, vers minuit, Salvator qui venait de reconduire Vandoni et qui eut la délicatesse de ne pas lui dire combien il avait trouvé ce brave garçon ridicule et ennuyeux. Elle n'eut pas le courage de lui confier à quel point le prince avait été irrité de la présence de son ancien amant; mais elle ne put s'empêcher d'admirer combien l'amitié est plus indulgente, secourable et généreuse que l'amour. Car elle ne se dissimulait plus les travers de Vandoni, et elle voyait bien que Salvator s'était dévoué pour l'en débarrasser.

Lucrezia se retira auprès de ses enfans, résolue à oublier les chagrins de cette journée et à dormir, pour s'éveiller, comme une mère vigilante et active, au point du jour. Mais quoiqu'elle eût acquis plus que personne, dans sa vie de douleurs, la faculté de laisser reposer ses chagrins et de dormir avec comme un pauvre soldat en campagne dort au bivouac avec sa faim et ses blessures, elle ne put fermer l'œil de la nuit, et tous les souvenirs amers qui s'étaient assoupis dans son sein, depuis quelque temps, s'y ranimèrent un à un, puis tous ensemble, pour la torturer sans relâche. Elle vit comme autant de spectres railleurs et menaçans, ses erreurs et ses déceptions, les ingrats qu'elle avait faits et les méchans qu'elle n'avait pas pu convertir. Elle lutta vainement contre l'épouvante du passé, en se réfugiant dans le présent. Le présent ne lui offrait plus de sécurité, et les anciennes douleurs ne se ranimaient ainsi que parce qu'une douleur nouvelle, plus profonde que toutes les autres, venait leur donner carrière.

Quand elle se leva, pâle et brisée, le soleil brillant du matin, les fleurs chargées d'humides parfums, les rossignols enivrés de leurs propres chants, ne ramenèrent pas, comme les autres jours, le calme et l'espérance dans son cœur. Elle ne se sentit pas vivre par le sens poétique de la nature, comme à l'ordinaire. Il lui semblait qu'entre cette fraîche et riante nature et son pauvre sein brisé, il y avait désormais un ennemi secret, un ver rongeur qui empêchait la sève de la vie de venir jusqu'à lui. Elle ne voulut pourtant pas se rendre compte de l'étendue de son désastre. Karol fut courbé à ses pieds ce jour-là. Il ne voulait pas faire oublier ses torts, il ne les connaissait pas, puisque, selon sa coutume, il les avait déjà oubliés lui-même : mais il avait besoin de tendresse, d'effusion et de bonheur, après plusieurs jours passés dans les larmes ou la colère. Jamais il n'était plus séduisant et plus adorable que quand le paroxysme de son amertume et de son dépit l'avait débarrassé de sa souffrance. La Floriani eut encore à lutter contre son projet de mariage; mais, cette fois, elle résista courageusement. Ce qui s'était passé la veille l'avait éclairée, et elle n'était pas d'humeur à se laisser dire deux fois qu'on *la suppliait* de n'y plus songer. Si l'offre de son nom était de la part du prince un grand hommage rendu à l'amour qu'elle méritait, le fait de retirer poliment ses offres dans un moment de soupçon jaloux, était un outrage dont la fière Lucrezia sentait la portée plus que lui-même. Sans lui dire quelle force nouvelle elle avait puisée contre lui dans cette circonstance, elle lui ôta tout espoir, et, cette fois, il accepta son arrêt provisoirement, sans amertume, en avouant qu'il méritait le châtiment d'être soumis à quelque longue épreuve.

Mais deux jours ne se passèrent point sans ramener de

nouveaux orages. Un commis-voyageur réussit à pénétrer dans la maison pour proposer des armes de chasse. Celio eut envie d'un nouveau fusil, sa mère le lui refusa d'abord; puis, voulant lui en faire la surprise, elle eut un *à-parte* avec le voyageur pour marchander et acheter l'objet de cette convoitise enfantine. Le jeune homme était d'une belle figure, un peu familier et bavard. La beauté et la célébrité de sa nouvelle cliente le rendaient plus *éloquent* que de coutume, sans toutefois lui faire perdre la tête et l'empêcher de bien vendre sa marchandise. C'était la veille de l'anniversaire de Celio, et sa mère voulut mettre le joli et léger fusil de chasse sous le traversin de l'enfant, pour qu'il le trouvât le soir au moment de se coucher. Le commis-voyageur s'empressa de la suivre dans sa chambre, sans trop lui en demander la permisssion, pour cacher lui-même le fusil sous le chevet de Celio et recevoir le paiement convenu. Karol, qui avait été faire la sieste, entra en cet instant, et trouva la Floriani dans sa chambre, en tête-à-tête avec un beau garçon à gros favoris noirs, qui lui parlait d'un air animé, la regardait avec des yeux hardis, et arrangeait la couverture d'un lit, tandis qu'elle souriait avec bonhomie des hâbleries qu'il débitait, et qu'elle songeait à l'ivresse de Celio lorsque la surprise ferait son effet.

Il n'en fallait pas tant pour que l'imagination de Karol, prompte à l'insulte, et s'emparant toujours du fait apparent sans le comprendre et sans l'expliquer, prît un essor funeste. Il laissa échapper une exclamation bizarre, outrageante, sur le seuil de la chambre de Lucrezia, et s'enfuit comme un homme qui vient d'être témoin de son déshonneur. Il lui fallut tout le reste du jour pour se calmer et ouvrir les yeux. Il fallut que la Floriani descendît à une explication avilissante pour elle et pour lui. Elle le traita, cette fois, comme un malade qu'il faut persuader et guérir, sans prendre ses hallucinations au sérieux. Mais que devient l'enthousiasme, que devient l'amour, quand celui qui en est l'objet se conduit comme un maniaque?

Un autre jour on vint dire à la Floriani que Mangiafoco, le pêcheur qui l'avait recherchée autrefois en mariage, et qui lui avait causé tant de frayeur et d'éloignement, était à l'article de la mort, et demandait à la voir avant de rendre l'âme. Cet homme n'avait jamais osé se présenter devant elle depuis qu'elle était revenue dans le pays, et ce n'était pas sans répugnance qu'elle consentait à lui fermer les yeux. Mais c'était un devoir de religieuse miséricorde à remplir, et elle partit sans hésiter, pour l'autre rive du lac, avec son père et Biffi. Elle trouva un moribond qui lui demandait pardon des peines et des peurs qu'il lui avait faites jadis, et qui la suppliait de prier pour le repos de son âme. Elle le consola avec bonté, et sa compassion généreuse adoucit les dernières convulsions d'agonie de cet homme, ancien soldat, espèce de bandit déjà vieux, méchant, brutal, avare, et cependant doué d'une certaine intelligence et de quelques instincts patriotiques et romanesques.

La Floriani revint assez émue, après avoir vu s'exhaler péniblement son dernier soupir. Elle raconta simplement à Salvator, devant Karol, ce qui s'était passé, et les paroles tantôt absurdes, tantôt profondes, que cet homme lui avait dites en se débattant contre la mort. Salvator trouva que, dans ce dévoûment nouveau, sa chère Floriani avait été admirable comme toujours; mais Karol garda le silence. Il avait été inquiet de cette sortie soudaine, de cette absence qui avait duré depuis le coucher du soleil jusqu'à minuit. Il ne concevait pas qu'on pût porter tant d'intérêt à un misérable qui l'avait si peu mérité. Et comment avait-il eu l'audace d'appeler à son lit de mort une femme à laquelle il s'était rendu si haïssable? Il fallait qu'il eût de la confiance dans sa bonté et dans sa faculté d'oublier les outrages!

Ces réflexions furent faites d'un ton singulier. Lucrezia, qui n'était pas encore sur le *qui vive* de la jalousie à tout propos, et qui ne s'était pas encore doutée que sa bonne action eût paru criminelle au prince, le regarda avec surprise et vit qu'il était en colère. Il avait les yeux rouges, il faisait claquer les articulations de ses doigts; c'était une sorte de tic nerveux qui trahissait son dépit et qu'elle commençait à comprendre. Elle ne put se défendre de hausser les épaules. Karol ne s'en aperçut point et continua :

— Quel âge avait ce *Mangiafoco?*

— Soixante ans au moins, répondit-elle d'un ton froid et sévère.

— Et sans doute, reprit Karol au bout d'un instant, il avait une bien belle figure, une barbe effrayante, des guenilles pittoresques; c'était un bandit de théâtre ou de roman qu'on ne pouvait regarder sans frémir? L'imagination des femmes se plaît à ces dehors-là, et on est toujours flatté d'avoir enchaîné un animal sauvage. Sans doute, en expirant, il avait l'air du tigre blessé qui jette sur la colombe un dernier regard de convoitise et de regret?

— Karol, dit la Floriani en soupirant, un homme qui se meurt est donc chose fort agréable à peindre? Vous devriez aller voir celui-là maintenant qu'il est mort; cela ferait tomber tout de suite votre ironie, et couperait court à vos métaphores poétiques. Mais vous n'irez pas, vous qui parlez si bien, vous n'en aurez pas le courage. Sa chaumière est malpropre.

— Comme elle est susceptible, ce soir! pensa Karol. Qui sait ce qui s'est passé autrefois entre elle et ce misérable?

CHAPITRE XIV.

Un autre jour, Karol fut jaloux du curé qui venait faire une quête. Un autre jour, il fut jaloux d'un mendiant qu'il prit pour un galant déguisé. Un autre jour, il fut jaloux d'un domestique qui, étant fort gâté, comme tous les serviteurs de la maison, répondit avec une hardiesse qui ne lui sembla pas naturelle. Et puis, ce fut un colporteur, et puis le médecin, et puis un grand benêt de cousin demi bourgeois, demi manant, qui vint apporter du gibier à la Lucrezia, et que, bien naturellement, elle traita en bonne parente, au lieu de l'envoyer à l'office. Les choses en arrivèrent à ce point qu'il n'était plus permis de remarquer la figure d'un passant, l'adresse d'un braconnier, l'encolure d'un cheval. Karol était même jaloux des enfans. Que dis-je, *même?* il faudrait dire surtout.

C'était bien là, en effet, les seuls rivaux qu'il eût, les seuls êtres auxquels la Floriani pensât autant qu'à lui. Il ne se rendit pas compte du sentiment qu'il éprouvait en les voyant dévorer leur mère de caresses. Mais comme, après l'imagination d'un bigot, il n'y en a pas de plus impertinente que celle d'un jaloux, il prit bientôt les enfans en grippe, pour ne pas dire en exécration. Il remarqua enfin qu'ils étaient gâtés, bruyans, entiers, fantasques, et il s'imagina que tous les enfans n'étaient pas de même. Il s'ennuya de les voir presque toujours entre leur mère et lui. Il trouva qu'elle leur cédait trop, qu'elle se faisait leur esclave. En d'autres momens aussi, il se scandalisa quand elle les mettait en pénitence. Ce système de gouvernement maternel, si simple, si bien indiqué par la nature, qui consiste à adorer d'abord les enfans, à s'en occuper sans cesse, à leur accorder tout ce qui peut les rendre heureux et aimables, sauf à les morigéner et les arrêter ensuite quand ils en abusent, à les gronder parfois avec énergie et chaleur pour les récompenser tendrement quand ils le méritent, tout cela se trouva l'opposé de sa manière de voir. Selon lui, il ne fallait pas tant se familiariser avec eux, afin d'avoir moins de peine à se faire craindre au besoin. Il ne fallait pas les tutoyer et les caresser, mais les tenir à distance, en faire de bonne heure de petits hommes et de petites femmes bien sages, bien polis, bien soumis, bien tranquilles. Il fallait leur enseigner prématurément beaucoup de choses qu'ils ne pouvaient croire ni comprendre, afin de les habituer à respecter la règle établie, l'usage, la croyance générale, sans s'occuper d'abord d'une chose qu'il regardait comme impossible, c'est à dire de les convaincre de l'utilité et de l'excellence du principe dont ces usages et ces règles n'étaient que la conséquence. Enfin, il fallait oublier qu'ils étaient des enfans, leur ôter le charme, le plaisir et la liberté de cette première existence qui leur revient de droit divin, faire travailler leur mémoire pour éteindre leur imagination, développer l'habitude de la forme et retarder l'explication du fond, faire en un mot tout l'opposé de ce que faisait et voulait faire la Floriani.

Il faut se hâter de dire que cette manie de contrecarrer, et ce blâme fatigant, n'étaient pas continuels et absolus chez le prince. Quand sa jalousie ne l'obsédait point, c'est à dire dans ses momens lucides, il disait et pensait tout le contraire. Il adorait les enfans, il les admirait en toutes choses, même là où il n'y avait rien à admirer. Il les gâtait plus que la Floriani, et se faisait leur esclave sans s'apercevoir le moins du monde de son inconséquence. C'est qu'alors il était heureux et se montrait sous le côté angélique et idéal de sa nature. Les accès d'ivresse que lui donnait l'amour de la Floriani étaient le thermomètre qui marquait l'apogée de sa douceur, de sa bonté et de sa tendresse. Ah! quel séraphin, quel archange il eût été, s'il avait pu rester toujours ainsi! Dans ces momens-là, qui duraient parfois des heures, des jours entiers, il était tout bienveillance, tout charité, tout miséricorde, tout dévoûment pour tous les êtres qui l'approchaient. Il se détournait du chemin pour ne pas écraser un insecte, il se serait jeté dans le lac pour sauver le chien de la maison. Il eût fait le chien lui-même pour entendre les éclats de rire du petit Salvator; il se fût fait lièvre ou perdrix pour donner à Celio le plaisir de tirer un coup de fusil. Sa tendresse et son effusion allaient jusqu'à l'excès, jusqu'à l'absurde. C'était alors un de ces enthousiastes sublimes qu'il faut enfermer comme des fous ou adorer comme des dieux.

Mais aussi quelle chute, quel cataclysme épouvantable dans tout son être quand, à l'accès de joie et de tendresse, succédait l'accès de douleur, de soupçon et de dépit! Alors, tout changeait de face dans la nature. Le soleil d'Iseo était armé de flèches empoisonnées, la vapeur du lac était pestilentielle, la divine Lucrezia était une Pasiphaé, les enfans de petits monstres, Celio devait périr sur l'échafaud, Laërtes était enragé, Salvator Albani était le traître Yago, et le vieux Menapace le juif Shylock. Des nuages noirs s'amoncelaient à l'horizon, tout pleins de Vandoni, de Boccaferri, de Mangiafoco, de rivaux déguisés en mendians, en commis-voyageurs, en curés, en laquais, en colporteurs et en moines; ces nuées allaient s'ouvrir et faire pleuvoir sur la villa une armée d'anciens amis, d'anciens amans (ce qui était pour lui la même race de vipères)! et la Floriani, souillée de hideux embrassemens, l'appelait avec un rire infernal pour assister à cette orgie fantastique!

Ne croyez pas que son imagination, privée de frein, et sans cesse excitée par une disposition naturelle et par une passion insensée, restât au dessous de ce tableau. Il me serait impossible de la suivre et de vous la faire suivre dans les tourbillons délirans qu'elle parcourait. Jamais le Dante n'a rêvé de supplices semblables à ceux que se créait cet infortuné. Ils étaient sérieux à force d'être absurdes, et il n'est point d'apparition grotesque qui ne fasse peur aux enfans, aux malades et aux jaloux.

Mais comme il était souverainement poli et réservé, jamais personne ne pouvait seulement soupçonner ce qui se passait en lui. Plus il était exagéré, plus il se montrait froid, et l'on ne pouvait juger du degré de sa fureur qu'à celui de sa courtoisie glacée. C'est alors qu'il était véritablement insupportable, parce qu'il voulait raisonner et soumettre la vie réelle, à laquelle il n'avait jamais rien compris, à des principes qu'il ne pouvait définir. Alors il trouvait de l'esprit, un esprit faux et brillant, pour torturer ceux qu'il aimait. Il était persifleur, guindé, précieux, dégoûté de tout. Il avait l'air de mordre tout doucement pour s'amuser, et la blessure qu'il faisait pénétrait jusqu'aux entrailles. Ou bien s'il n'avait pas le courage de contredire et de railler, il se renfermait dans un silence dédaigneux, dans une bouderie navrante. Tout lui paraissait étranger et indifférent. Il se mettait à part de toutes choses, de toutes gens, de toute opinion et de toute idée. Il ne *comprenait pas cela*. Quand il avait fait cette réponse aux caressantes investigations d'une causerie qui s'efforçait en vain de le distraire, on pouvait être certain qu'il méprisait profondément tout ce qu'on avait dit et tout ce pourrait dire.

La Floriani craignait que sa famille et le comte Albani lui-même, ne vinssent à pressentir cette jalousie qu'elle devinait enfin, et dont elle se sentait humiliée mortellement. Elle en cachait donc avec soin les causes misérables et s'efforçait d'en adoucir les déplorables effets. Après s'être beaucoup inquiétée d'abord pour la santé et pour la vie du prince, elle put constater qu'il ne se portait jamais mieux que quand il s'était livré à des agitations et à des colères intérieures qui eussent tué tout autre que lui. Il est des organisations qui ne puisent leur force que dans la souffrance et qui semblent se renouveler en se consumant comme le phénix. Elle cessa donc de s'alarmer, mais elle commença à souffrir étrangement d'une intimité à laquelle l'enfer des poètes peut seul être comparé. Elle était devenue entre les mains de ce terrible amant, la pierre que Sisyphe roule sans cesse au sommet de la montagne et laisse choir au fond d'un abîme; malheureuse pierre, qui ne se brise jamais!

Elle essaya de tout, de la douceur, de l'emportement, des prières, du silence, des reproches. Tout échoua. Si elle était calme et gaie en apparence, pour empêcher les autres de voir clair dans son malheur, le prince, ne comprenant rien à cette force de volonté qui n'était pas en lui, s'irritait de la trouver vaillante et généreuse. Il haïssait alors en elle ce qu'il appelait, dans sa pensée, un fonds d'insouciance bohémienne, une certaine dureté d'organisation populaire. Loin de s'alarmer du mal qu'il lui faisait, il se disait qu'elle ne sentait rien, qu'elle avait, par bonté, certains momens de sollicitude, mais qu'en général rien ne pouvait entamer une nature si résistante, si robuste et si facile à distraire et à consoler. On eût dit qu'alors il était jaloux même de la santé si forte en apparence de sa maîtresse, et qu'il reprochait à Dieu le calme dont il l'avait douée; si elle respirait une fleur, si elle ramassait un caillou, si elle prenait un papillon pour la collection de Celio, si elle apprenait une fable à Béatrice, si elle caressait le chien, si elle cueillait un fruit pour le petit Salvator: « Quelle nature étonnante!... se disait-il, tout lui plaît, tout l'amuse, tout l'enivre. Elle trouve de la beauté, du parfum, de la grâce, de l'utilité, du plaisir dans les moindres détails de la création. Elle admire tout, elle aime tout! — Donc elle ne m'aime pas, moi, qui ne vois, qui n'admire, qui ne chéris, qui ne comprends qu'elle au monde! Un abîme nous sépare! »

C'était vrai, au fond: une nature riche par exubérance, et une nature riche par exclusiveté, ne peuvent se fondre l'une dans l'autre. L'une des deux doit dévorer l'autre et n'en laisser que des cendres. C'est ce qui arriva.

Si, par hasard, la Floriani, accablée de fatigue et de chagrin, ne parvenait point à cacher ce qu'elle souffrait, Karol, rendu tout-à-coup à sa tendresse pour elle, oubliait sa mauvaise humeur et s'inquiétait avec excès. Il la servait à genoux, il l'adorait dans ces momens-là, plus encore qu'il ne l'avait adorée dans leur lune de miel. Que ne pouvait-elle dissimuler, ou manquer tout à fait de force et de courage! si elle se fût montrée constamment à lui abattue et languissante, ou si elle eût pu affecter longtemps un air sombre et mécontent, elle l'eût guéri peut-être de sa personnalité maladive. Il se fût oublié pour elle, car ce féroce égoïste était le plus dévoué, le plus tendre des amis, lorsqu'il voyait souffrir.

Mais comme il souffrait alors lui-même d'une douleur réelle et fondée, la généreuse Floriani rougissait d'avoir cédé à un moment de défaillance. Elle se hâtait de secouer sa langueur et de paraître tranquille et ferme. Quant à feindre le ressentiment, elle en était incapable; rarement elle se sentait irritée contre lui; mais lorsqu'elle l'était, elle ne se contenait point et le gourmandait avec violence. Jamais elle n'avait rien fardé, ni rien dissimulé, et comme, le plus souvent, elle n'éprouvait que chagrin et compassion en subissant l'injustice d'autrui, le plus souvent aussi elle souffrait sans être en colère, et surtout sans bouder. Elle méprisait ces ruses féminines, et elle avait grand tort, dans son intérêt, de les mépriser : on le lui fit bien voir! Il est dans la nature humaine d'abuser et d'offenser toujours, quand on est sûr d'être toujours pardonné, sans même avoir la peine de demander pardon.

Salvator Albani avait toujours connu son ami inégal et fantasque, exigeant à l'excès, ou désintéressé à l'excès. Mais les bons momens, jadis, avaient été les plus habituels, les plus durables; et, chaque jour, au contraire, depuis qu'il était revenu à la villa Floriani, Salvator voyait le prince perdre ses heures de sérénité et tomber dans une habitude de maussaderie étrange; son caractère s'aigrissait sensiblement. D'abord ce fut une heure mauvaise par semaine, puis une mauvaise heure par jour. Peu à peu, ce ne fut plus qu'une bonne heure par jour, et enfin une bonne heure par semaine. Quelque tolérant et d'humeur facile que fût le comte, il en vint à trouver cette manière d'être intolérable. Il en fit la remarque d'abord à son ami, puis à Lucrezia, puis à tous deux ensemble, et enfin il sentit que son caractère à lui-même allait s'aigrir et se transformer, s'il persistait à vivre auprès d'eux.

Il prit la résolution de s'en aller tout à fait. La Floriani fut épouvantée de l'idée de rester en tête-à-tête avec cet amant que, deux mois auparavant, elle eût voulu enlever et mener au bout du monde pour vivre avec lui dans le désert. Salvator, par sa gaîté douce, par sa manière enjouée et philosophique d'envisager toutes les misères domestiques, lui était d'un immense secours. Sa présence contenait encore le prince et le forçait à s'observer, du moins devant les enfans. Qu'allait-elle devenir ? qu'allait devenir surtout Karol, quand leur aimable compagnon ne serait plus entre eux, pour les préserver l'un de l'autre ?

Comme elle le retenait avec instances, son effroi et sa douleur se trahirent; son secret lui échappa, ses larmes firent irruption. Albani consterné vit qu'elle était profondément malheureuse, et que s'il ne réussissait à emmener Karol, du moins pour quelque temps, elle et lui étaient perdus.

Cette fois, il n'hésita plus. Il n'eut pour son ami ni pitié, ni faiblesse. Il ne ménagea aucune de ses susceptibilités. Il affronta sa colère et son désespoir. Il ne lui cacha point qu'il travaillerait de toutes ses forces à détacher la Floriani de lui, s'il ne s'exécutait pas de lui-même en s'éloignant d'elle. — Que ce soit pour six mois ou pour toujours, peu m'importe, lui dit-il, en finissant sa rude exhortation; je ne peux prévoir l'avenir. J'ignore si tu oublieras la Floriani, ce qui serait fort heureux pour toi, ou si elle te sera infidèle, ce qui serait fort sage de sa part; mais je sais qu'elle est brisée, malade, désespérée, et qu'elle a besoin de repos. C'est la mère de quatre enfans; son devoir est de se conserver pour eux, et de se délivrer d'une souffrance intolérable. Nous allons partir ensemble, ou nous battre ensemble, car je vois bien que plus je t'avertis, plus tu fermes les yeux; plus je veux t'entraîner, plus tu te cramponnes à cette pauvre femme. Par la persuasion ou par la force, je t'emmènerai, Karol! J'en ai fait le serment sur la tête de Celio et de ses frères. C'est moi qui t'ai amené ici, c'est moi qui t'y ai fait rester. Je t'ai perdu en croyant te sauver; mais il y a encore du remède, et maintenant que je vois clair, je te sauverai malgré toi. Nous partons cette nuit, entends-tu? Les chevaux sont à la porte.

Karol était pâle comme la mort. Il eut grand'peine à desserrer ses dents contractées. Enfin il laissa échapper cette réponse laconique et décisive : — Fort bien! vous me conduirez jusqu'à Venise, et vous m'y laisserez pour revenir ici toucher le prix de votre exploit. Cela était arrangé entre vous deux. Il y a longtemps que j'attendais ce dénoûment.

— Karol! s'écria Salvator transporté de la première fureur sérieuse qu'il eût éprouvée de sa vie, tu es bien heureux d'être faible; car, si tu étais un homme, je te briserais sous mon poing. Mais je veux te dire que cette pensée est d'un être méchant, cette parole d'un être lâche et ingrat. Tu me fais horreur, et j'abjure ici toute l'amitié que j'ai eue pour toi pendant si longtemps. Adieu, je te fuis, je ne veux jamais te revoir, je deviendrais lâche et méchant aussi avec toi.

— Bien, bien! reprit le prince arrivé au comble de la colère, et par conséquent de la sécheresse amère et dédaigneuse. Continuez, outragez-moi, frappez-moi, battons-nous, afin que je meure ou que je parte, c'est là le plan, je le sais. Elle sera bien douce, la nuit de plaisir qui récompensera votre conduite chevaleresque!

Salvator était au moment de s'élancer sur Karol. Il prit une chaise à deux mains, incertain de ce qu'il allait faire. Il se sentait devenir fou, il tremblait comme une femme nerveuse, et pourtant il aurait eu la force en ce moment de faire écrouler la maison sur sa tête.

Il y eut un moment de silence affreux, pendant lequel on entendit monter dans l'air calme du soir une petite voix douce qui disait : « Ecoute, maman, je sais ma leçon de français, et je vais te la dire avant de m'endormir :

Deux coqs vivaient en paix, une poule survint,
Et voilà la guerre allumée!
Amour, tu perdis Troie!

La fenêtre d'en bas se ferma, et la voix de Stella se perdit. Salvator éclata d'un rire amer, brisa sa chaise en la remettant sur ses pieds, et sortit impétueusement de la chambre de Karol, en poussant la porte avec fracas.

— Lucrezia, dit-il à la Floriani en allant frapper chez elle, laisse un peu tes enfans, appelle la bonne, je veux te parler tout de suite.

Il l'emmena au fond du parc : « Ecoute, lui dit-il, Karol est un misérable ou un malheureux, le plus lâche ou le plus fou de tes amans, le plus dangereux, à coup sûr, celui qui te tuera à coups d'épingles si tu ne le quittes sur l'heure. Il est jaloux de tout, il est jaloux de son ombre, c'est une maladie; mais il est jaloux de moi, et cela, c'est une infamie! Jamais il ne se résoudra à te quitter; il ne veut pas partir, il ne partira pas. C'est à toi de fuir de ta propre maison. Il n'y a pas un moment à perdre, saute dans une barque, gagne la prochaine poste, va-t-en à Rome, à Milan, au bout du monde, ou tiens-toi cachée, bien cachée dans quelque chaumière... Je déraisonne peut-être, je n'ai pas ma tête tant je suis indigné; mais il faut trouver un moyen!... Tiens! en voici un, pénible, mais certain. Fuyons ensemble. Nous n'irions qu'à deux lieues d'ici, nous n'y resterions que deux heures, c'est assez! Il croira qu'il a deviné juste, que je suis ton amant, il est trop fier pour hésiter alors à prendre son parti, et tu en seras à jamais délivrée.

— Tu es fou toi-même, mon pauvre ami! répondit la Lucrezia, ou tu veux qu'il le devienne. Mais moi, je souffre assez d'être soupçonnée, je ne me résoudrais point à être méprisée !

— Etre soupçonnée, c'est être méprisée déjà, malheureuse femme ! Tu tiens donc encore à l'estime d'un homme que tu ne peux plus prendre au sérieux ? Quelle folie ! Allons, viens avec moi, que crains-tu ? Que j'abuse de ton accablement et me rende digne, malgré toi, de la bonne opinion que Karol a de mon caractère ? Moi, je ne suis pas un lâche, et s'il faut te rassurer davantage, je puis te dire que je ne suis plus amoureux de toi. Non, non, Dieu m'en préserve ! Tu es trop faible, trop crédule, trop absurde ! Tu n'es pas la femme forte que je croyais : tu n'est qu'un enfant sans cervelle et sans fierté. Ta passion pour Karol m'a bien guéri, je te le jure, de celle que j'aurais pu concevoir pour toi ; allons, le temps presse. S'il venait en ce moment t'implorer, tu lui ouvrirais tes bras et tu lui ferais serment de ne jamais le quitter. Je te connais, fuyons donc ! servons-nous de sa propre maladie pour le guérir, et présentons-lui son fantôme comme une réalité. Qu'il te croie menteuse et galante, qu'il te haïsse, qu'il parte en te maudissant, en secouant la poussière de ses pieds. Que crains-tu ? l'opinion d'un fou ? Il ne te traduira pas devant celle du monde ; il gardera un éternel silence sur son désastre. Si tu le veux, d'ailleurs, tu te justifieras plus tard. Mais à présent il faut couper le mal dans sa racine. Il faut fuir.

— Tu n'oublies qu'une chose, Salvator, répondit la Lucrezia ; c'est que coupable ou malheureux, je l'aime et l'aimerai toujours. Je donnerais mon sang pour alléger sa souffrance, et tu crois que je pourrais lui déchirer le cœur pour reconquérir mon repos ! Ce serait un étrange moyen !

— En ce cas, tu es lâche aussi, s'écria le comte, et je t'abandonne ! Souviens-toi de ce que je te dis ici : Tu es perdue !

— Je le sais bien, répondit-elle ; mais avant de partir, tu te réconcilieras avec lui !

— Ne m'y pousse pas, je suis capable de le tuer. Je m'en vais de suite, c'est le plus sûr. Adieu, Lucrezia.

— Adieu, Salvator, lui dit-elle en se jetant dans ses bras, nous ne nous reverrons peut-être jamais !

Elle fondit en larmes, mais elle le laissa partir.

CHAPITRE XV.

Le jour qui suivit le départ de Salvator, avant que le prince fût sorti de sa chambre, Lucrezia était sortie de la maison. Elle s'était jetée seule dans une barque, et retrouvant, pour se diriger elle-même, la vigueur de ses jeunes années, elle avait traversé le lac. En face de la villa, sur la rive opposée, il y avait un petit bois d'oliviers qui rappelait à la Floriani des souvenirs d'amour et de jeunesse. C'est là qu'elle avait, quinze ans auparavant, donné de fréquens rendez-vous à son premier amant, Memmo Ranieri. C'est là qu'elle lui avait dit pour la première fois qu'elle l'aimait. C'est là aussi qu'elle s'était maintes fois cachée pour éviter la surveillance de son père ou les poursuites de Mangiafoco.

Depuis son retour au pays, elle n'avait pas voulu retourner dans ce bosquet que son premier amant avait nommé dans son jeune enthousiasme le *bois sacré*. On le voyait des fenêtres de la villa. Parfois, dans les commencemens, les regards de la Lucrezia s'y étaient arrêtés par mégarde; mais, ne voulant pas réveiller ses propres souvenirs, elle les en avait détournés aussitôt qu'elle avait eu conscience de sa rêverie. Depuis qu'elle aimait Karol, elle avait souvent regardé le bois et admiré le développement des arbres sans se souvenir de Memmo et de l'ivresse de ses premières amours. Cependant, par un instinct de délicatesse, elle n'y avait jamais conduit les promenades de son nouvel amant.

En quittant sa maison, quelques heures après le brusque départ d'Albani, en s'aventurant au hasard sur le lac, elle n'avait pas formé le dessein d'aller visiter le *Bois sacré*. Elle souffrait, elle avait la fièvre, elle éprouvait le besoin de se retremper dans l'air du matin et de fortifier son âme défaillante par le mouvement du corps. Ce fut un instinct non raisonné, mais irrésistible, qui la porta à faire glisser sa nacelle dans cette petite crique ombragée. Elle l'y laissa dans les broussailles, et, sautant sur la rive, elle s'enfonça dans l'épaisseur mystérieuse du bois.

Les oliviers avaient grandi, les ronces avaient poussé, les sentiers étaient plus étroits et plus sombres que par le passé. Plusieurs avaient été envahis par la végétation. Lucrezia eut peine à se reconnaître, à retrouver les chemins où jadis elle eût marché les yeux fermés. Elle chercha bien longtemps un gros arbre sous lequel son amant avait coutume de l'attendre, et qui portait encore ses initiales creusées par lui avec un couteau. Ces caractères étaient désormais bien difficiles à reconnaître; elle les devina plutôt qu'elle ne les vit. Enfin, elle s'assit sur l'herbe au pied de cet arbre et se plongea dans ses réflexions. Elle repassa dans sa mémoire les détails et l'ensemble de sa première passion, et les compara avec ceux de la dernière, non pour établir un parallèle entre deux hommes qu'elle ne songeait pas à juger froidement, mais pour interroger son propre cœur sur ce qu'il pouvait encore ressentir de passion et supporter de souffrances. Insensiblement elle se représenta avec suite et lucidité toute l'histoire de sa vie, tous ses essais de dévoûment, tous ses rêves de bonheur, toutes ses déceptions et toutes ses amertumes. Elle fut effrayée du récit qu'elle se faisait de sa propre existence, et se demanda si c'était bien elle qui avait pu se tromper tant de fois, et s'en apercevoir sans mourir ou sans devenir folle.

Il est peu d'instans dans la vie où une personne de ce caractère ait une faculté aussi nette de se consulter et de se résumer.

Les âmes dépourvues d'égoïsme et d'orgueil n'ont pas une vision bien nette d'elles-mêmes. A force d'être capables de tout, elles ne savent pas bien de quoi elles sont capables. Toujours remplies de l'amour des autres et préoccupées du soin de les servir, elles arrivent à s'oublier jusqu'à s'ignorer. Il n'était peut-être pas arrivé à la Floriani de s'examiner et de se définir trois fois en sa vie.

Ce qu'il y a de certain, c'est qu'elle ne l'avait encore jamais fait aussi complètement et avec une si entière certitude. Ce fut aussi la dernière fois qu'elle le fit, tout le reste de sa vie étant la conséquence prévue et acceptée de ce qu'elle put constater en ce moment solennel.

— Voyons, se dit-elle, mon dernier amour est-il aussi ardent que le premier ! Il l'a été davantage, mais il ne l'est déjà plus. Karol a détruit presque aussi vite que Memmo les illusions du bonheur.

» Mais ce dernier amour, déjà privé d'espérance, est-il moins profond et moins durable ? Je le sens encore si tendre, si dévoué, si maternel, qu'il ne m'est point possible d'en prévoir la fin, et en cela il diffère du premier. Car je m'étais dit que si Memmo me trompait, je cesserais de l'aimer, au lieu que je me sens désabusée aujourd'hui sans pouvoir me convaincre que je pourrai guérir. Il est vrai que j'ai pardonné beaucoup et long-temps à Memmo; mais je me rendais compte chaque fois d'une diminution sensible dans mon affection, au lieu qu'aujourd'hui l'affection persiste et ne diminue point en raison de ma souffrance.

» D'où vient cela ? Etait-ce la faute de Memmo ou la mienne, si plus jeune et plus forte je me détachais de lui plus aisément que je ne puis le faire aujourd'hui de Karol? C'était peut-être un peu sa faute, mais je pense que c'était encore plus la mienne.

» C'était surtout la faute de la jeunesse. L'amour était lié

8

alors en nous au sentiment et au besoin d'être heureux. Je me croyais aveuglément dévouée, et, dans toutes mes actions, je me sacrifiai : mais si l'amour ne résista point à des sacrifices trop grands et trop répétés, c'est qu'à mon insu j'avais un fonds de personnalité. N'est-ce point le fait et le droit de la jeunesse? Oui, sans doute, elle aspire au bonheur, elle se sent des forces pour le chercher et croit qu'elle en aura pour le retenir. Elle ne serait point l'âge de l'énergie, de l'inquiétude et des grands efforts, si elle n'était mue par l'ambition des grandes victoires et l'appétit des grandes félicités.

» Aujourd'hui, que me reste-t-il de mes illusions successives? la certitude qu'elles ne pouvaient pas et ne devaient pas se réaliser. C'est ce qu'on appelle la raison, triste conquête de l'expérience! Mais comme il n'est pas plus facile de chasser la raison quand elle vient habiter en nous, que de l'appeler quand nous ne sommes pas assez forts pour la recevoir, il serait vain et coupable peut-être de maudire ses froids bienfaits, ses durs conseils. Allons, voici le jour de te saluer et de t'accepter, sagesse sans pitié, jugement sans appel!

» — Que veux-tu de moi, parle, éclaire, dois-je m'abstenir d'aimer? Ici tu me renvoies à mon instinct; suis-je encore capable d'aimer? Oui, plus que jamais, puisque c'est l'essence de ma vie, et que je me sens vivre avec intimité par la douleur; si je ne pouvais plus aimer, je ne pourrais plus souffrir. Je souffre, donc j'aime et j'existe.

» — Alors, à quoi faut-il renoncer? à l'espérance du bonheur? sans doute, il me semble que je ne peux plus espérer, et pourtant l'espérance c'est le désir, et ne pas désirer le bonheur c'est contraire aux instincts et aux droits de l'humanité. La raison ne peut rien prescrire qui soit en dehors des lois de la nature! »

Ici, Lucrezia fut embarrassée. Elle rêva long-temps, se perdit dans des divagations apparentes, dans des souvenirs qui semblaient n'avoir rien de commun avec sa recherche laborieuse. Mais tout sert de fil conducteur aux âmes droites et simples. Elle se retrouva au milieu de ce dédale et reprit ainsi son raisonnement. Patience, lecteur, si tu es encore jeune, il te servira peut-être à toi-même.

« C'est, pensa-t-elle, qu'il s'agirait de définir le bonheur. Il y en a de plusieurs sortes, il y en a un pour tous les âges de la vie. L'enfance songe à elle-même, la jeunesse à se compléter par un être associé à ses propres joies; l'âge mûr doit songer que, bien ou mal fournie, sa carrière personnelle va finir et qu'il faut s'occuper exclusivement du bonheur d'autrui. Je m'étais dit cela avant l'âge, je l'avais senti, mais pas aussi complètement que je peux et que je dois le croire et le sentir aujourd'hui. Mon bonheur, je ne le puiserai plus dans les satisfactions qui auront mon *moi* pour objet. Est-ce que j'aime mes enfans à cause du plaisir que j'ai à les voir et à les caresser? Est-ce que mon amour pour eux diminue quand ils me font souffrir? C'est quand je les vois heureux que je le suis moi-même. Non, vraiment, à un certain âge, il n'y a plus de bonheur que celui qu'on donne. En chercher un autre est insensé. C'est vouloir violer la loi divine, qui ne nous permet plus de régner par la beauté et de charmer par la candeur.

« J'essaierai donc plus que jamais de rendre heureux ceux que j'aime, sans m'inquiéter, sans seulement m'occuper de ce qu'ils me feront souffrir. Par cette résolution, j'obéirai au besoin d'aimer que j'éprouve encore et aux instincts de bonheur que je puis satisfaire. Je ne demanderai plus l'idéal sur la terre, la confiance et l'enthousiasme à l'amour, la justice et la raison à la nature humaine. J'accepterai les erreurs et les fautes, non plus avec l'espoir de les corriger et de jouir de ma conquête, mais avec le désir de les atténuer et de compenser, par ma tendresse, le mal qu'elles font à ceux qui s'y abandonnent. Ce sera la conclusion logique de toute ma vie. J'aurai enfin dégagé cette solution bien nette des nuages où je la cherchais. »

Avant de quitter le bois d'oliviers, la Floriani rêva encore pour se reposer d'avoir pensé. Elle se représenta l'illusion récente de son bonheur avec Karol et de celui qu'elle avait cru pouvoir lui donner. Elle se dit que c'était une faute de sa part d'avoir caressé un si beau rêve, après tant de déceptions et d'erreurs, et elle se demanda si elle devait s'en humilier devant Dieu ou se plaindre à lui d'avoir été soumise à une si dévorante épreuve.

Elle avait été si brillante et si suave, cette courte phase de sa dernière ivresse! c'était la plus complète, la plus pure de sa vie, et elle était déjà finie pour jamais! Elle sentait bien qu'il serait inutile d'en chercher une semblable avec un autre amant, car il n'y avait pas sur la terre une seconde nature aussi exclusive et aussi passionnée que celle de Karol, une âme aussi riche en transports, aussi puissante pour l'extase et le sentiment de l'adoration.

— Eh bien! n'est-il plus le même? se disait-elle. Quand le démon qui le tourmente s'endort, ne redevient-il pas ce qu'il était auparavant? ne semble-t-il pas, au contraire, qu'il soit plus ardent et plus enivré que dans les premiers jours? Pourquoi ne m'habituerai-je pas à souffrir des jours et des semaines pour oublier tout dans ces heures de célestes ravissemens?

Mais là elle était arrêtée dans sa chimère par la lumière funeste qui s'était faite en elle. Elle sentait que son esprit, plus juste et plus logique que celui de Karol, n'avait pas la faculté d'oublier en un instant ses propres tortures. Elle se rappelait, dans ses bras, l'affront que sa jalousie venait de lui infliger, elle ne pouvait comprendre ce don terrible et bizarre qu'ont certains élus de mépriser ce qu'ils adorent, et d'adorer ce qu'ils méprisent. Elle ne pouvait plus croire au bonheur, elle ne le sentait plus. Elle en avait perdu la puissance.

— Pardonne-moi, mon Dieu, s'écria-t-elle dans son cœur, de donner un dernier regret à cette joie parfaite que tu m'as laissé connaître si tard et que tu me retires si vite! Je ne blasphémerai point contre ton bienfait; je ne dirai pas que tu t'es joué de moi. Tu as voulu briser ma raison, je ne me suis pas défendue. J'ai cédé naïvement, comme toujours, au délire, et maintenant, dans ma détresse, je n'oublie pas que cette folie était le bonheur. Sois donc béni, ô mon Dieu! et, avec toi, la main qui caresse et qui terrasse!

Alors la Floriani fut saisie d'une immense douleur, en disant un éternel adieu à ses chères illusions. Elle se roula par terre noyée de larmes. Elle exhala les sanglots qui se pressaient dans sa poitrine en cris étouffés. Elle voulut donner cours à une faiblesse qu'elle sentait devoir être la dernière, et à des pleurs qui ne devaient plus couler.

Quand elle fut apaisée par une fatigue accablante, elle dit adieu au vieux olivier témoin de ses premières joies et de ses derniers combats. Elle sortit du bois et elle n'y revint jamais : mais elle souhaita toujours d'exhaler son dernier soupir sous cet ombrage séculaire; et, chaque fois qu'elle se sentit faiblir, des fenêtres de sa villa elle regarda le BOIS SACRÉ, songeant au calice d'amertume qu'elle y avait épuisé, et cherchant dans le souvenir de cette dernière crise un instinct de force pour se défendre et de l'espérance et du désespoir.

Me voici arrivé, cher lecteur, au terme que je m'étais proposé, et le reste ne sera plus de ma part qu'un acte de complaisance pour ceux qui veulent absolument un dénoûment quelconque.

Toi, lecteur sensé, je gage que tu es de mon avis, et que tu trouves les dénoûmens fort inutiles. Si je suivais en ce point ma conviction et ma fantaisie, aucun roman ne finirait, afin de mieux ressembler à la vie réelle. Quelles sont donc les histoires d'amour qui s'arrêtent d'une manière absolue par la rupture ou par le bonheur, par l'infidélité ou par le sacrement? Quels sont les événemens qui fixent notre existence dans des conditions durables? Je conviens qu'il n'y a rien de plus joli au monde que l'antique formule de conclusion : « Ils vécurent beaucoup d'années et furent toujours heureux. » Cela se disait dans la littérature anti-historique, dans les temps fabuleux. Heureux temps, si l'on croyait à de si doux mensonges!

Mais aujourd'hui nous ne croyons plus à rien, nous rions quand nous lisons cette ritournelle charmante.

Un roman n'est jamais qu'un épisode dans la vie. Je viens de vous raconter ce qui pouvait offrir unité de temps et de lieu dans les amours du prince de Roswald et de la comédienne Lucrezia. Maintenant, est-ce que vous voulez savoir le reste? Est-ce que vous ne pourriez pas me le raconter vous-même? Est-ce que vous ne voyez pas mieux que moi où vont les caractères de mes personnages? Est-ce que vous tenez à savoir les faits?

Si vous l'exigez, je ne serai pas long, et je ne vous causerai aucune surprise, puisque je m'y suis engagé. Ils s'aimèrent longtemps et vécurent très malheureux. Leur amour fut une lutte acharnée, à qui absorberait l'autre. La seule différence entre eux, c'est que la Floriani eût voulu modifier le caractère et calmer l'esprit de Karol pour le rendre heureux comme tout le monde, tandis que lui eût voulu renouveler entièrement l'être qu'il adorait pour se l'assimiler et goûter avec lui un bonheur impossible.

Certes, si l'on voulait tout suivre et tout analyser, il y aurait encore dix volumes à faire, un pour chaque année qu'ils subirent attachés au même boulet. Ces dix volumes pourraient être instructifs, mais risqueraient de devenir encore un peu plus monotones que les deux que voici. En somme, la Floriani supporta toutes les injustices de son amant avec une persévérance inouïe, et Karol méconnut le dévoûment et la loyauté de sa maîtresse avec une obstination inconcevable. Rien ne put le guérir de sa jalousie, parce qu'il n'était pas dans la nature de sa passion de s'éclairer et de s'adoucir. Jamais femme ne fut plus ardemment aimée, et, en même temps, plus calomniée et plus avilie dans le cœur de son amant.

Elle avait toujours demandé à Dieu de lui faire rencontrer une âme exclusivement livrée à l'amour comme la sienne. Elle fut trop exaucée; celle de Karol lui versa des torrens d'amour et de fiel, intarissables.

Ce que Salvator leur avait prédit se réalisa à certains égards. Le monde découvrit la retraite de la Floriani et vint l'y saluer. Ses anciens amis accoururent; il y en eut de toutes sortes. Boccaferri eut son tour, et, par parenthèse, il se trouva que Boccaferri avait soixante-dix ans. Aucun ne causa le plus léger motif de jalousie à Karol : tous furent l'objet de sa mortelle jalousie et de son irréconciliable aversion. La Floriani combattit avec bravoure pour préserver la dignité de ceux qui méritaient des égards. Elle en abandonna, en riant, quelques uns à la férule de Karol, et se préserva du plus grand nombre. Elle ne voulut pourtant pas être lâche et chasser, pour lui complaire, des êtres malheureux et dignes d'intérêt ou de pitié. Il lui en fit des crimes irrémissibles, et, dix ans après, quand leur nom revenait dans la conversation, il s'écriait avec une conviction qui eût été comique si elle n'eût été déplorable: « Je ne pourrai jamais oublier *le mal* que m'a fait cet homme-là! » Et tout ce mal consistait à n'avoir pas été mis à la porte, sans motif, par la Floriani.

Elle essaya de le distraire, de le faire voyager, de le quitter même pendant quelques momens de l'année. Il traînait sa jalousie partout, il abhorrait les postillons et les aubergistes, et ne fermait pas l'œil en voyage, pensant qu'on allait toujours lui dérober son trésor. Il jetait l'argent à pleines mains; mais, en amour, il était avare jusqu'à la frénésie. Quand il était séparé de Lucrezia pendant quelques semaines, dévoré des mêmes inquiétudes, il tombait malade, parce qu'il ne voulait les confier à personne et ne pouvait en faire retomber l'amertume sur celle qui les causait innocemment. Elle était forcée de le rappeler. Il reprenait la santé et la vie dès qu'il pouvait la faire souffrir.

Il l'aimait tant, il était si fidèle, si absorbé, si enchaîné, il parlait d'elle avec tant de respect, que c'eût été une gloire pour une femme vaine. Mais la Floriani ne détestait personne assez pour lui souhaiter ce genre de bonheur.

Il finit par triompher, comme il arrive toujours aux volontés acharnées à un but unique. Il ramena la Floriani à la villa, qui était encore le lieu le plus retiré qu'ils pussent trouver, et là, il réussit à la séquestrer et à l'isoler si bien, qu'elle passa pour morte long-temps avant de l'être.

Elle s'éteignit comme une flamme privée d'air. Son supplice fut lent, mais sans relâche. Il faut des années pour détruire à coups d'épingles un être robuste au moral et au physique. Elle s'habituait à tout; personne ne savait renoncer comme elle aux satisfactions de la vie. Elle céda toujours, tout en ayant l'air de se défendre; elle n'eût résisté qu'à des caprices qui eussent fait le malheur de ses enfans. Mais Karol, malgré ce qu'il souffrait de ce partage, n'essaya jamais de les éloigner un seul instant de leur mère. Il employa tout ce qu'il possédait d'empire sur lui-même à ne leur jamais laisser voir qu'elle était sa victime et qu'il s'arrogeait sur elle un droit de propriété absolue.

La comédie fut si bien jouée, et Lucrezia fut si calme et si résignée, que personne ne se douta de son malheur; les enfans étaient arrivés à aimer le prince, excepté Célio, qui était poli avec lui et ne lui parlait jamais.

La Floriani, mise ainsi au secret, ne regrettait pas le monde et ses amis. Elle les avait quittés volontairement une première fois, elle les quittait encore, par complaisance il est vrai, mais sans amertume. Elle aimait la retraite, le travail, la campagne. Elle se consacrait exclusivement à l'éducation de ses enfans, et enseignait à Célio l'art du théâtre pour lequel il montrait une vocation passionnée.

Mais Karol, privé enfin de sujets de jalousie, trouva le moyen de lutter contre les idées, les études et les opinions de la Floriani. Il la persécutait poliment et gracieusement sur toutes choses, il n'était de son goût et de son avis sur aucune. L'inaction le dévorait; ayant consacré à la possession d'une femme toutes les puissances de la volonté et toutes les minutes de son existence, il était au moral le despote le plus acharné, comme au physique il était le geôlier le plus vigilant. La pauvre Floriani vit sa dernière consolation empoisonnée, lorsque l'esprit de contradiction et l'âpreté d'une controverse puérile et irritante la poursuivirent jusque dans le sanctuaire de sa vie le plus respectable et le plus pur. Elle avait tort de consentir à ce que Célio fût comédien; c'était un métier infâme. Elle avait tort d'enseigner le chant à Béatrice, et la peinture à Stella; des femmes ne doivent point être trop artistes. Elle avait tort de laisser le père Menapace amasser de l'argent, enfin elle avait tort de ne pas contrarier la vocation et les instincts de tous les siens, outre qu'elle avait tort d'aimer les animaux, de faire cas des scabieuses, de préférer le bleu au blanc, que sais-je? elle avait toujours tort.

Un beau jour, la Floriani eut quarante ans. Elle n'était plus belle; condamnée à une inaction contraire à ses besoins d'activité elle avait pourtant perdu son embonpoint. Elle était jaune, et, sans ses beaux yeux calmes et profonds, sans sa distinction et sa grâce tranquille, sans la franchise de sa physionomie souriante, elle eût fait peine à voir, après avoir été la plus belle femme de l'Italie. Il est vrai que le prince la trouvait toujours plus séduisante et plus dangereuse pour le repos des humains, à mesure qu'il la faisait vieillir et enlaidir. Il était aussi amoureux que le premier jour; il ne pouvait se persuader que les jeunes gens ne deviendraient pas épris d'elle jusqu'à la folie, si par malheur ils la voyaient.

Quant à elle, elle se sentit tout à coup lasse d'arriver aux souffrances et aux infirmités d'une vieillesse prématurée, sans en recueillir les fruits, sans inspirer de confiance à son amant, sans avoir conquis son estime, sans avoir cessé d'être aimée de lui comme une maîtresse et non comme une amie. Elle soupira, en se disant qu'elle avait travaillé en vain dans sa jeunesse pour inspirer l'amour, et dans son âge mûr pour inspirer le respect. Elle sentait pourtant qu'à ces différens âges, elle avait mérité ce qu'elle cherchait. Elle embrassa ses enfans, un soir, en leur disant avec un accent qui les fit tressaillir au milieu de leur sérénité habituelle : « Vous êtes tout pour moi, et si je désire vivre encore quelques années, c'est pour vous seuls. »

En effet, elle n'aimait plus Karol, il avait comblé la mesure, avec une goutte d'eau sans doute, mais la coupe débordait ; le vase trop plein et comprimé se brise. La Floriani garda le silence, même avec Salvator, qui était venu enfin la voir, sans pouvoir toutefois se réconcilier bien cordialement avec le prince. Elle sentit qu'elle se brisait, mais elle était brave et ne voulait point croire la mort prochaine. Elle voulait au moins faire débuter Célio, marier Stella ; la veille de sa mort, elle fit avec eux les plus beaux projets du monde, mais hélas ! l'amour était sa vie ; en cessant d'aimer elle devait cesser de vivre.

Le matin, elle alla s'asseoir dans la chaumière de son père. Célio l'avait accompagnée ; elle paraissait bien portante, parce que sa figure était gonflée ; elle ne se plaignait jamais, de peur d'inquiéter ses enfans. Elle plaisanta Biffi sur sa toilette du dimanche. Puis, elle se leva en entendant sonner le déjeuner. Tout à coup, elle fit un grand cri, étreignit avec force le cou de son fils et retomba en souriant sur la même chaise où, petite paysanne, elle avait filé tant de fois sa quenouille chargée de lin.

Célio avait 22 ans alors, il était grand, beau et robuste, il prit sa mère dans ses bras, la croyant évanouie. Il marcha ainsi vers le parc, mais, au moment de franchir la grille, il se trouva en face de Karol et de Salvator Albani, qui venaient chercher la Lucrezia pour déjeuner. Karol ne comprit pas et resta comme une statue. Salvator comprit tout de suite, et sans pitié pour lui, car il avait bien deviné que la mort de Lucrezia était son œuvre incessante, il lui dit à voix basse en le poussant en arrière : « Courez aux autres enfans, emmenez-les, cela les tuerait. Leur mère est morte ! »

Ce dernier mot frappa au cœur de Célio. Il regarda le visage de sa mère, il vit qu'elle était morte en effet, quoiqu'elle eût encore l'œil ouvert et tranquille, et la bouche souriante. Il tomba évanoui avec le cadavre sur le seuil du parc.

Karol ne vit rien de ce qui se passait. Une heure après, il était seul, toujours debout devant la grille, pétrifié, hébété. Il lisait sur une pierre qui se trouvait en face de lui, un vers que le temps et la pluie n'avaient jamais pu effacer :

« Lasciate ogni speranza, voi che'ntrate ! »

Il le relisait et cherchait à se rappeler en quelle circonstance il l'avait déjà remarqué. Il avait perdu le sentiment de la douleur.

En mourut-il ou devint-il fou? Il serait trop facile d'en finir ainsi avec lui ; je n'en dirai plus rien.... à moins qu'il ne me prenne envie de recommencer un roman où Célio, Stella, les deux Salvator, Béatrice, Menapace, Biffi, Tealdo Soavi, Vandoni et même Boccaferri, joueront leurs rôles autour du prince Karol. C'est bien assez de tuer le personnage principal, sans être forcé de récompenser, de punir ou de sacrifier un à un tous les autres.

FIN DU SECOND ET DERNIER VOLUME.

Imprimerie d'E. Proux et Cᵉ, rue Neuve-des-Bons-Enfans, 3.

www.ingramcontent.com/pod-product-compliance
Ingram Content Group UK Ltd.
Pitfield, Milton Keynes, MK11 3LW, UK
UKHW032004260826
14628UKWH00005B/2271

9 782019 691257